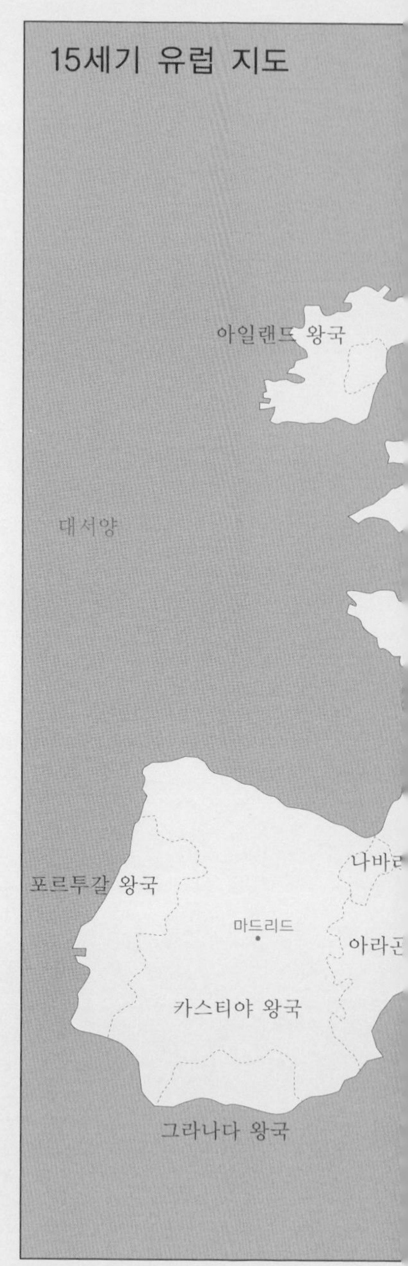
15세기 유럽 지도
아일랜드 왕국
대서양
포르투갈 왕국
나바르
마드리드
아라곤
카스티야 왕국
그라나다 왕국

코페르니쿠스가 활동했던 곳
표시된 지역이 '에름란트'이다.

노르웨이 왕국
스웨덴 왕국
모스크바 대공국
틀랜드 왕국
북 해
독일 기사단
발트 해
덴마크 왕국
프라우엔부르크
쾨니히스베르크
단치히
(그단스크)
하일스베르크
엘빙
알렌슈타인(올슈틴)
토룬
비스툴라 강
신성로마제국
베를린
바르샤바
브로츠와프
크라코프
리투아니아 대공국
폴란드 왕국
파리
프라하
왕국
누렘베르크(뉘른베르크)
아우크스부르크
실레지아(슐레지엔)
빈
뮌헨
헝가리 왕국
베네치아 공화국
파도바
베네치아
페라라
볼로냐
교황령
아펜니노 산맥
로마
오스만 제국
나폴리 왕국

투쟁과 승리의 별,
코페르니쿠스

투쟁과 승리의 별, 코페르니쿠스
1판 2쇄 발행 2014년 11월 8일
1판 1쇄 발행 2008년 11월 8일

지은이 | 하인츠 슈폰젤
영어판 옮긴이 | 모니카 골드
옮긴이 | 정홍섭
일러스트 | 빌헬름 프레토리우스

펴낸이 | 발도르프 청소년 네트워크 도서출판 푸른씨앗
등록번호 | 제 25100-2004-000002호
등록일자 | 2004.11.26 (변경신고일자 2011.9.1)
주소 | 경기도 의왕시 청계동 963-12번지
전화번호 | 031-421-1726
전자우편 | greenseed@hotmail.co.kr
홈페이지 | www.greenseed.org

ISBN | 978-89-957337-1-4 03850
값 12,000원

◆이 도서의 국립중앙도서관 출판시도서목록(CIP)은 e-CIP 홈페이지(http://www.nl.go.kr/cip.php)에서
  이용하실 수 있습니다.(CIP제어번호:2008003278)

◆이 책은 친환경 재생용지로 인쇄하였습니다.
  (겉지_ 한솔제지 앙코르 190g/㎡ | 속지_ 전주페이퍼 E-LIGHT 80g/㎡)

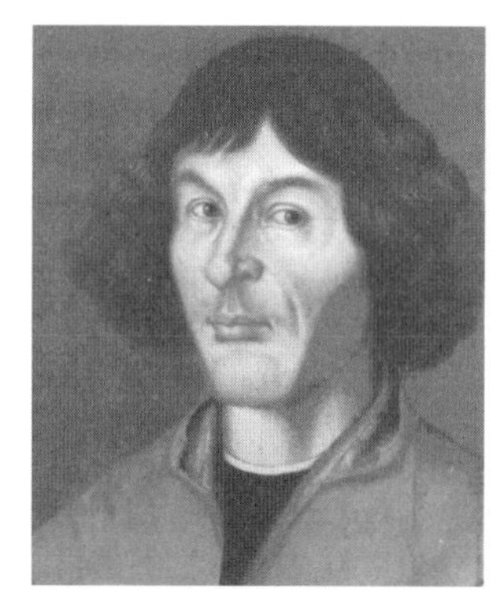

투쟁과 승리의 별,
코페르니쿠스

하인츠 슈폰젤 지음
정홍섭 옮김

도서출판
푸른씨앗

"나는 이 책과 평생을 함께 살았다.
어른이 되어 아이들에게 강의를 할 때에도 이 책의 몇몇 장면들을
묘사해 주려고 애썼다. 나는 어린 시절에 독일에서 이 책을 읽었던
기억을 가지고 있고, 코페르니쿠스의 전기적 내용뿐만 아니라 그
정신적 깨우침에 깊은 감명을 받아, 전 세계 아이들과 그 감동을
함께 나누고자 기쁜 마음으로 영어 번역을 맡았다."

— 모니카 골드

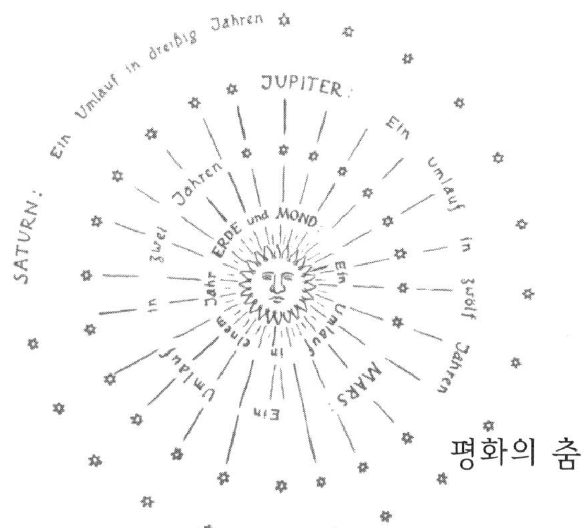

평화의 춤

영혼은 소망의 싹을 틔우고
의지는 행함으로 싹을 키우며
생명은 열매로 여물어 갑니다.

나는 내 운명을 느끼고
내 운명은 나를 찾습니다.
나는 내 별을 느끼고
내 별은 나를 찾습니다.
나는 내 목표를 느끼고
내 목표는 나를 찾습니다.

내 영혼과 이 세상은 그렇게 하나입니다.

생명은 내 주위를
더욱 환하게 밝히고
생명은 나에게
더 큰 무게로 다가오며
생명은 내 안에서
더욱 풍요로워집니다.

평화를 추구하세요.
평화 안에 머무세요.
평화를 사랑하세요.

루돌프 슈타이너 지음 ㅣ 인준호 옮김

진실의 영원성을 가르쳐 준 사람, 코페르니쿠스

삶을 살아가며 마음속으로 진정 본받고자 하는 사람이 있는 이는 행복하다. 그런 사람이 존재한다는 사실 하나만으로도 보람 있는 삶을 살아갈 만한 이유가 충분하다. 마음으로 본받고자 하는 인물의 존재가 중요하지만, 그 인물을 잘 '선택'하는 것은 더욱 더 중요하다. 위인 또는 성인이라 불리는 인물들이 대개 그러하지만, 그 어느 누구에게도 본받을 것을 권할 만한 인물을 만나야 한다. 그런 인물은 특히 오늘날 같은 가치관의 혼란 시대에 더더욱 빛을 발한다. 그들은 이미 세상을 떠난 지 오래인 경우가 대부분이지만, 영원히 사라지지 않고 우리들 곁에 생생하게 살아 우리 삶의 등불이 된다.

오늘날 우리가 니콜라우스 코페르니쿠스라는 잘 알려진 인물을 새삼 다시 만날 수 있다는 것은 정말 행운이다. 우리는 인간의 우주관을 천동설에서 지동설로 바꿔 놓은 과학사의 혁명을 실현한 인물로 흔히 이 사람을 기억한다. 그러나 마치 신문에 실린 몇 줄 기사가 어떤 사건이나 사람과 관련된 온갖 속 깊은 사연들의 진실을 말해 주기는커녕 오히려 은폐하는 경우가 흔하듯, 백과사전에 소개되어 있는 몇몇 간단한 '정보'를 통해 이 인물을 잘 알 수는 없는 노릇이다. 이제 코페르니쿠스에 관한 모든 고정 관념과 단편적인 지식을 일단 접어 두고 자유로운 마음으로 이 인물과 만나 보자.

우리가 코페르니쿠스에 관해 우선 잘못 알고 있는 것이 한 가지 있는데, 그것이 바로 그의 '국적'에 관한 것이다. 흔히 알고 있는 것과는 달리 그는 본래 폴란드 사람이 아니다. 그가 태어나 살았던 시대(1473~1543)는 서양사에서 중세가 끝나고 새로운 시대가 열리려 하는 과도기였다. 이 시대는 여전히 여러 크고 작은 나라들의 영토가 확정되지 않은 채 민족들 간의 갈등과 이동이 극심한 시기였다. 정확히 말하자면 그의 '나라' 이자 고향 땅은, 오늘날의 국가 개념과는 전혀 다른 '에름란트' 라는 작은 지역이었다. 당시 지도에서 그 위치를 보면 금세 짐작할 수 있듯이, 에름란트는 오스만투르크 제국과 독일, 그리고 폴란드 등의 열강들에 둘러싸인 채 힘겨운 생존 싸움을 하고 있었다.

이 코페르니쿠스 전기에 잘 나와 있듯이, 그는 이렇게 어려운 처지에 놓여 있는 자신의 고향이자 '조국' 을 위해 외삼촌인 바첼로데 주교와 함께 동분서주 활약한 매우 유능하고도 성실한 정치인이었다. 특히 알렌슈타인이라는 곳에서는 행정 책임자로서 도탄에 빠진 밑바닥 민중들의 생활 현장에 늘 함께 있으면서 혼신을 다해 봉사한, 존경 받는 호민관이었다. 훌륭한 정치인 코페르니쿠스를 발견하는 것은 매우 참신한 경험이며, 이를 통해 민중과 함께하는 사심 없는 봉사야말로 진짜 정치라는 만고의 진리를 새삼 깨닫게 된다. 과학자 코페르니쿠스의 학문적 순결성이 정치인 코페르니쿠스에게서도 그대로 일관되게 나타나는 모습은 커다란 감동을 불러일으킨다.

그러나 무엇보다도 그는 어릴 적부터 하늘의 별을 보고 우주를 향한 호기심을 키운 영락없는 천문학자였다. 4남매 중 막내로 태어나 어린 나이에 부모님이라는 '우주' 를 여읜 그에게, 만일 하늘의 별이라는 대우주의 몰입 대상이 없었다면, 또 한편으로는 외삼촌 바첼로데의 뒷받침이 없었다면, 아마도 코페르니쿠스라는 한 개인의 인생은 전혀 달라졌을 것이다. 그런데 코페르니쿠스가 위대한 천문학자로 커간 데에는, 특히 그가 태어나 어린 시절을 보낸 토룬의 지리적 환경이 중요한 역할을 한 것으로 보인다. 그의 인생 이야기의 첫 페이지는 바로 그의 고향 토룬을 흐르는 비스툴라 강의 묘사와 함께 시작한다. 그에게 비스툴라 강은 파란만장한 그의 이후 인생을 보람으로 가득 찰 수 있게 밑받침해준 꿈과 용기의 원천이었고, 생명과 자유, 평안함과 모험 그 모두의 이미지였다. 비스툴라 강을 비롯한 그의 향토 자연은 그와 온 세상을, 나아가 우주 전체를 연결해 주는 창이었다. 어찌 코페르니쿠스에게만 그럴까. 누구에게나 내 동네, 내 향토의 자연이란 그 안에 온 세상과 우주 전체를 담고 있는 소중한 존재임을, 코페르니쿠스의 발랄한 어린 시절은 생생히 느끼고 생각하게 해준다.

비스툴라 강, 그리고 토룬 하늘의 별들이 코페르니쿠스와 그의 위대한 업적을 낳은 원천이듯, 넓은 세상으로 나아간 이후에도 역시 그의 인생 유전의 중요한 고비 고비에는 반드시 그에 상응하는 자연의 징후들이 동반한다. 이 전기를 조금만 주의 깊게 읽다 보면 코페르니쿠스의 모든 중요한 행동과 감정 변화가 있을 때마다 반드시 그에 걸맞은 자연 현상이 뚜렷이 나타난다는 것을 금방 눈치 챌 수 있다. 아마 이것이 이 책을 읽는 가장 큰 즐거움이자 기쁨 가운데 하나일 것이다. 요컨대 코페르니쿠스에게 우주 대자연은 단순한 관념 놀음의 대상이 아니라, 영혼으로 연결되어 온몸으로 교감하고 영향을 주고받는, 문자 그대로의 일심동체이다.

코페르니쿠스를 위대한 인물로 키우는 데에는 그의 향토를 비롯한 우주 대자연이 가장 일차적인 요소였음은 물론이지만, 다른 한편으로 는 그의 열정과 재능을 제대로 읽어내고 그 인물 됨됨이를 정확하게 알 아보아 준 또 다른 사람들의 역할이 필수적이었다. 레슬라우 교회 학교 의 니콜라우스 보드카, 크라코프 대학의 알버트 폰 브루체보, 볼로냐 대학의 도미니쿠스 마리아 디 노바라 같은 스승들이 없었다면, 코페르 니쿠스의 열정과 재능은 펼쳐지지 못한 채 묻혀 버리고 말았을 것이다. 물론 앞서 말한 바와 같이 외삼촌 바첼로데 주교는 돌아가신 부모를 대 신하여 든든한 버팀목이 돼주었고, 또한 로마에서는 고리츠 폰 룩셈부 르크같이 교양과 재력을 이상적으로 겸비한 이가 든든한 후원자 역할 을 해주었다. '하늘은 스스로 돕는 자를 돕는다' 는 서양 속담의 진리를 코페르니쿠스만큼 극적으로 보여주는 경우도 많지 않을 것이다.

그러나 스스로 돕지 않는 이에게 하늘이 응답하지 않는다는 말이 무 색할 정도로, 그 인생에 수많은 조력자와 진실한 추종자들이 있었음에 도, 가장 중요하고도 힘든 순간에 코페르니쿠스는 결국 혼자였다. 당대 에 코페르니쿠스가 몰두하고 있던 연구는 너무도 천지개벽할 만한 것이 었던 만큼, 종국에 가서는 다른 어느 누구도 대신하거나 함께 감당할 수 없었다. 그가 얼마나 외로웠을지 충분히 미루어 상상할 수 있다. 그 렇지만 그는 좌절하지 않았는데, 그 견딤의 힘이 우주의 진실을 향한 말 그대로의 순수한 열정에서 나오지 않았을까 생각해 본다. 그는 오로 지 진실과 진리만을 추구했고, 그랬기 때문에 그 지독한 외로움마저 잊 어버린다. 젊은 시절의 코페르니쿠스 초상화를 처음 마주했을 때 '아, 상상했던 그 모습!' 이라는 느낌이 들었던 것도, 진정 진실한 이들이 흔히 지니는 순박함이 그 얼굴에 여실히 나타났기 때문이다.

　오늘날의 천체물리학에서 보자면 태양을 우주의 중심에 놓는 코페르니쿠스의 지동설은 당연히 틀린 것이다. 그러나 이런 상상은 어떨까. 만일 코페르니쿠스가 오늘날까지 살아 있다면. 그렇다면 그는, 그 옛날에 그랬던 것처럼 자신의 천체물리학 이론의 오류를 늘 점검하면서 우주의 진실과 진리에 다가가기 위해 끊임없이 스스로를 갱신했을 것이다. 애초에 자신이 세운 이론만이 여전히 옳다고 고집부릴 만큼 그가 한가하지 않을 것임은 누구나 상상할 수 있을 것이다. 진실과 진리만을 소중히 하는 이는 자기 자신의 생각을 우주의 중심에 놓지 않는다는 것, 오히려 우주의 진실을 중심에 놓음으로써 자신이 우주와 하나로 연결될 수 있다는 것을 코페르니쿠스의 삶은 가르쳐 준다.

　자유로이 느끼고, 넓고 깊게 생각하며, 올바로 행동하는 것이 이상적인 인격의 모습이라면, 코페르니쿠스야말로 그에 가장 근사(近似)한 인물 가운데 한 사람일 것이다. 어떻게 하면 이런 인물로 성장해 갈 수 있는지, 그렇게 성장한 인물에게서 무엇을 느끼고 배울 것인지, 이 책은 이런 것들을 물 흐르듯 자연스럽게, 그리고 흥미진진하게 보여준다.

　이 책은 본래 청계자유발도르프 학교(옛 과천자유학교)의 교재로 채택되어 이용되던 것이나, 다른 많은 이들 특히 몸이 하루 다르게 부쩍부쩍 커감에 따라 점점 더 정신의 지주를 갈망하는 이 사회의 많은 청소년기 학생들과 함께 읽고 감동을 나누는 것이 좋겠다는 판단 아래 번역, 출간하게 되었다. 그러나 실은 그 감동의 나눔이 이 책의 출간 준비 과정에서부터 시작되었다. 좋은 안내의 글을 부쳐 주신 청계자유발도르프 학교 과학 담당 조애경 선생님이 이 책을 '발굴'한 이래, 영어 판본 출간 출판사와의 판권에 관한 일, 여러 차례의 번거롭고도 수고로운 교정과 편집·디자인 일, 그 밖의 출간에 필요한 잡다한 일들에, 실로 수많은 청계자유발도르프 학교 '엄마들'의 진심과 정성 어린 협력이 있었다. 이 여러분들의 도움이 없었다면 한글로 옮겨진 〈코페르니쿠스〉는 이 세상에 존재하지 않았을 것이다. 그분들의 이름을 일일이 쓰지 못하는 것이 실로 유감이다. 이 책을 읽고 깊이 감동 받을 독자들을 대신하여 진심으로 감사의 마음을 전해 드린다.

이 책은 우주의 온갖 신비로 가득하다. 무엇보다도 이 멋진 코페르니쿠스 전기를 우리에게 선사한 하인츠 슈폰젤이라는 이가 누구인지 '아직' 아무도 모른다. 그의 이름은 필명이며, 독일에서 처음에 이 책을 낸 오토 마이스너 출판사(Otto Meissners Verlag)는 2차 세계대전 이후 문을 닫았고, 백방으로 알아보았으나 결국 원저자가 누구인지 알아낼 수 없었다고 영역본 출판사는 밝히고 있다. 따라서 이 책은 영역본을 한글로 중역한 책이다. 너무도 아쉬운 일이다. 그러나 이 책을 번역하는 과정에서도, 출간을 눈앞에 둔 지금에도 머릿속을 떠나지 않는 묘한 느낌이 있다. 하인츠 슈폰젤은 코페르니쿠스의 화신이 아닌지. 남몰래 그가, 자신이 살았던 시대와 삶의 이야기를 들려줌으로써 오늘날 우리에게 무언가 꼭 전하고픈 메시지가 있는 건 아닌지······.

2008년 10월
옮긴이 삼가 씀

【일러두기】

1 이 책은 원래 하인츠 슈폰젤(Heinz Sponsel, 필명)이라는 작가의 작품으로 1949년 독
일의 오토 마이스너 출판사(Otto Meissners Verlag)에서 처음 출판되었으나, 이 출판사
가 문을 닫고 책이 절판되면서 저작권자의 행방을 찾을 길이 없게 되었다. 2004년 미
국의 북미발도르프학교연합 출판사(AWSNA Publicatons)에서는 사장된 이 책의 가치
를 다시 살리고자 영어판으로 번역, 출간하였는데, 한국어판은 이 영역본 출판사와 계약
을 맺고 이를 한글로 중역한 것이다.

2 이 책의 각주는 우리말 옮긴이가 독자의 이해를 돕기 위해 넣은 것이다.

3 이 책에 나오는 인명과 지명은 현행 〈외래어표기법〉에 따라 표기했다. 단 몇몇 지명의
경우 지금은 쓰지 않는 옛 지명을 그대로 살려서 표기했다.

차례

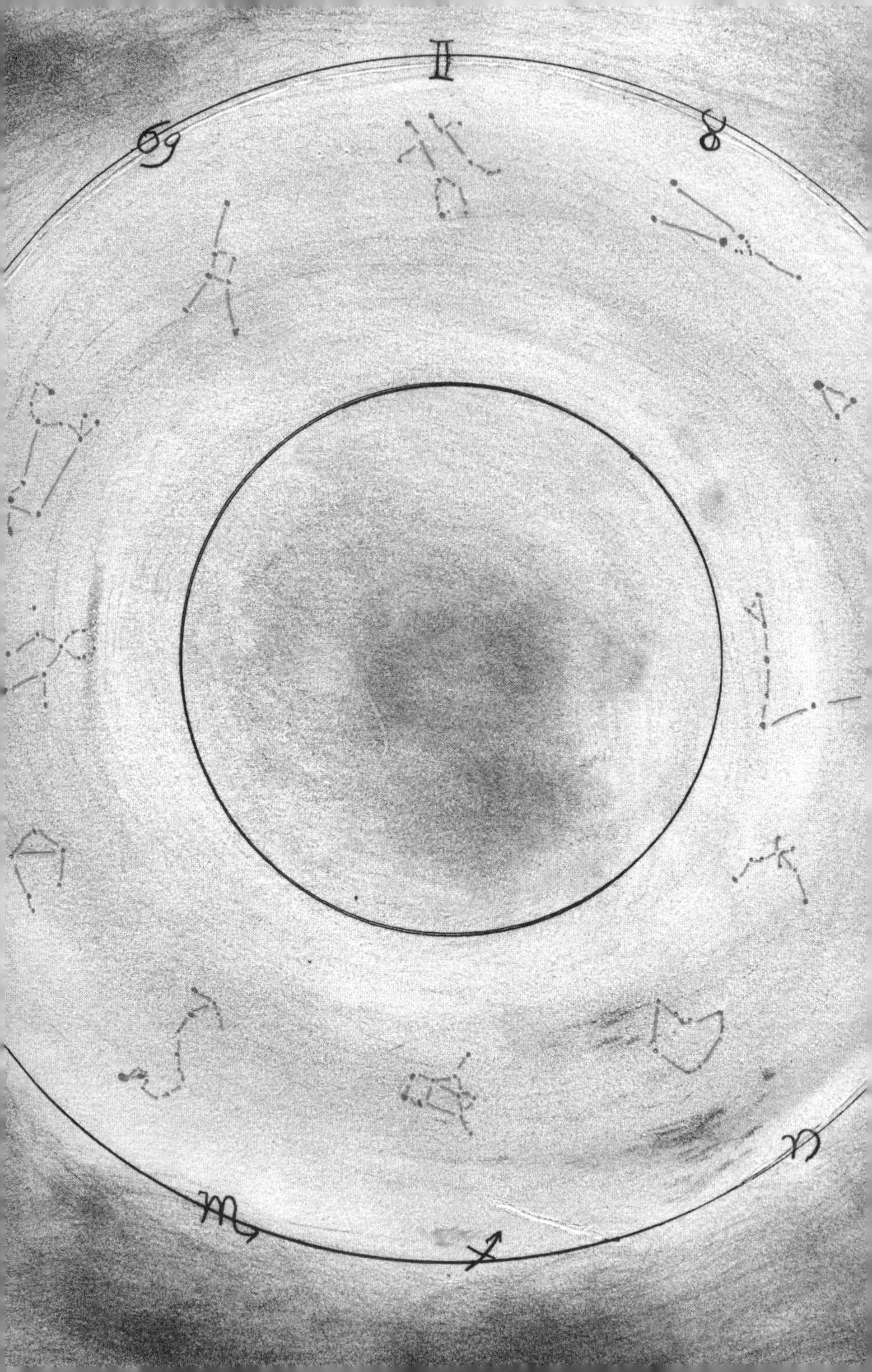

1 신비로운 가호

도시 위로 펼쳐진 여름 하늘 높이 태양이 떠 있었다. 폴란드 토룬 시의 구불구불한 골목길과 도로에는 인적이 없었다. 상인과 무역상들이 사는 가파른 박공지붕*의 집들은 이른 오후의 견디기 힘든 더위가 스며들어오지 못하도록 창문의 덧창을 꼭꼭 닫아걸고 있었다. 수확을 앞둔 황금빛 들판이 도시를 둘러싸고 멀리까지 뻗어 있었다. 추수한 곡식을 실은 수레가 삐걱거리는 바퀴 소리를 내며 울퉁불퉁한 길을 출렁거리듯 지나갔다. 양편 강둑 사이를 흐르는 넓은 비스툴라 강**의 물결은 흐르는 듯 마는 듯 고요했지만, 머지않아 닿게 될 바다를 향해 쉬지 않고 흐르고 있음을 알 수 있었다. 이따금 가벼운 산들바람이 북쪽의 짠 내 나는 공기를 이 평화로운 도시로 실어다 주었다.

---

*박공지붕 _건물의 모서리에 추녀가 없이 측면 벽이 용마루까지 삼각형으로 된 지붕.

**비스툴라(Vistula) 강 _카르파티아(Carpathian) 산맥에서 발원하여 발틱 해로 흘러드는 폴란드의 강.

강둑 옆에서는 사내아이 여럿이 뜨겁고 부드러운 모래밭에 누워 햇볕을 쬐고 있었다. 아이들은 햇볕에 그을린 팔을 베개 삼아 누워 파란 하늘과 높이 떠가는 구름을 꿈꾸듯 바라보았다. 더 어린 아이들은 물과 모래와 돌을 가지고 높다랗게 산을 쌓았다. 그러다 싫증이 나면 잽싸게 무너뜨리고 또 새로운 것을 만들기 시작했다. 햇볕이 너무 뜨거워지면 아이들은 깔깔거리며 누런빛의 차가운 강물로 뛰어들었다. 아이들이 팔다리를 휘저으며 물장구를 치면 하얀 거품이 사방으로 흩날렸고, 물보라에 비친 은빛 햇살이 아이들의 가느다란 몸을 감쌌다. 마음껏 떠들며 놀다 지친 아이들은 물결에 몸을 실어 강둑까지 다시 헤엄쳐 나왔다. 그러고는 다시 뜨거운 모래밭에 팔다리를 쭉 펴고 누워서 눈을 감은 채 새로운 꿈에 잠겼다.

이 아이들 가운데 니콜라우스 코페르니쿠스가 있었다. 그는 눈을 지그시 감고 강물이 찰랑거리는 소리에 귀를 기울였다. 강 위에는 아무것도 보이지 않았다. 강가에는 배 몇 척이 말뚝에 단단히 묶인 채 위아래로 출렁이고 있었다. 배를 묶은 쇠사슬이 말뚝에 부딪혀 나는 절그럭거리는 소리를 듣고서야 그는 그 배들 사이에 높은 돛대 몇 개가 서 있는 것을 알아차렸다. 빨강, 파랑, 하양 색색의 화려한 돛들은 배 밑바닥에 치워두어 보이지 않았고 돛대에 달린 밧줄만이 바람에 조용히 흔들리고 있었다. 그는 고개를 돌려 탑과 문이 많은 친숙한 마을 풍경을 바라보며 작은 모래알갱이에서 퍼져 나오는 기분 좋은 따사로움을 느꼈다. 그리고 광활한 하늘을 가로지르며 떠도는 황금빛 공 같은 태양의 눈부신 햇살에 눈을 감았다.

"닉! 닉!"

누군가 힘껏 흔드는 손길에 어린 니콜라우스는 몽상에서 깨어났다. 그는 손바닥으로 눈과 이마를 비비며 몽롱함을 털어내려고 애썼다.

"닉! 배가 들어오고 있어!"

그 소리를 듣자마자 정신이 번쩍 든 닉은 뛰어 일어나 다른 아이들과 함께 강가로 달려갔다. 아주 멀리 비스툴라 강이 크게 굽이치는 곳에 거무스름한 점 몇 개가 떠 있었다. 그 점들은 조금씩 더 선명하고, 더 크고, 더 당당한 위용으로 변해갔다. 구경하던 아이들은 이제 배의 갑판과 그 주위에 서 있는 여러 개의 기둥과 난간들을 또렷이 분간할 수 있었다. 드디어 둔중한 뱃고동 소리가 고요한 토룬의 오후를 뒤흔들면서, 이 도시의 모든 주민들에게 선원들이 오래고 위험한 항해에서 돌아왔음을 알렸다. 아이들이 지르는 기쁨의 함성과 뱃고동 소리가 힘찬 환희의 합창이 되어 온 시내와 들판으로 퍼져 나갔다. 사람들은 강둑 너머에서 검게 그을린 선원들에게 손을 흔들며 환영했고, 선원들 또한 그 환영에 답하듯 웃는 얼굴로 서 있었다.

잔뜩 흥분한 아이들은 배를 따라잡으려고 시끄럽게 고함을 질러대며 강둑 위를 내달렸다. 아이들은 한달음에 '수녀의 문'과 '선원의 문'을 지나고 '선착장의 문'을 돌아 토룬 항 부두에서 숨을 헐떡이며 배를 기다렸다. 그리고는 능숙한 선원들이 배를 부두 벽에 나란히 붙여 안전하게 정박시키기 위해 커다란 키를 조심조심 돌리는 모습을 지켜보았다. 배에서 젖은 밧줄을 알돌 위로 던지자 경험 많은 인부들이 쇠기둥에 그것을 묶었다. 뱃머리에 부딪힌 물결이 높이 치솟았다 부두 위로 다시 떨어지며 물보라가 흩날렸다. 그것은 마치 구름 한 점 없는 하늘에서 내리는 신기한 비 같았다.

배들은 이제 움직임을 멈추고 낯익은 항구에서 휴식을 취하기 시작했다. 배에 새겨진 이름들이 햇빛을 받아 반짝였고, 이국의 도시에서 가져온 깃발들은 돛대에 매달려 긴 항해가 성공적으로 끝났음을 증명하듯 휘날리고 있었다. 선원들은 돛을 거두고 배를 오르내리는 발판들을 땅으로 끌어

내렸다. 차츰 뱃고동 소리가 잦아들었다. 사람들이 분주하게 상자와 통들을 풀기 시작했다. 꾸러미들을 풀자 여러 나라에서 가져온 귀하고 값진 물건들이 모습을 드러낸다. 토룬의 상인들은 여러 날 밤잠을 설치면서 이 순간을 기다려왔다. 전국의 상인들에게 서둘러 팔기 위해선 물건들을 점검하고, 목록을 만들고, 상태에 따라 가격을 매겨야 했다. 그러고 나면 비어 있던 창고가 다시 한 번 가득 차게 될 것이다.

아이들은 도움은커녕 방해만 될 뿐이었다. 그들은 발길을 돌려 '수녀의 문' 근처 물놀이 장소로 터벅터벅 돌아가기 시작했다. 모든 물건들이 부려지고 나면 선실도 살펴보고, 돛대도 구경하며, 또 먼 나라에서 묻어 온 냄새를 맡아 보기 위해 배가 있는 곳으로 다시 돌아올 것이다. 마치 보이지 않는 손이 이 배들에 감춰진 여러 신비한 것들, 단지 상상만 해온 비밀의 세계로 자신들을 이끌고 있는 듯이, 아이들은 종종 멈춰 서서 배를 돌아보곤 했다.

닉과 그의 형 앤드류는 '선착장의 문'에서 강을 등지고 언덕 쪽으로 발길을 돌렸다. 그들은 성 앤 거리를 달려 자신들이 태어난 집을 지나 시장으로 들어갔다. 다시 크고 웅장한 탑이 있는 성 요한 교회를 돌아, 오래된 마을 강당 옆 거리를 가로질러갔다. 화려하게 장식된 교회 지붕이 햇빛에 반짝였다. 둘은 근사한 아치형 입구가 있는 아름다운 집 앞에 멈춰 섰다. 입구에는 굵은 글씨체로 아버지의 이름이 쓰여 있었다. '상인 니콜라우스 코페르니쿠스'

그들은 아버지가 짐을 잔뜩 싣고 안뜰에 들어서서 이제 막 손에 넣은 물건들을 풀어 창고에 넣을 준비를 할 때 그 자리에 함께 있고 싶었던 것이다. 그 순간은 바로 그들의 눈앞에 엄청난 미지의 세계가 펼쳐지고, 상자와 화물에 쓰여 있는 발음조차 할 수 없는 이상한 이름들을 보는 특별한 시간이었다. 토룬의 맨 가장자리 집들 너머 비스툴라 강이 굽이쳐 사라지는 곳으로부터 실재하는 미지의 세계가 펼쳐지기 시작한다는 것을 다른 어떤 때보다도 강렬하게 경험하는 순간이었다. 그들은 한 번도 본 적이 없고 단지 꿈꿀 수만 있었던 수많은 별들이 분명히 존재함을 느꼈다.

그날 밤 니콜라우스는 잠들 수가 없었다. 도무지 눈을 감을 수 없었던 건 무척이나 습한 여름밤의 공기 때문이 아니라, 뭐라 형언할 수 없는 어떤 동경 때문이었다. 형 앤드류와 함께 쓰고 있는 방이 갑자기 믿을 수 없을 만큼 좁게 느껴졌다. 천장에 매달린 여섯 개의 촛대가 달린 목재 샹들리에가 비밀과 모험으로 가득 찬 웅장한 배로 변했다. 오로지 별들만이 여느 날 밤과 똑같이, 열린 창문을 통해 반짝이고 있었고, 어슴푸레 빛나는 상현달이 떠 있었다.

닉은 어둑어둑한 방 안에서 귀를 쫑긋 세웠다. 형의 깊고 규칙적인 숨소리만 들려왔다. 온 집안이 고요했다. 바바라 누나와 캐서린 누나가 잠자고 있는 방에서도 아무 소리가 없었다.* 부모님도 조금 전에 잠자리에 드셨다. 방에서 새어나오는 불빛이 모두 꺼져 안뜰은 어두컴컴했다. 아직껏 깨어 있는 건 자기뿐이었다. 눈을 말똥말똥 뜬 채 자리에 누웠지만 닉의 마음은 비스툴라 강에 정박한 배가 있는 곳으로 내달리고 있었다. 배들은 새로운 모험으로 가득 찬 또 다른 여행을 위해 곧 출항 준비를 할 것이다.

닉은 벌떡 일어났다. 더 이상 자기 방 침대에 그대로 있을 수가 없었다. 바지와 겉옷을 입고 샌들을 찾아 신었다. 잠시 동안 두려움을 느끼며 망설이다가 마침내 용기를 냈다. 창턱은 땅바닥과 거의 같은 높이였고 안뜰로 이어져 있었다. 다시 한 번 창문 쪽으로 몸을 숙이고 귀를 기울였다. 아무 소리도 들리지 않았고 오로지 보통 때보다 훨씬 더 힘차게 고동치는 심장

---

*코페르니쿠스는 4남매 중 막내이다.

소리만 울리고 있었다. 기쁨과 두려움의 소리였다. 안심한 듯 고개를 끄덕이고는, 가벼운 몸짓으로 조심스럽게 창턱을 뛰어넘어 안뜰로 미끄러져 내려갔다. 높이 쌓인 상자와 짐 꾸러미 사이를 헤쳐 나가야 했다. 그는 아주 큰 나무통 위에 기어올라 마치 승리의 조각상처럼 잠깐 서 있다가 단숨에 거리 쪽으로 뛰어내렸다. 마침 성 요한 교회의 거대한 탑 뒤로 사라져 가는 야경꾼을 본 닉은, 보도의 포석 위로 뛰어내리는 소리를 듣지 않았나 조마조마하면서 벽 그림자 속으로 몸을 바싹 숨겼다. 심장이 어찌나 쿵쾅거리는지 자기 멋대로 한 행동에 후회가 밀려왔다. 그러나 눈을 들어 별을 보고, 그 고요히 빛나는 별빛을 받자 두려움은 이내 사라졌다.

닉은 토룬 시를 관통하고 있는 익숙한 길을 따라 시장과 성 앤 거리를 가로질러 걸어갔다. '선착장의 문'의 어두운 아치를 더듬거리며 지나던 그는 무시무시할 정도로 크고 무겁게 울리는 자신의 발자국 소리에 또다시 두려움을 느꼈다. 그러나 출렁이는 강물 소리를 들으며 다시 마음의 평정을 찾았고, 이젠 수많은 적들이 휘몰아쳐 온다 해도 겁나지 않을 것 같았다. 부두를 배경으로 유령처럼 서 있는 시커먼 선체들 사이로 높은 돛대들이 검은 손가락처럼 하늘을 향해 뻗쳐 있었다. 뱃머리에서는 희미한 초롱불이 천천히 위아래로 까딱거렸다. 바람막이 초롱 속에 켜둔 촛불 그림자가 물결 위에 비쳤다.

닉은 여전히 부두 옆에 서 있는 저장소 승강기와 창고의 그림자를 보호막 삼아 움직였다. 배들을 내려다보니 바로 옆에 있는 것끼리 서로 연결되어 있었다. 달빛 속에서 뱃머리에 밝은 색으로 쓰여 있는 배 이름들을 읽어 내려고 애썼다. '한자*', 그 다음은 '해신(海神), 크라코프, 마돈나' 입술을

---

*한자(Hanse, Hansa) _중세 때 북구의 상인 조합. 한자동맹은 14-15세기 북구 상업 도시의 정치적·상업적 동맹을 말한다.

달싹였지만 소리는 내지 않았다. 몇 발짝 더 걸어가다 찾고 있던 이름을 발견한 닉은 안도의 숨을 내쉬었다.

"실레지아*."

한 번, 그리고 또 한 번 그 이름을 낮게 되뇌었다.

"실레지아."

그것은 마치 신비한 기도 소리 같았다. 그랬다, 거기 부두가 끝나는 즈음에, 소리 없이 길게 늘어선 배들 맨 끝에 그 배가 있었다. 그 배 안 어딘가의 작은 선실에서 늙은 키르스텐이 자고 있을 터였다. 키르스텐과 닉의 아버지는 오랜 친구 사이였다. 두 사람의 조상들은 토룬의 여느 사람들처럼 이곳에 정착하기 위해 여러 해 전 실레지아에서 이주해 왔다. 닉의 아버지와 선원인 키르스텐은 특히 가까웠는데, 둘 다 그 조상들이 나이세 강변**의 작은 마을인 쾨퍼니히에서 이주해 왔기 때문이다.

닉은 이번 항해가 시작되기 여러 주 전에 암호로 약속해 두었던 휘파람 소리를 늙은 키르스텐이 아직도 기억하고 있을지 궁금했다. 자신이 그 소리를 낼 수 있는지도 조용히 시험해 보기로 했다. 휘파람 소리 내기는 쉽지 않아서, 이 도시에서 그의 휘파람 소리를 흉내 낼 수 있는 아이는 없었다. 입술을 오므리고 불어보고는 만족한 듯 고개를 끄덕였다. 그는 키르스텐한테 다른 나라의 신기한 문화 이야기를 무척이나 듣고 싶었다. 바다의 폭풍우며 머나먼 도시들, 그리고 비스툴라 강 주변에서는 볼 수 없는 신기한 물고기와 별들에 대해.

닉은 '실레지아' 호와 연결된 굵은 밧줄이 매여 있는 강둑의 쇠기둥 쪽으로 살그머니 기어갔다. 깊은 곳에서부터 세차게 흐르는 강물이 뱃머리

---

*실레지아(Silesia) _본래는 유럽 중부의 한 지방 이름이다. 지금은 폴란드령과 체코령으로 나뉘어 있다.
**나이세(Neisse) 강 _ 체코에서 북방 독일과 폴란드의 국경을 흐르는 오데르(Oder) 강의 지류.

주변을 씻어 내렸다. 부두 쪽으로 더 가까이 다가가자 현기증이 나려고 했다. 발밑으로 강물에 비친 자기 그림자가 어둡고 신비로워 보였다. 어둠 속을 가르며 날아가던 갈매기 몇 마리가 닉의 바로 옆을 소리 없이 지나쳐 배 난간에 앉았다.

닉은 휘파람을 불었다. 처음엔 주변의 고요함을 깨뜨리기가 두려운 듯 머뭇거렸지만, 이내 좀 더 큰 소리로 그 기묘한 가락을 반복했다. 마치 오래된 민속 음악이 울려 퍼지는 것 같았다. 개 한 마리가 입이 틀어 막힌 채 내는 으르렁거리는 소리가 나더니, 뒤이어 나무 갑판 위를 질질 끌듯이 걷는 발자국 소리가 들렸다가 다시 그쳤다. 닉의 세 번째 휘파람 소리가 허공에 퍼졌다. 그러자 똑같은 곡조의 휘파람이 되돌아왔다. 키르스텐이 닉의 휘파람 소리를 들은 것이다. 또다시 질질 끄는 발자국 소리가 어둠 속에서 들려왔고, 누군가 갑판을 가로질러 뱃머리 쪽으로 서둘러 나타나는 게 보였다. 닉은 이 그림자가 정말 키르스텐일까 했지만, 건너편에 선 건장한 어깨와 길고 하얀 턱수염을 가진 남자를 보자 미심쩍었던 마음이 깨끗이 사라졌다.

"닉?"

느릿하지만 놀란 목소리였다.

"키르스텐! 네, 저예요, 키르스텐!"

닉은 환성을 질렀다. 주위가 조용했기 때문에 기쁜 나머지 자기도 모르게 큰 소리를 내지 않도록 조심해야 했다. 잠시 후 배에 오를 수 있는 발판이 부두 쪽으로 내려졌다.

"자, 어서 건너오렴."

닉은 서둘러 좁고 휘청거리는 발판을 타고 배에 올라간 뒤 키르스텐을 도와 다시 발판을 배로 끌어당겼다. 그는 그 건장한 선원의 그림자 곁에 섰다.

"이 한밤중에?"

닉은 말이 없었다.

"부모님도 아시니?"

닉은 고개를 떨어뜨렸다.

"부모님이 널 찾으시기라도 하면, 얘야?"

이 한밤의 모험가는 여전히 아무 대답이 없었다. 이 시간에 몰래 나온 것 때문에 무슨 일이 생기지 않을까 하는 생각이 갑자기 들자, 터질 것 같던 기쁨은 연기처럼 사라지고 두려움이 엄습해 왔다. 키르스텐의 턱수염 사이로 뭐라 웅얼거리는 소리가 들려왔지만, 그게 칭찬인지 야단인지 알 수 없었다.

"날 따라오너라, 어서!"

닉은 어쩔 도리가 없었다. 그는 키르스텐의 손을 꼭 잡았다. 무슨 말이건 하고 싶었지만 한마디도 할 수가 없었다.

두 사람은 갑판에 난 좁은 뚜껑문을 열고 들어가 가파른 사다리 쪽으로 갔다. 사다리는 배의 아래쪽 내부로 연결되어 있었다. 대구 간유, 향신료, 담배 냄새와 바다 냄새가 뒤섞여 나는 복도를 지나 그들은 작은 선실로 들어갔다. 키르스텐은 커다란 둥근 초에 불을 붙이고 나지막한 탁자 옆에 놓여 있는 긴 원형 의자에 엉거주춤 앉았다. 벽에 걸린 흉측한 얼굴의 탈바가지들이 히죽 웃는 표정으로 내려다보는 모습에, 닉은 잠시 등골이 오싹했다.

"이 탈들이 무섭냐, 닉?"

키르스텐이 껄껄 웃었다.

"이 탈들을 만든 섬사람들을 안 만난 걸 다행으로 알아라. 그 사람들은 오래되고 딱딱한 내 뼈다귀보다 어려서 보드라운 네 살을 더 좋아했을 거야!"

몸을 들썩이며 한참 동안 웃어 대던 키르스텐이 이야기를 계속했다. 그는 숨도 제대로 못 쉬고 귀를 기울이고 있는 이 소년에게 이제 막 마친 항해에 관한 모든 이야기를 들려주었다. 이야기를 들으며 닉은 폭풍우와 온갖 위험한 일들을 함께 견뎌 냈고, 기적처럼 목숨을 부지했다. 별별 이름 모를 나라의 사람들이 눈앞에 나타났다. 얼마나 하늘 높이 솟아 있는지 이 세상 그 누구도 정상의 모습을 본 적이 없는 산이 눈앞에 펼쳐졌다. 작은 선실의 좁은 벽이 활짝 열리면서 마법의 세계가 소년 앞에 모습을 드러냈다. 호리호리한 야자나무 위에서는 원숭이들이 솜씨 좋게 코코넛을 던지고 있었다. 사람들을 통째로 집어삼킬 것 같은 동물들도 있었다. 이글거리는 태양은 무엇이든 가차 없이 태워 버릴 듯 뜨거웠고, 모래 말고는 아무것도 보이지 않는 사막도 있었다.

키르스텐 곁에서 꼼짝도 하지 않은 채 웅크리고 앉아 있는 닉에게 지상과 하늘의 미지의 세계를 탐험하고자 하는 욕망이 어느 때보다도 강렬하게 불타올랐다. 닉은 이 나이 많은 선장이 무척이나 부러웠다! 닉에겐 미지의 세계를 탐험하는 일이 어려워 보이지 않았다. 용기와 굳센 의지만 있으면 되지 않는가!

갑자기 이야기를 멈춘 키르스텐이 자리에서 일어나 자물쇠가 채워진 작은 벽장에서 종이 한 장을 꺼냈다. 곱게 접혀 있는 종이를 정성을 다해 조심스럽게 펼치면서 그는 깊은 생각에 잠겼다. 쩔쩔매며 종이를 다루는 그의 모습은, 마치 자신의 투박한 손가락과 우악스러운 손이 그것으로 고통을 느끼지 않을까 걱정하는 듯도 했고, 그 귀중한 종이에 돌이킬 수 없는 해를 입히지 않을까 두려워하는 듯도 했다. 그는 불빛이 종이를 비추도록 초를 아주 가까이로 끌어당겼다. 닉은 키르스텐 옆에 더 바싹 붙어서 종이 위에 그려진 이상한 기호들을 뚫어지게 들여다보았지만 무슨 의미인지 전혀 알 수 없었다. 질문을 하려고 고개를 들었지만, 키르스텐의 얼굴에서 지금까지와는 전혀 다른 낯선 분위기가 느껴졌다. 뭔가 아주 경건한 느낌이었다. 기도를 하는 걸까? 닉은 말없이 키르스텐이 설명해 주기를 기다렸다.

"이게 무슨 뜻인지 알겠니, 닉?"

노인이 천천히, 속삭이듯 물었다. 소년은 고개를 흔들었다.

"이건 위대한 비밀이란다, 닉. 아주 위대한 비밀, 그래서 이걸 이해할 수 있는 사람은 아주 드물지."

키르스텐은 그 기호들을 뚫어져라 바라보고 있었다. 마치 자기가 보았던 모든 것의 의미를 기억해내려는 것 같았다.

"이건 이집트에서 온 거다, 닉. 스핑크스와 피라미드의 땅에서 말이야. 거기서 이 양피지를 얻었지. 어떤 나이 많은 현자가 이것의 비밀들을 내게 가르쳐 줬단다."

"이집트요?"

닉은 자기의 말이 무슨 뜻인지도 모르면서 물었다.

"남쪽으로 멀리 내려가면 있는 나라야. 몇 주일이나 그것도 아주 위험한 항해를 해야 닿을 수 있지."

키르스텐이 종이 위로 몸을 숙이자, 한 이방인이 그린 그림들 위로 그의 커다란 머리가 짙은 그림자를 드리웠다.

"이건 열두 개 별의 기호인데 닉, 모든 인간의 운명이 이 그림들 속에 감춰져 있단다. 이 기호들을 읽어 내는 방법을 알기만 하면 되는 거야. 이집트의 늙은 현자가 내게 이 마법의 기술을 가르쳐 줬단다. 열두 개 별의 기호를 말이야, 닉!"

닉은 키르스텐이 하나하나의 그림들을 손가락으로 짚어 가며 중얼거리듯 하는 말을 들었다. 꼼짝도 하지 않은 채 닉은 그 말을 이해하려고 애썼다.

"목양자리, 황소자리, 쌍둥이자리, 게자리, 사자자리, 처녀자리, 천칭자리, 전갈자리, 궁수자리, 산양자리, 물병자리, 그리고 물고기자리."

선실에는 침묵이 흘렀다. 비스툴라 강의 물이 배에 찰싹찰싹 부딪히는 소리만 들려왔다. 닉은 자신이 보고 느끼는 것에 두려움을 느끼며 그 종이를 바라보았다. 옆에 앉아 있는 이 사람은 마법사일까? 마침내 호기심과 알고자 하는 갈망이 자신을 압도해오던 두려움을 이겨냈다. 그 종이 위의 그림들은 별들을 설명하려고 그린 것이었다! 그는 모든 인간의 운명이 이 그림들 속에 숨겨져 있다는 키르스텐의 말에 대해 곰곰이 생각해보았지만, 그 뜻을 이해할 수는 없었다.

"언제 태어났지, 닉?"

키르스텐의 목소리를 듣고 닉은 생각을 멈추었다.

"1473년이요."

"태어난 해만으로는 안 돼. 태어난 달과 정확한 날짜까지 말해 봐!"

"2월 19일이요."

"2월 19일."

키르스텐은 나직이 한 번, 또 한 번 중얼거렸다.

"2월 19일이라."

그러더니 손가락으로 그림 하나를 짚고, 불빛이 비치도록 초를 돌려놓았다. 닉의 눈에 두 마리의 물고기처럼 생긴 그림이 들어왔다.

"무, 무, 물고기요?"

소년이 더듬거리며 작은 소리로 물었다. 키르스텐은 놀란 눈으로 바라보더니, 닉의 어깨 위에 손을 얹었다.

"그래, 닉, 두 마리 물고기란다. 네 별은 물고기자리야. 분명 그 이집트 사람은 이게 좋은 별자리라고 말했어. 이 별은 사람을 멀고 험한 길로 인도한다고. 하지만 그 길의 끝에 이르렀을 때 태양은 전보다 더욱 밝게 빛나지."

키르스텐은 펼쳤을 때와 똑같이 양피지를 다시 접고는, 행여 상할까 조심스럽고 정성스럽게 다시 벽장 안에 넣어 두었다. 그러고는 가만히 벽장 문을 잠갔다. 그는 닉의 손을 잡고 말했다.

"이제 가야 할 시간이다, 닉! 자정이 훨씬 지났어."

그는 닉과 함께 갑판으로 다시 나와 발판을 부두로 내린 다음 닉이 배에서 내려가기를 말없이 기다렸다. 세차게 흐르는 강물 위로 높이 얹혀 있는 발판을 반쯤 건너가다가, 닉은 발걸음을 멈추고 뒤를 돌아보았다. 갑자기 현기증이 느껴졌다.

"무슨 일이냐, 닉?"

"키르스텐, 그 그림 선물로 주세요!"

노인은 말없이 서서 고개를 저을 뿐이었다.

"아니면 베껴서 그려 주세요!"

"난 그림도 못 그리고 글씨도 못 쓴단다, 닉!"

소년은 슬퍼졌고, 돌아서서 다시 발판을 건너 부두 쪽으로 걸어갔다. 부두로 내려가 그는 한 번 더 멈춰 섰다.

"제가 그림 그리는 걸 배우면, 그 그림을 베껴도 될까요?"

"닉, 그 이집트 노인의 말을 따르면, 네 별은 물고기자리야. 그러니 넌 나중에도 그 그림이 필요하지 않을 거야. 넌 다른 사람들보다 험한 길을 걸어가겠지만, 다른 어떤 별들보다도 밝고, 세상에 오직 하나뿐인 태양이 널 비춰 줄 거란다!"

닉은 여전히 무슨 말인가 하고 싶었다. 그러나 뒤를 돌아보니 사방이 캄캄했다. 머나먼 동쪽에서 하늘이 밝아오기 시작했다.

"태양이 떠오른다!"

그는 생각했다.

"태양!"

잠자고 있는 도시와 그 안의 수많은 골목길 속으로 그는 빨려들듯 걸어갔다.

2 레슬라우 탑의 해시계

비스툴라 강 연안의 레슬라우라는 작은 도시, 나무로 둘러싸인 교회 학교 마당 위로 날카로운 종소리가 울렸다. 조용히 하라는 엄한 목소리가 들렸고, 어린 소년들의 재잘대는 목소리와 즐거운 놀이 소리가 곧바로 잠잠해졌다. 늘 그렇듯이 반별로 둘씩 짝을 지어 줄을 맞춰선 아이들은 넓은 아치문을 지나, 더운 날의 습한 공기를 막기 위해 두꺼운 돌 벽으로 만든 학교의 복도 안으로 들어갔다. 학생들의 긴 행렬은 화려한 장식의 난간이 있는 계단을 올라 서로 다른 교실 문으로 흩어져 들어갔다. 긴 아침 휴식이 끝나는 시간이었다.

소년들은 흥분과 기대에 충만하여 교실의 자기 자리를 지켰다. 좋은 옷감으로 잘 맞춘 옷을 보아 이 지방 유복한 집안의 자제들이라는 걸 알 수 있었다. 레슬라우의 교회 학교에 입학한 아이들은 훗날 이 도시에서 지도적인 자리를 차지할 방법을 배우게 된다. 이 도시나 주변 시골의 가난한 아이들을 받아들이는 학교는 많지 않았고, 학교의 문을 개방한 경우에도 그 아이들에게 읽고 쓰는 법을 가르치는 데 성공한 사람은 거의 없었다. 아이들 대부분은 학교에 가지 않았고, 결국 부모가 아이들에게 가르칠 수 있는 것만을 배웠다. 그러나 레슬라우의 교회 학교에서는 가르치는 과목이 많았다. 라틴어와 독일어, 수학과 자연과학, 지리, 그리고 노래 등이 그것들이었다.

기대감에 차서 선생님을 기다리는 소년들의 긴장된 고요함이 한 아이의 속삭임으로 갑자기 깨져 버렸다. 뒷줄에서 시작된 속삭임 소리가 앞쪽 모든 줄까지 퍼져 나갔다.

"너 어떤 애 하나가 오늘 새로 오는 거 알고 있어?"

"그 애 삼촌이 에름란트 주교 루카스 바첼로데래!"

"와, 그럼 걔는 귀족이겠네!"

"누구 걔 이름 아는 사람?"

"니콜라우스 코페르니쿠스래."

속삭이는 소리는 곧 잦아들었다. 문이 열리고 수학 선생님인 니콜라우스 보드카가 교실로 들어왔다. 그 곁에 바짝 붙어서 한 소년이 따라

들어왔다. 열네 살 나이에 비해 꽤 크고 아주 호리호리한 이 소년이 불안정한 걸음걸이로 들어오자, 교실 안 수많은 아이들의 낯선 눈길이 그에게 집중됐다. 그 눈초리들은 머리끝에서 발끝까지 그를 샅샅이 훑어보기 시작했다. 선생님은 교탁으로 가서 핀 떨어지는 소리가 들릴 정도로 고요해질 때까지 잠시 동안 학생들을 둘러보았다. 선생님이 부드럽고 조용한 목소리로 말하기 시작했을 때에는 교실의 가장 먼 구석에서도 분명하게 그 말을 들을 수 있었다.

"오늘 우리는 우리 반에 토룬에서 온 니콜라우스 코페르니쿠스라는 학생을 새로 맞이했습니다. 나는 여러분들이 어서 빨리 좋은 친구가 되기를 바랍니다!"

그러고는 이렇게 말했다.

"코페르니쿠스, 저 맨 뒷줄 저쪽에 네 자리가 마련돼 있다."

닉은 서둘러 선생님이 가리킨 자리로 가서 앉았고, 자신의 마음 저 깊은 속까지 헤집어 보는 듯한, 교실 안 아이들의 냉정한 시선에 더 이상 노출되지 않게 된 데에 안도했다. 그는 한 번 휙 하고 교실 안을 둘러봤다. 사방 벽면에 온갖 색깔의 지도가 걸려 있었고, 커다란 칠판에는 뭔지 이해할 수 없는 직선과 곡선과 숫자들이 빽빽이 쓰여 있었다. 보고 있으면 현기증이 나는 것 같았다. 창문 밖에는 하늘 높이 뻗쳐 있는 커다란 교회 첨탑이 있었지만, 닉은 아주 일부분만 볼 수 있었다. 건너편 자리를 보았다. 모두가 얼굴도 이름도 모르는 아이들이었다. 그러나 누구를 친구로 삼을지 생각할 짬이 없었다. 한 시간 동안이나 수업이 이어지면서 신비로운 흥미의 심연에 푹 빠져들었기 때문에 골똘히 생각에 잠길 여유도 없었다. 니콜라우스 보드카는 어떤 아이가 정신이 멍한 채로 수업에 집중하지 않는지 금방 알아챌 수 있는 선생님이었다.

이날 한 수업 시간에 니콜라우스 보드카가 별에 관한 이야기를 들려주기 시작했다. 두꺼운 돌 벽으로 만들어진 이 엄숙한 분위기의 교실에서 경이로운 세계가 펼쳐지고 있었다. 모든 소년들의 시선이 색분필로 수많은 별들을 그려 놓은 칠판에 고정되었다. 북두칠성과 작은곰자리, 오리온, 북극성, 화성과 금성이 그려져 있었고, 칠판 위에 은빛의 통로 같은 하얀 은하수 띠가 있었다. 이 순간 닉은 여러 해 전 비스툴라 강 '실레지아' 호의 작은 선실에서 나누었던 신비로운 이야기와, 깜박거리는 촛불 앞에서 나지막한 의자에 앉아 있던 턱수염 난 선원을 떠올렸다. 니콜라우스는 키르스텐과 빨간 촛불에 비추어 펼쳐 본 온갖 신비로운 기호를 담고 있던 그 종이에 대해 생각했다. 이때 니콜라우스는 니콜라우스 보드카가 자신을 별들의 세계로 더 깊숙이 인도할 사람일 거라고 예감했다. 그리고 그 별들은 인간이 알지 못하는 어떤 굉장한 곳에 있어서 결코 완전하게 그 모습을 드러내지는 않을 것 같았다. 칠판을 뚫어지게 바라보던 닉은 갑자기 키르스텐과 함께 보낸 그 밤에 관한 이야기를 이 선생님과 나눌 적당한 기회를 마련해야겠다고 마음먹었다. 키르스텐이 이집트 항해로부터 가지고 온 것이 진짜였다면, 니콜라우스 보드카는 거기서 훨씬 더 대단한 비밀들을 밝혀낼 수 있을 것 같았다.

그날 아침은 이 교회 학교의 그전 어느 수업 때보다도 시간이 빨리 지나갔다. 니콜라우스는 매일 밤 이 선생님이 교회 탑 높은 곳에서 연구하고 있고, 별을 보며 하늘을 관찰하기 위해 밤늦게까지 잠자리에 들지 않는다는 얘기를 우연히 들었다. 니콜라우스는 좁고 답답하며 하늘도 아주 조금밖에 볼 수 없는 교실이 아닌 교회 탑 높은 곳에서 선생님께 말씀을 건네야겠다고 마음먹었다. 건물 깊숙한 곳이 아닌 탑의 가장 높은 곳이라면 온 도시와 강은 물론 먼 하늘까지도 볼 수 있을 것이다. 자기 반의 여러 친구들이 엿들을 수 없는 그 높은 곳에서, 그는 니콜라우스 보드카 선생님과 단 둘이 그 이야기를 나누고 싶었다.

모든 학생들이 교회 마당에서 즐겁게 놀고 있던 어느 날 저녁, 바로 그 순간이 찾아왔다. 그는 학교 친구들과 떨어져, 길고도 넓은 건물 안으로 살금살금 들어가 탑으로 들어가는 철문을 서둘러 지나갔다. 희미한 저녁 어스름에 익숙해지고 나서야 자신 있게 걸어갈 수 있었다. 어둡고 묵직한 들보*들이 커다랗게 금이 가 있는 돌 벽에서 마치 유령처럼 자신을 응시하고 있었다. 묵직한 종 밧줄은 보이지 않는 손에 의해 움직이는 것처럼 이리저리 흔들렸다. 여기저기서 나무로 된 교회 의자의 삐걱거리는 소리가 들려왔다. 한숨을 쉬며 꼭대기 쪽을 올려다보던 그는 니콜라우스 보드카가 있는 곳까지 가려면 얼마나 더 가야 하는지 알려고 애썼다. 이 곰팡내 나는 탑이 아주 기분 나빠서 뒤돌아 달려 나가고 싶은 심정이었다. 작은 돌로 된 창문 안쪽 우묵한 곳에는 재밌게 생긴 밤새들이 웅크리고 있었는데, 그가 새들 옆을 살금살금 걸어서 지나칠 때마다 깃털 속에 처박고 있던 머리를 들어 깃을 곤두세우고는 눈도 깜박거리지 않고 바라보다가, 다시 느릿느릿 알 품는 자세로 되돌아가는 것이었다. 더 높은 곳으로 올라가기 위해서는 자기 안의 모든 용기를 짜내야만 했다. 그는 놋쇠로 된 겉면에 숫자와 글자가 새겨진 여러 개의 커다란 종들 옆을 지나갔다. 어느 종의 쇠를 맨손으로 만져 보자 차가운 기운이 온몸에 퍼져 오싹함이 느껴졌다. 손가락 하나로 조심스럽게 그 종을 밀어 보았다. 다른 어디에서도 들을 수 없을 듯한 묘하게 맑은 음색이었다. 종의 크기에 걸맞게 깊고도 밝으며, 그윽하고도 높은 소리였다.

마침내 그의 앞에 건물의 가장 높은 곳인 탑의 꼭대기로 오르는 가파른

*들보 _ 건물의 칸과 칸 사이의 두 기둥 위를 건너지른 나무.

사다리가 나타났다. 선생님을 귀찮게 하는 건 아닌지, 그는 사다리 맨 끝에서 망설이며 서 있었다. 잠시 후 조심성 없이 발걸음을 내딛다가 느닷없이 어느 커다란 들보에 부딪히는 바람에 갑자기 쿵 하는 소리가 온 건물 안에 쩌렁쩌렁 울렸다. 문 하나가 휙 열리더니 키 작은 문을 꽉 채울 듯 큰 몸집의 니콜라우스 보드카가 모습을 드러냈다.

"코페르니쿠스?"

그는 매우 놀라면서 천천히 물었다. 대답이 없었다.

"너 이 탑에서 뭘 찾고 있는 거니?"

잠시 선생님을 올려다본 닉은 대답을 찾아내고는 거침없이 말했다.

"별이요!"

오래된 탑 벽에 부딪혀 나온 메아리가 건물 아래 깊은 곳까지 느릿느릿 퍼져 갔다.

"별이요!"

이 한마디를 했을 뿐인데도, 마음속 깊은 곳에서 동경하던 것을 드러내 놓고 말해 버려 부끄러운 듯 그는 고개를 숙였다. 여기까지 올라오지 않는 게 좋았으리라 생각했다. 저 밑에 있는 거대한 종들 밑으로 도망쳐 숨어 버릴 수 있었으면 하는 생각이 들기도 했다. 자기 모습이 안 보였으면 했다. 이때 또 한 번 마음속에서 울려 나오는 목소리를 들었다. 놀라움에 고개를 든 그는 자신의 말 속에 떨리는 기쁨이 숨겨져 있음을 알았다.

"별!"

그때 자신에게 손짓하는 선생님을 보았고, 선생님은 안으로 들어오라며 문 옆으로 비켜섰다. 그는 재빠르고 힘차게 사다리의 마지막 계단을 올라 방 안으로 들어가 문의 빗장을 채웠다.

그는 경이감에 가득 차 원형의 방 안을 둘러보았다. 벽 안쪽으로 넓은 창이 나 있었고, 이 창을 통해 어느 방향이든 내다볼 수 있었다. 천천히 엄숙한 모습으로 방 안 이곳저곳을 걸어 다니고 밖을 내다보았다. 마치 꿈을 꾸는 듯 레슬라우 시를 내려다보았다. 저 멀리 있는 집들은 장난감 상자에서 튀어나온 듯했고, 거리와 골목길 사이에서는 작아서 거의 보이지 않는 점들이 움직이고 있었다.

'사람들이 개미 같아.'

그는 혼자 생각했다. 비스툴라 강의 물줄기는 시골 마을들을 휘돌아 나갔고, 빨강·파랑·하양의 돛들이 흙빛 물 위에서 빛나고 있었다.

"토룬과 그 너머에서 항해해 온 배들이다. 이제 여기보다 더 먼 바다로 나가서, 거기서 또 훨씬 더 먼 곳으로 항해하게 되겠지!"

미지의 세계를 향한 형언할 수 없는 동경을 품고 그는 혼잣말을 했다.

그는 그 깊은 감동에서 빠져나와 고개를 들어 높은, 훨씬 더 높은 하늘을 올려다보았다. 이렇게 광대한 하늘을 바라보는 것은 하나의 충격이었다. 어린 시절에도 이렇게 하늘 가까이에 있어 본 적은 없었다. 예전에는 그저 땅 위에서나 나무에 올라가 하늘을 보았을 뿐이다. 그러나 지금 여기서, 점점 더 짙어오는 이 밤의 어둠 속에 모습을 드러내는 저 별들을 자기 손으로 움켜쥘 수 있을 것 같았다.

"별!"

다시 한 번 그는 이 말의 느낌에 압도되었다. 이 말에는 빠져나올 수 없는 마력이 있었다. 입을 약간 벌린 채 끝없이 광대한 하늘을 말없이 응시했다.

니콜라우스 보드카는 미소를 지으며 이 소년을 방해하지 않고 바라보았다. 그는 작은 탁자 앞에 서 있었는데, 그 위에는 복잡한 선과 긴 숫자가 쓰여 있는 종이 여러 장과 측량 도구들이 놓여 있었다. 소년의 기쁨은 온전히 그 자신만의 것이었다. 놀라움과 경외감으로 가득 찬 소년의 모습을 보고 그는 여러 해 전 자신의 경험을 떠올렸다. 그 또한 놀라움 속에서 하늘의 경이로운 모습을 말없이 바라본 적이 있었다.

닉은 천천히 창가에서 방 한가운데로 걸어갔다. 탁자 위에 있는 여러 장의 그림들을 보았는데, 거기에 쓰여 있는 표시와 숫자들이 키르스텐의 지도에 있던 것들과 비슷했다. 아주 오래 전 그 특별한 날 밤에 자신이 들었던 이름들을 기억해 내려고 애썼다. 그렇게 애를 썼는데도 한 가지 이외에는 기억해 낼 수가 없었다. 아주 선명하게 기억나는 한 가지 기호는 위아래로 서로 떨어진 채 헤엄치고 있는 물고기 두 마리의 형상이었다.

닉은 손가락을 뻗어 그 종이를 가리켰다.

"물고기자리?"

선생님이 말했다. 니콜라우스 보드카는 놀랐다.

"그래, 코페르니쿠스, 물고기자리구나. 누가 너한테 이걸 가르쳐 줬니?"

머뭇거리며 천천히 시작하다가, 곧 점점 더 빠른 속도로 닉은 이전에 아무에게도 털어놓지 않았던 이야기를 했다. 토룬의 부두 옆에 있던 그 배에서의 잊을 수 없는 밤에 대해, 그리고 키르스텐이 말해 준 비밀들에 관해 이야기했다. 흥분한 그의 뺨은 발갛게 달아올랐고, 목소리에는 그전에 전혀 느껴 보지 못한 감정이 담겨 있었다.

닉이 이야기를 끝마칠 때까지, 선생님은 오랫동안 말없이 생각에 깊이 잠긴 채 그 곁에 서 있었다. 닉의 어깨 위에 지긋이 손을 올려놓으며 선생님이 조용히 말했다. 너무나 조용히 말했기 때문에 닉은 바짝 귀를 기울여 들어야만 했다.

"그래, 코페르니쿠스, 키르스텐 노인은 아주 많은 걸 알고 계시구나. 하지만 그분이 너한테 말해 준 게 꼭 믿을 만한 건 아니란다. 사람들의 삶과 운명, 행복과 슬픔이 그들이 태어난 해의 별자리와 연관이 있다는 건, 많은 사람들이 품고 있는 하나의 믿음일 뿐이란다."

그는 말을 멈추고 탁자 위 종이들을 뒤적여 한 장을 꺼냈는데, 거기에는 십자형으로 교차된 여러 개의 복잡한 원들이 그려져 있었다. 그는 손가락으로 그 선들을 짚어 나갔다.

"여기! 여기다, 얘야, 수학으로 계산하고 증명할 수 있는 걸 보여주는 그림 하나가 있지. 이게 바로 많은 사람들이 수세기 동안 밤낮 없이 관찰하고 계산해서 함께 발전시킨 거란다. 그렇지만 아직 이건 아주 작은 시작일 뿐이야. 해야 할 일이 아직도 많이 남아 있지. 계속 반복해서 관찰하고 비교하고 계산해야 한단다. 실수하고 실망도 하고 거기서 다시 출발해야 해. 한 사람의 일생은 이 과제를 완수하기엔 너무나 짧단다. 한 사람이 어떤 게 올바르다고 확신할 때에도 오류에 빠질 수 있단다. 지구가 가만히 있고, 태양과 달, 그리고 다른 별들이 그 주위를 돈다고 누가 과연 확실히 알 수 있겠니? 다른 어떤 사람이 내일 나타나서 그 정반대의 주장을 할 수도 있는 거야. 그 다음에 또 언젠가는 제삼의 인물이 나타나 우주 전체를 완전히 다르게 보는 관점을 제시하게 되겠지?"

니콜라우스는 말없이 들었다. 그리고 선생님이 그 종이를 내려놓고 이상하게 생긴 도구를 찾아내는 것을 지켜보았다.

"그게 뭐예요?"

그는 호기심에 가득 차서 물었다.

"시차관측기란다."

"시, 시차요?"

그는 이 단어를 발음할 수가 없었다. 아주 이상하게 들리는 말이었다.

"시차관측기!"

니콜라우스 보드카는 다시 음절과 글자 하나하나를 천천히 발음해 주었다.

"시―차―관―측―기!"

닉은 이렇게 이 단어를 처음부터 끝까지 틀리지 않고 발음해내고 나서 안도의 숨을 내쉬었다.

"브라보, 코페르니쿠스!"

"이건 뭐에 쓰는 거죠?"

선생님은 그 이상한 장치를 손에 쥐고 이리저리 돌려가며 니콜라우스가 그것을 충분히 살펴볼 수 있도록 해주었다.

"이게 바로 삼각대인데 여기 차양 같은 게 있지. 이 차양을 통해서 보면 지평선과 네가 관찰하는 별 사이의 각도를 계산할 수 있단다."

선생님은 기구를 탁자 위에 도로 내려놓고 종이 위에 흩어져 있는 다른 기구들을 하나씩 차례로 들여다보았다.

"이건 아스트롤라베[*]라는 거고, 여기 이건 사분의^{**}라는 거란다. 문 옆 벽에 걸려 있는 건 삼각의라는 거지."

닉이 어찌나 눈을 똥그랗게 뜨고 쳐다보는지, 니콜라우스 보드카는 크게 웃음을 터뜨렸다. 그러나 곧 다시 진지한 태도로 이렇게 말했다.

"네가 내 천문대에 들어온 지 한 시간도 안 됐다만, 난 내가 배우는 데 여러 해 걸린 것들을 모두 네게 가르쳐주고 싶구나. 아니다, 코페르니쿠스, 우리가 원하는 만큼 그게 그렇게 빨리 이루어질 수는 없다는 걸 명심해야 하겠지. 그렇지만 이제 넌 저녁때마다 어디에 가면 나를 찾을 수 있는지 알게 됐고, 또 네가 내 현기증 나는 은신처를 찾는 게 나의 즐거움이 되리라는 걸 알았으면 좋겠구나. 물론 네가 그러고 싶을 때, 그리고 교회 마당에서 친구들과 놀고 싶지 않을 때에만 그러면 되겠지."

그러고 나서 그는 초에 불을 붙이고, 닉의 손을 잡은 뒤 문을 열고 가파른 사다리를 내려갈 수 있도록 불빛을 비춰 주었다. 종 그림자들이 벽 위에 길고 무겁게 드리워졌고, 불빛을 받은 튼튼한 밧줄들은 어두운 탑 안에 있는 황금색 빛줄기 같았다.

숙소로 돌아오는 도중에야 닉은 선생님께 감사의 인사를 하는 걸 까맣

---

[*]아스트롤라베(Astrolabe) _고대의 천문학 또는 천체 관측을 위한 기구.

^{**}사분의(四分儀, Quadrant) _옛날에 각도 · 고도 따위를 측정한 기구. '상한의'라고도 함.

게 잊어버렸다는 사실을 깨달았다.

"또 찾아뵐 게요! 아, 정말이에요. 매일 밤 선생님을 찾아가서 별을 볼 거예요!"

닉은 걸어가면서 혼잣말로 이야기했고, 곧이어 휘파람을 불기 시작했다. 휘파람은 행복한 선율이 되어 어두운 도시에 울려 퍼졌다. 그가 큰 행복감을 느낄 때면 언제나 휘파람으로 부르는 노래였지만, 그 선율이 레슬라우 교회의 가장 높은 꼭대기, 저 하늘 너머 수많은 비밀을 간직한 그 신비스러운 방까지 닿을 수 있을지 알지 못했다. 이 시간은 닉에게 아주 중요한 순간이었다. 지금 이 도시에서 가장 높은 곳에 살고 있는 그 외로운 과학자가 과거에 그랬던 것처럼, 그 역시 별과 태양, 그리고 달과 열정적인 사랑에 빠져 버린 것을 깨닫는 순간이었기 때문이다.

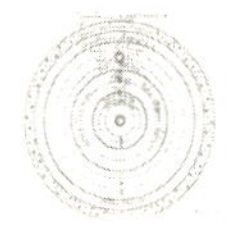

비스툴라의 누렇고 흐린 강물이 밀려오고 다시 빠지듯 그렇게 여러 주 여러 달이 지나갔다. 저녁 시간이 되면 니콜라우스는 늘 교회로 이어지는 학교 마당을 가로질러 교회 탑 꼭대기로 이어지는 계단을 즐겁게 올라갔다. 그는 태양과 달과 별, 그리고 인내심 많은 사람들이 수세기 동안 씨름해서 얻어 낸 지식에 관해 의구심을 품기 시작했다. 여전히 숙고해 볼 필요가 있는 의문들이 무한히 존재하리라는 것을 그는 예감했다. 어둠으로 둘러싸인 그 의문에 더욱 많은 빛이 비치도록 자신도 기여하고 싶다는 의지와 포부가 샘솟았다. 설사 그 어둠을 비추는 빛이 아주 보잘것없는 것일지라도 상관없었다.

어느 한가한 날 오후, 닉은 교회 안뜰에 있는 아치의 그늘 밑에 앉아 있었다. 그는 몽롱한 눈길로 투명한 분수를 바라보고 있었다. 분수의 물파이프는 넓은 웅덩이에 물줄기를 힘차게 뿜어 넣고 있었다. 누군가 자신의 어깨 위에 손을 올려놓는 것을 느끼고 돌아보았다. 그의 뒤에는 니콜라우스 보드카가 아주 진지한 표정으로 서 있었다.

"날 좀 도와주겠니, 코페르니쿠스?"

예기치 않은 물음에 그는 깜짝 놀랐다. 선생님의 목소리에는 닉을 더욱 놀라게 할 무언가가 감춰져 있는 듯했지만, 그 놀람에서 벗어나기도 전에 선생님은 계속해서 이렇게 말했다.

"시계를 하나 만들고 싶단다. 레슬라우 사람들 모두가 볼 수 있을 만큼 큰 걸로 말이다!"

닉은 입을 쩍 벌리고 눈을 똥그랗게 뜨고는 선생님을 뚫어지게 바라보았다. 선생님은 닉이 상상도 할 수 없는 어떤 계획이 아니라 그저 아름다운 날씨에 관한 얘기를 꺼낸 것 같은 표정이었다.

"날 따라오너라!"

두 사람은 안뜰을 가로질러 문을 지나 커다란 교회 탑의 남쪽 면을 향해 돌아서 갔다. 그들은 그곳에 멈춰 섰다.

"시계요? 게다가 레슬라우 사람들 모두가 볼 수 있는 걸로요?"

닉은 고개를 가로저으며 말했다. 선생님은 이미 모든 것을 알고 있는 듯한 미소를 지어 보였다.

"지금 너는 집에 있는 모래시계와, 모래시계의 위쪽에서 아래쪽 유리로 작은 구멍을 통해 이슬비처럼 떨어지는 모래에 대해, 그리고 한 시간이 지나면 그 모래가 다 떨어지고 만다는 것에 대해 생각하고 있을 거다. 그게 아니야, 니콜라우스, 모래시계가 아니란 말이다. 우리가 함께 만들 건 해시계야. 이 도시 위 높은 곳, 바로 이 탑에 걸 해시계 말이다!"

닉은 선생님이 육중한 벽 쪽으로 몇 발짝 더 가까이 걸어가는 것을 지켜보고, 위를 올려다보더니 고개를 끄덕였다. 하늘을 가리는 집이나 키 큰 나무가 없어 다행이었다.

"그렇지, 여기에다 비계*를 세우고 그 위에서 우리가 해시계를 만들 거야! 완벽한 장소야. 이른 점심때부터 밤이 될 때까지 해가 벽을 비출 테니까."

풀리지 않은 수많은 의문과 불안과 의구심을 지닌 채 니콜라우스는 선생님을 바라보았다. 그러나 선생님의 갸름한 얼굴에서 그가 이전에 여러 번 보았던 그 확신을 읽어 내자 모든 걱정이 사라졌다.

"날 도와주겠니, 코페르니쿠스?"

태어나서 처음으로 닉은 자부심을 느꼈다. 그것은 헛된 자부심이 아니라, 어떤 미지의 과제를 향한 힘을 가져다주는 자부심이었다. 니콜라우스 코페르니쿠스, 그는 이 교회 학교의 수많은 소년들 가운데 선택된 아이였다. 다른 아이들 중 몇몇이 어떤 과목에서는 그보다 더 높은 점수를 받았고, 또 몇몇은 그보다 이 학교를 훨씬 오래 다니기도 했다.

"저……저는……."

그가 머뭇거리며 말했다. 바로 그 점이 의문으로 떠올랐기 때문에 선생님의 대답을 듣고 싶었다.

"왜 저에요?"

두려움과 기쁨이 한데 가득 차 있는 질문이었다.

---

*비계_건축 공사 등에서 높은 곳에서 일할 수 있도록 긴 나무나 쇠파이프 등으로 가로세로 얽어서 만든 시설.

"그래, 바로 너 코페르니쿠스야! 네 삼촌이 바첼로데 주교이기 때문이 아니란다. 그리고 네 아버지가 돌아가신[*] 그 슬픔을 잊도록 도와주고 싶어서도 아니고."

"그럼, 왜죠? 왜 저에요?"

소년은 아주 조용하게 말했다.

"많은 사람들이 너와 나처럼 해와 달과 별들을 보지. 그렇지만 그 사람들은 그것들에 관해 생각하지는 않아. 코페르니쿠스, 너는 하늘에 있는 것들을 사랑하잖니! 그게 바로 내가 널 선택하고, 네가 날 도와주기를 바라는 이유란다. 내일 시작할 거다!"

이날 아침 이후로 한가할 때면 언제나, 그리고 학교 친구들이 강둑에서 놀거나 모래밭에 앉아 지나가는 범선들을 꿈꾸듯 바라보고 있을 때, 닉은 레슬라우 교회 탑의 남쪽 면에서 그의 선생님 곁에 서 있었다. 두 사람은 높은 비계를 세우는 것을 시작으로 일에 착수했다. 여름 폭풍우에 파괴되지 않도록 그 육중한 구조물을 쇠고리로 단단히 고정시켜야만 했다. 이렇게 해 놓아도 비계가 여전히 앞뒤로 조금씩 흔들리긴 했지만 서로 단단히 고정되어 있었다. 그들은 더 높이 비계를 쌓아 올려 마침내 시계를 달 곳에 도달했다. 그 높은 곳에서 무슨 일이 벌어지고 있는지 아무도 알아채지 못하도록 거대한 천으로 자신들의 작업 공간을 덮었다.

교회 광장을 지나가는 사람들이 멈춰 서서 묻기도 했지만 아무도 대답을 듣지는 못했다. 닉의 친구들은 온갖 새로운 수법과 끊임없는 잔꾀를 동원해서 그 수수께끼를 풀어 보려 애썼지만, 그들 중 누구도 높은 탑 꼭대기에서 무슨 일이 벌어지는지 짐작조차 할 수 없었다. 선생님과 학생은 다른

[*] 코페르니쿠스의 아버지는 그가 열 살 때 돌아가셨다.

어느 누구도 무슨 일이 벌어지고 있는지 알아서는 안 된다는 비밀 서약을 맺었던 것이다. 오직 덮개 천이 치워지고 비계가 철거되어 모든 작업이 끝나는 시간이 도래했을 때에만, 레슬라우 사람들은 그 위대한 작품 앞에 서서 그것을 올려다볼 권리를 얻게 될 것이다. 작업은 여러 날이 걸렸고, 선생님과 학생은 늘 높은 비계 위에 있었다.

타는 듯한 햇볕이 내리쪼이던 구름 한 점 없이 맑은 어느 날, 교회의 모든 문들이 활짝 열렸고, 서늘하고 어두운 실내에서 나온 사람들의 행렬이 눈부신 햇빛 가득한 교회 광장에 도착했다. 교회 오르간에서 흘러나온 화음의 마지막 선율이 산들바람에 실려 도시를 가로질러 시골 마을들로 퍼져 나갔다.

갑자기 축제 복장을 한 수많은 사람들의 시선이 비계에 씌운 천으로 오랫동안 가려져 있던 교회 탑의 남쪽 벽면으로 향했다. 그것은 여느 때처럼 하늘 높이 치솟은 채 마음껏 위용을 뽐내고 있었다.

사람들은 그 자리에 꼼짝 않고 서서 높은 곳을 뚫어지게 쳐다봤다. 탑 중간쯤에 두껍고 검은 열두 개의 숫자를 써 넣은 거대한 원이 그려져 있었다. 각각의 숫자 위에는 이상한 그림이 그려져 있었다. 하나는 사자처럼 보였고, 다른 것은 황소 같이 보였다. 어떤 것은 저울을 닮았고, 또 어떤 것은 전갈을 그린 것이었다. 그 옆에는 활을 쏘는 궁수가 있었다. 그 반대쪽에는 쌍둥이와 양과 여자의 모습이 있었다. 원의 가운데에는 벽에서 튀어나온 막대기 하나가 약간 비스듬한 각도로 하늘을 가리키고 있었다. 햇빛을 받은 막대기의 그림자가 정확히 열한 시를 가리켰다.

사람들은 경외감과 놀라움에 완전히 사로잡혀 꼼짝도 않은 채 탑 위를 쳐다보면서 기다렸다. 그들은 아주 느리게 움직이는 그림자가 어떻게 11과

12 사이에 도달하고, 또 맨 위 숫자에 접근하는지를 보았다. 갑자기 교회 탑의 네 개의 종이 오싹할 만큼 고요한 정적을 깨뜨리며 울리기 시작했다. 낭랑하면서도 우렁찬 종소리가 온 도시와 주변 시골 마을에 울려 퍼지면서 정오를 알렸다. 막대기의 그림자가 정확히 숫자 12에 드리워진 순간이었다.

그때 갑자기 맑고 강한 음색을 지닌 한 사람의 목소리가, 울려 퍼지던 종의 선율을 밀어내면서 교회 안뜰 구석구석까지 번져 나갔다.

"시계다! 해시계다!"

이 말은 입에서 입으로 번지며 놀라우리만치 큰 소리가 되었고, 마침내 수많은 목소리의 합창이 되었다.

"시계다! 해시계다!"

이 모든 사람들의 한복판에 닉과 그의 선생님이 손을 맞잡고 서 있었다. 그들의 귀에 들리는 수많은 목소리들은 등을 타고 흘러내리는 차가운 소나기 빗물처럼 그들에게 전율을 일으켰다. 마치 종소리와 수많은 사람들의 함성이 탑 높은 곳에 걸려 있는 해시계를 은빛 안개 속으로 사라지게 만드는 것 같았다. 함성과 환호성에 끼어들 수도 없어 그들은 어쩔 줄 모른 채 서 있었다. 단지 입술을 약간 움직여서 다른 사람들과 똑같은 말을 속삭일 뿐이었다.

"시계다! 해시계다!"

오랫동안 이 두 사람은 탑 앞에서 햇빛을 받으며 서 있었다. 그 동안 사람들은 모두 흩어져 집으로 돌아갔다. 닉과 선생님은 숫자에서 숫자로, 그림에서 그림으로 계속해서 쉼 없이 움직이고 있는 해시계의 그림자를 바라보았다.

탑 벽 위에 해시계를 걸어 놓았기 때문에 누구나 그 그림자를 볼 수 있었다.

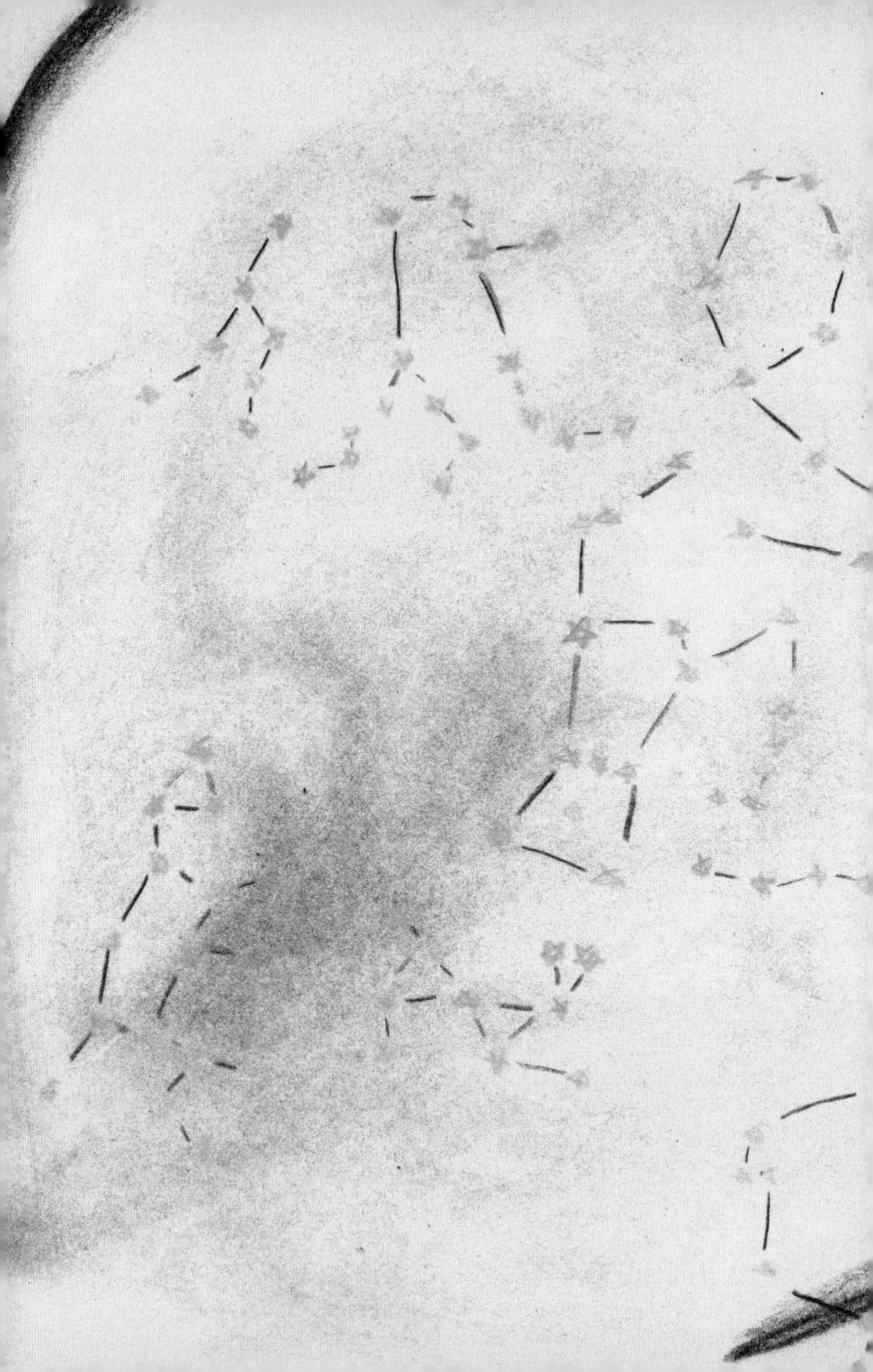

3 지구는 구체인가?

폴란드 크라코프 시의 어느 포근한 저녁나절, 탑과 지붕들이 석양의 장밋빛 광채를 받아 빛나고 있었다. 거대하지만 투박한 돌 벽을 지닌 크라코프의 웅장한 성 바벨은 여러 집들 위쪽의 약간 높은 언덕에 서 있었다. 석양이 이 성에 마지막 빛을 비추고 있었고 풍요로운 계곡 위에서 아름답게 빛나고 있었다. 황혼녘의 지평선에 베스키드 산맥과 타트라 산맥이 저 멀리 보였다. 이 계곡 깊숙한 곳에 비스툴라 강의 발원지가 있었고, 이 강은 여기서 시작해 바다까지 천 킬로미터도 넘는 거리를 지칠 줄 모르고 흘러갔다.

니콜라우스 코페르니쿠스는 대학 내부 정원을 둘러싸고 있는 아치와 복도를 오르락내리락 하며 생각에 몰두해 있었다. 그는 여러 달 전 이곳에서 연구를 시작했다. 그를 크라코프 대학에 등록시켜 준 사람은, 돌아가신 아버지에게 조카의 교육을 책임지겠다고 약속했던 니콜라우스의 삼촌인 에름란트 주교 루카스 바첼로데였다. 그는 또한 언젠가 코페르니쿠스에게 프라우엔부르크의 수사[*] 자리를 주겠다는 약속도 했다. 그게 바로 코페르니쿠스를 이 대학에 보낸 이유였다. 이 대학의 명성은 전 유럽에 알려져 있었고, 이곳에는 폭넓고 다양한 분야의 학자들이 초빙되어 재직하고 있었다. 신학, 법학, 의학, 철학, 광학, 자연과학, 그리고 별에 관한 지식을 다루는 천문학이 바로 그것들이었다. 이 대학이 있는 거리에는 오래된 나무들이 심겨 있었는데, 그 거리의 이름이 바로 코페르니쿠스가 태어나 어린 시절을 보낸 토룬의 거리와 똑같은 '앤 거리' 였다. 그래서 이렇게 머나먼 낯선 도시에서도 그는 편안한 느낌을 가질 수 있었다.

광장 정원의 한가운데에서 분수가 조용히 뿜어져 나오고 있었다. 분수가의 고요한 물은 저녁 하늘의 붉은빛으로 물들어 있었다. 그러나 코페르니쿠스는 주변에 펼쳐진 자연의 고요함을 전혀 느끼지 못했다. 여러 날 동안 그는 떨쳐 버릴 수 없는 근심으로 고통스러웠고, 그것은 밤에도 계속되었다. 그의 머릿속에서는 별에 관한 강의를 해주시는, 서구 전체에 명성이 자자한 알버트 폰 브루체보에 대한 생각이 끊임없이 맴돌고 있었다. 그의

----
[*]수사 _남자 수도사를 말함.

지식과 학문적 헌신에 필적할 만한 사람이 거의 없었기 때문에, 북쪽 바다에서 이탈리아까지, 비스툴라 강에서 독일의 프랑크푸르트까지, 어느 곳에서건 사람들이 존경심과 경외감을 품고 그 이름을 입에 올리곤 했다. 알버트 폰 브루체보에 비하면, 그가 사랑하고 존경하는 레슬라우 교회 학교의 니콜라우스 보드카 선생님조차 황금빛 태양의 불타오르는 열기 속에 놓여 있는 한 줄기 파리한 촛불 같았다.

그날 오후 강의에서 알버트 폰 브루체보는 이집트 천문학자 프톨레마이오스와 〈알마게스트〉라는 신비로운 제목의 책에 관해 말했다. 그 책은 세상에서 진리로 받아들여지고 있는 온갖 가르침을 담고 있었다. 코페르니쿠스는 키르스텐의 선실에서 처음 들었던 이집트인들에 관해 또다시 배우게 되었다.

그는 흥분되어 더 이상 정원 회랑에 머물러 있을 수 없었다. 서둘러 2층으로 이어지는 넓은 계단을 올라 좁은 복도를 따라 도서관에 다다랐다. 문이 닫힐 때 쾅 하고 큰 소리가 났다. 마루부터 화려한 장식의 천장에 이르기까지 여러 줄의 서가에 수많은 책들이 꽂혀 있었다. 큰 책은 모두 가장 가까운 독서용 책상까지만 닿는 가늘고 강한 쇠줄에 연결되어 벽에 고정되어 있었다. 닉은 부지런히 이 서가에서 저 서가로, 한 줄 한 줄 뒤져 가면서 오직 한 가지 이름을 기도하듯 되풀이하여 중얼거렸다.

"프톨레마이오스의 〈알마게스트〉!"

마침내 그는 알버트 폰 브루체보가 그렇게도 자주 말하던 그 묵직한 책을 찾아냈다. 여러 책들 사이에서 그것을 꺼내, 햇빛이 넓게 쏟아져 들어오는 높은 창문 옆 책상으로 마치 유물 다루듯 조심스럽게 옮겨 놓았다. 흥분한 상태에서 페이지를 넘기며 한 줄 한 줄 샅샅이 읽어 나갔다. 조심스럽게

써 놓은 검은 문자들이 누런 양피지 위에서 크고 웅장한 모습으로 빛났다.

책에 푹 빠져 들어가자, 주위의 모든 것, 수천 권의 책이 있는 높은 도서관 건물, 그늘이 드리워진 정원 분수에서 나는 물소리, 도시의 거리에서 들려오는 시끄러운 소음들이 모두 사라지는 듯했다. 지구와 태양과 달과 별들, 온 우주가 그의 앞에서 솟아났다. 이집트의 천문학자들이 예언했고, 당시로서는 논란의 여지없이 받아들여진 우주의 원리 그대로였다. 홍조를 띤 얼굴로 그는 혼잣말하듯 이런 글귀를 읽었다.

"우주의 중심은 태양보다 큰 지구라는 원반이다. 온 우주 – 태양과 달과 별들 – 는 지구 주위를 돈다."

밤이 다가와 도서관은 어두워졌지만 토룬 출신의 젊은 학생은 이 명저 앞에 몸을 숙인 채 꼼짝 않고 읽어 나갔다. 그에겐 다른 사람들이 서가에서 책을 꺼낼 때 나는 절그럭거리는 쇠줄 소리도 들리지 않았다. 볼이 발개진 채 피곤함도 배고픔도 지루함도 잊고 촛불을 비춰가며 책을 읽었다. 불빛을 받아 사방 벽에서 위아래로 흔들리는 그의 그림자는 마치 거인의 모습 같았다. 페이지를 넘기는 동안 한 문장 한 문장이 그의 기억 속에 영원히 아로새겨졌다. 가끔씩 읽기를 멈추고 손으로 머리를 받치고는 초의 적황색 불꽃을 뚫어지게 바라보았다.

누가 심오한 지혜를 담은 이 책을 완전히 이해할 수 있을까? 심오한 신비의 세계에서 여전히 누군가의 발견을 기다리고 있는 수많은 비밀들을 해독해 낼 수 있는 사람은 누구일까? 어떻게 우주 높은 곳에 떠 있는 태양과 달과 별들이 그렇게 쉬지 않고 돌 수 있을까? 그것들은 왜 우주의 광대한 틈으로 뛰어 들어온 것일까? 꼬리에 꼬리를 물고 의문이 생겼고, 뒤에 떠오르는 의문이 먼저 것보다 더 무겁고 중요하게 느껴졌다. 그는 자신의 마음속에서 일어나 지금 바로 해답을 달라고 아우성치는 수많은 의문들을 생각하며 전율했다.

"프톨레마이오스!"

그 이름을 말하자 갑자기 누군가 자신의 이름을 부르는 목소리가 들리는 듯했지만, 그 목소리가 어디서 들리는 건지는 알 수 없었다. 어스름한 도서관 안을 둘러보았지만 아무도 없었다. 서가에 있는 큰 책들의 누런 책등만이 희미한 빛을 받아 어른거렸다. 언젠가 이 긴 줄의 서가에서 우주의 비밀을 밝혀 주는 자신의 이름이 적힌 어떤 책이 발견되어, 오늘 저녁 자신이 불멸의 이집트인이 쓴 책장을 넘기고 있는 것처럼, 미래의 또 다른 젊은이가 열정에 찬 얼굴과 이글거리는 눈빛으로 자신이 쓴 책의 책장들을 넘기게 된다면 어떨까 하고 그는 상상했다. 하지만 다시 그 책으로 주의를 돌렸을 때 자신의 생각이 얼마나 우스꽝스러운지 깨달았다. 이제 더 이상 책 읽기에 집중할 수 없었다. 조용히 책을 덮고, 원래 있던 자리에 가져다 놓은 뒤 정원으로 나갔다. 그곳엔 이미 아무도 없었다. 하늘에는 첫 별들이 나타나기 시작했다. 강물이 흘러가는 소리를 들었고, 갑자기 자신이 그전 어느 때보다 더 강한 의지를 갖게 됨을 느꼈다.

그날 저녁 이후로 코페르니쿠스는 언제나 알버트 폰 브루체보 선생님과 함께 있으려고 했다. 그들은 대학 건물의 회랑을 함께 걷거나 정원 한가운데 있는 분수대 옆에 서 있었다. 때때로 도시 바깥으로 나가 비스툴라 강둑에 앉아 있기도 했다. 밤이 되면 두 사람은 땅과 여러 별자리들을 보기 위해 높은 탑의 계단을 올라갔다. 그럴 때마다 그들은 해결되지 않은 수많은 의문들을 놓고 토론했다. 그 의문들이 어려우면 어려울수록, 그들은 그것을 풀기 위해 더욱 애를 썼다. 이런 시간을 보내면서 니콜라우스는 알버트 폰 브루체보 선생님을 사랑하게 되었고, 또 온전히 신뢰하게 되었다. 알버트 폰 브루체보 선생님은 세속의 명예에 관심이 없고, 자신의 과학적 업적이나 명성을 자만하지도 않았다. 그는 종종 자신이 알고 있는 게 얼마나 보잘것없고, 또 의문들을 해결하기 위해서는 얼마나 먼 길을 가야 하는지를 니콜라우스에게 고백하기도 했다.

게다가 알버트 폰 브루체보는 토룬에서 온 이 상인의 아들이 지식 면에서 그의 동료 학생들을 훨씬 앞선다는 것을 알고 있었다. 그는 니콜라우스가 던지는 모든 질문에 지혜가 담겨 있음을 감지했고, 그가 내놓는 대답 모두가 탁월하다는 것을 간파했다. 이 때문에 그는 학생이 아니라 마치 동료 선생에게 말하는 것처럼 니콜라우스에게 말을 건네곤 했다.

어느 늦가을 오후, 두 사람은 종종 그렇듯 넓은 도서관 안에 서 있었다. 밖에서는 황금빛 낙엽들이 나무에서 떨어지며 바스락거리는 소리가 났고, 분주한 거리 위로는 파란색으로 짙게 물든 드넓은 하늘이 아치처럼 펼쳐져 있었다. 니콜라우스는 거의 날마다 읽고 있던 〈알마게스트〉를 조심스럽게 덮고 넓은 창밖을 바라보다가 알버트 폰 브루체보 선생님에게 다가갔다. 그는 넓은 칠판에 색분필로 행성들의 움직임을 열심히 그리고 있었다. 잠시 동안 선생님을 바라보던 니콜라우스는 갑자기 그리고 주저함 없이 책상 위에 놓인 책을 가리키며 이렇게 외쳤다.

"세상에서 가장 위대한 책입니다!"

천구(天球) 그리기를 마친 알버트 폰 브루체보는 칠판의 나무통에 분필을 놓아두고 코페르니쿠스를 돌아봤다.

"어떤 책을 말하는 건가?"

"프톨레마이오스의 〈알마게스트〉입니다!"

그의 목소리에는 그런 질문이 오히려 놀랍고도 불쾌하다는 느낌이 담겨 있었다.

"선생님 스스로 그 책이 위대하다고 하지 않으셨습니까?"

선생님은 아무 말이 없었다. 이 반문에 대해 한마디 말이나 그 어떤 몸짓으로도 응답하지 않았다. 그는 마치 어떤 책을 찾고 있는 듯이, 어두운 벽처럼 높이 솟아 있는 서가들 사이를 왔다 갔다 하며 천천히 걸어 다녔다. 그러더니 돼지가죽으로 장정된 두툼하고 누런 책 한 권을 서가에서 꺼냈다. 책을 손에 쥐고는 마치 시험을 치르듯 생각에 잠겨 열어 볼 것인지 아니면 서가에 도로 가져가다 둘 것인지를 주저하고 있었다.

"나는 그 책을 위대한 책이라고 했지만, 니콜라우스, 가장 위대한 책이라고는 하지 않았네."

"가장 위대하지 않다고요?"

코페르니쿠스는 선생님이 한 말을 반복했다. 아무런 동정심도 없이 냉정하게 단언하듯 내뱉어진 이 말이 그를 위해 만들어진 하나의 우주를 산산이 부숴 버리는 것 같았다.

"그 책에는 오류들이 있어!"

분명하면서도 권위를 지닌 선생님의 말이 방 안에 울려 퍼졌다. '오류들!'이라는 메아리가 방 벽에 부딪혀 울려 나왔다. 도서관 밖 나무 사이를 지나가는 바람결에서도 '오류들!'이라는 속삭임이 들려왔다.

그가 사랑하지만 지금 이 순간만큼은 증오심마저 느끼게 하는 선생님의 이 무시무시한 선언으로 발아래 땅이 무너지고 지구가 종말을 고하게 된 것 같았다.

"오류들이라고요?"

젊은 학생은 이렇게 외쳤고, 엄청나게 큰 자기 목소리에 스스로 놀랐다.

알버트 폰 브루체보는 칠판 옆에 서 있었다. 그는 냉정함을 전혀 잃지 않았고, 수많은 좌절을 극복하면서 인생 역정을 겪어 온 이의 원숙함을 보여주고 있었다. 조용히 코페르니쿠스의 가슴속에 일어나는 격정의 폭풍우가 누그러지기를 기다렸다가 그는 부드러운 목소리로 말을 이어갔다.

"달에 관한 이론이 잘못 되어 있는 건 사실이네."

코페르니쿠스는 한쪽 창문으로 천천히 걸음을 옮겨 도시를 내려다보았다. 그에겐 황금빛 태양과 가을 나무에 달린 다양한 빛깔의 잎사귀들이 어떤 기쁨과 희망도 주지 못하는 흐린 회색빛으로 보였다. 그는 이웃한 집에서 흘러나오는 즐거운 노랫소리를 듣지 않으려고 손으로 귀를 막았다. 나뭇가지에서 짹짹거리며 지저귀는 새들이 저주스러웠고, 모든 것을 잊을 수 있도록 깊은 잠에 빠지기를 갈망했다. 알버트 폰 브루체보, 프톨레마이오스, 태양, 달과 별들, 끝도 없는 의문들을 지닌 우주의 모든 것을 잊고 싶었다.

그가 다시 천천히 선생님 쪽으로 걸어갔을 때, 선생님이 줄곧 손에 들고만 있던 책을 펼치고 있음을 깨달았다. 그는 호기심 가득한 눈으로 그 책의 표지를 보았다.

"아리스토텔레스의 〈 하늘에 관하여 〉[*]."

알버트 폰 브루체보는 잠시 동안 책장을 넘기며 무언가를 찾더니 큰 소리로 읽었다.

"지구가 어디에 위치하는지, 지구가 고정되어 있는지 움직이고 있는지, 그리고 그 모양은 어떤 것인지를 분명히 하는 일은 앞으로도 필요한 연구 작업이 될 것이다."

---

[*] 〈 하늘에 관하여 〉_자연철학에 관한 아리스토텔레스의 저작 중 우주 전체를 다룬 책이다. 여기서 그는 우주가 공간 면에서는 유한하지만 시간 면에서는 영원하다고 논증했다.

　꼼짝도 하지 않은 채 선생은 칠판 옆에 서 있었다. 이 순간까지 자기 학생의 마음을 든든히 지켜 준 그 이집트인의 가르침에 대한 신뢰를 파괴하는 것은 선생으로서도 힘든 일이었다. 방 안이 너무 조용해졌기 때문에 모래시계 속에서 모래가 떨어지는 소리를 들을 수 있을 정도였다. 그러나 선생님은 이런 시간이 닥칠 수밖에 없다는 것을 알았고, 니콜라우스가 이 도전을 극복해 낼 힘을 갖게 되리라 믿었다. 불확실함을 아는 것을 통해서만 새로운 것, 즉 오래된 의문들에 대한 새로운 인식과 해답을 찾을 수 있을 것이다.

　"이게 오늘 내가 자네에게 말해 줘야 할 전부가 아니라네, 코페르니쿠스!"

　단호한 얼굴로 학생은 선생님을 돌아봤다. 움직임 없는 그 표정에는 고통과 호기심이 뒤섞여 있었다.

　"그리스의 피타고라스는 무려 기원전 500년에, 지구가 납작한 원형이 아니라 태양과 달과 별들 같은 공 모양이라고 가르쳐 주었네. 하늘이 지구 위에 드리워진 종처럼 아치를 이루는 게 아니라, 그 안에서 모든 별들이 고요한 지구 주위를 도는 끝없이 광대한 공 모양의 천장 같은 것이라는 거지."

　"지구가 원반 모양이 아니라 공 모양이라고요?"

　고개를 저으며 코페르니쿠스가 말했다. 온갖 사악한 의미를 담고 있는 이 말을 이해할 수 없었다. 아주 짧은 시간 동안 그는 너무도 많은 이야기를 들은 것이다.

　"이것으로써 오늘 오후에 내가 자네에게 말해 줘야만 하는 게 다 끝난 건 아니라네."

　학생의 눈은 선생님의 입에 고정되어 있었고, 마치 그 선생님이 이 세계가 아닌 실재하지 않는 유령의 세계에서 온 환영인 것처럼 그 얼굴을 바라보았다.

"기원전 300년에 아리스토텔레스는 태양이 우주의 중심이라고 주장했네. 지구는 1년 동안 태양 주위를 돌고, 또 하루에 한 바퀴 스스로의 축을 중심으로 돈다고 말했지!"

"모든 것이 태양 주위를 돈다고요?"

코페르니쿠스는 더듬거리며 한 번 더 반복해서 말했다.

"모든 것이 태양 주위를 돈다?"

마치 발밑의 땅이 꺼져 없어진 것 같았다. 눈앞에 있는 서가의 수많은 책들이 흐릿해졌다. 그를 둘러싸고 있는 모든 것이, 그 경계조차 알 수 없이 부풀었다 가라앉는 안개 자욱한 바다로 변해 버렸다.

그는 똑바로 서서 고개를 들었고 그러자 그의 키가 선생님이 서 있는 높이를 넘어설 정도였다. 손을 오므려 두 주먹을 쥔 그의 얼굴에 깊은 주름이 패었다. 그는 알버트 폰 브루체보 선생님에게 아주 가까이 다가갔다. 너무나 가까워서 선생님의 숨소리를 느낄 정도였다. 거친 목소리로 그는 말했다.

"왜 선생님께선 이 모든 사실을 수업 시간에 학생들에게 공개하지 않고 숨기셨습니까? 왜 우리는 지구가 어쩌면 구체일 것이며, 지구가 한 곳에 고정된 게 아니라 태양이 그렇다는 걸 알면 안 되는 겁니까? 왜 피타고라스와 아리스토텔레스라는 이름을 입에 담지 못하는 겁니까? 왜 프톨레마이오스의 가르침만이 세상 사람들에게 전달되고 있는 겁니까? 왜요? 왜요?"

알버트 폰 브루체보는 이 고뇌에 찬 학생 앞에 꼼짝 않고 서 있었다. 그의 얼굴이 약간 창백해진 듯했지만, 토룬 출신 학생의 비난 때문에 화가 난 것 같지는 않았다. 단지 여러 질문들에 조용히 답을 할 때 고통스러운 듯 입이 일그러질 뿐이었다.

"교회가 그걸 금지했네, 코페르니쿠스!"

코페르니쿠스는 이 대답을 듣자 공포심을 느꼈다. 이 대답을 제외한다면 다른 어떤 대답도 받아들일 수 있을 것 같았다. 그는 무슨 말이건 하고자 했지만, 자기가 느끼고 있는 것을 말로 표현할 수 없었다.

"코페르니쿠스, 나는 수많은 학생들 가운데 단 한 사람 자네에게만 이 사실을 말한 것이라네. 나는 결국 자네가 오래된 책들 속에서 그것을 읽게 되리라는 걸 알고 있었고, 또 자네는 다른 사람들이 해놓은 연구에 만족하는 사람이 아니기 때문에 그 사실을 말해 준 걸세. 자네는 포기할 줄 모르는 사람이야. 자네는 늘 이해하기 위해서 의문의 뿌리에까지 도달하려고 애쓰곤 하지. 자네는 진리를 발견할 때까지는 멈추거나 쉬려고 하지 않는단 말이야."

니콜라우스는 선생님의 말을 잘랐다.

"진리라고요? 그런데 왜 교회는 진리를 금하는 겁니까?"

"교회가 진리를 금하지는 않네. 자네는 자네가 원하는 만큼 깊이 진리를 연구할 수 있어. 그렇지만 지구에 인류가 살고 있고, 인류가 그리스도에게 구원 받았기 때문에, 교회는 지구를 우주의 중심에 놓는 걸세. 다른 천체들은 그저 뜨겁거나 차가운 돌일 뿐이지. 지구가 우주의 중심에 있어야만 한다는 게 무슨 말인지 이제 알겠지, 코페르니쿠스? 자네 삼촌 덕분에 자네는 수사가 될 운명이야. 그러니 자네 역시 다른 어떤 것도 절대 믿을 수 없는 거지. 지구가 원반이고, 태양과 달과 별들이 지구 주위를 돈다는 것 말이네."

"그럼 태양이 중심이라는 사실이 증명될 수 있다면요, 알버트 폰 브루체보 선생님? 그리고 만일 제가 그것을 증명하는 데 성공할 수 있다면 어떻게 되는 겁니까? 그게 새로운 진리로 된다면요?"

"그건 자네에게 위험한 진리가 될 걸세, 니콜라우스. 그것에 관해 말한다면 아주 위험해질 거야."

선생님은 코페르니쿠스에게 더 가까이 다가와 그의 뜨거운 이마를 어루만져 주면서 마음이 차분해지도록 도와주었다. 하지만 그는 숨이 막힐 지경이었다. 한마디도 더 할 수 없었던 그는 선생님의 허락도 얻지 않은 채 도서관 밖으로 뛰쳐나왔다. 무거운 문이 천둥 같은 소리를 내며 닫히자 조용한 건물 안에 공허한 울림만이 퍼졌고, 창문 유리들이 덜거덕거렸다. 코페르니쿠스는 한 번에 두 개나 세 개 또는 네 개씩 계단을 뛰어내려왔다. 선생님이 아직 그곳에 남아 있는 걸 알면서도, 도서관 쪽은 뒤돌아보지도 않고 몇 걸음 만에 정원을 가로질러 가버렸다. 친숙한 이름의 거리에 멈춰 서서 숨을 헐떡거리던 그는 황금빛 햇빛 속에서 깊은 숨을 들이쉬었다. 마치 지하 동굴에서 오랜 감옥살이를 마친 뒤 자신을 옭아맸던 쇠사슬을 내던지고 다시 한낮의 햇빛을 맞이한 사람 같았다.

그는 도시의 거리와 골목길을 헤치며 달려갔다. 옆을 지나가는 사람들이 멀리 사라지는 그의 모습을 바라보며 놀라서 고개를 내젓고 있는 것을 알아차리지 못했다. 자기에게 인사하는 사람들에게도 전혀 답례하지 못했다. 소녀와 여인네들이 늘 그런 것처럼 장터에 앉아 온갖 색깔의 바구니에 담은 흰 빵과 버터와 달걀, 그리고 돌 주전자에 넣은 우유를 팔고 있는 모습도 보지 못한 채 지나쳤다.

어쩌다가 그곳에 오게 되었는지도 모른 채, 그는 성 마리아 대성당의 넓은 현관 문 안으로 발을 들여놓았다. 그는 곧 높은 본당의 희미한 빛이 서린 서늘한 기운 속에 안겼고, 그 고요함을 축복으로 감사히 받아들였다.

갈색 나무로 만든 오래된 예배용 의자와 아름답고 높은 기둥들을 바라보았다. 그곳에는 단 한 사람의 기척도 없었다. 그는 성 마리아 제단 앞에 섰다. 누렘베르크 출신 목공예가이자 조각가인 바이트 슈토스[*]가 12년 걸려 이 제단을 조각했다는 말을 들은 적이 있었다. 그는 이 걸작의 광채에 빠져들었고, 곧 생명 없는 조각상이 아니라 살아 있는 사람들을 보고 있는 거라고 믿게 되었다. 희미하게 빛나는 나무로 만든 얼굴과 몸들이 눈앞에 실제로 나타나는 것 같았다.

그때까지도 코페르니쿠스는 한 중년의 남자가 자기 옆에 서 있는 걸 알아차리지 못했다. 그 남자가 조용히 말을 걸어왔을 때에야 그는 몽상에서 깨어났다. 자기 앞에 있는 몇몇 조각상의 얼굴들과 같은 독특함을 지닌, 평화롭고 조용한 얼굴을 보고서 그는 일순간 깜짝 놀랐다. 그는 이 낯선 사람이 자기에게 속삭이는 말을 알아듣지 못한 채 제단을 감상하는 데 푹 빠져 있었던 것이다. 그는 이 사람에게 아무것도 묻지 않았다. 잠시 후 그가 할 수 있었던 말은 이것뿐이었다.

"훌륭한 예술품입니다!"

잠시 동안 그 남자가 그를 바라보았고, 얼굴에 행복한 만족감이 비쳤다. 그는 깊고 맑은 목소리로 이렇게 말했다.

"12년은 긴 시간이지, 젊은 학생. 아주 긴 시간이야! 그렇지만 만족스러운 것이 되도록 만들고 싶다면 고요함 속에서 천천히 무르익을 필요가 있는 거라네."

"그리고 많은 인내심도요!"

코페르니쿠스는 생각에 잠긴 채 덧붙여 말했다.

이 낯선 사람이 제단에 이르는 계단을 기어올라 나무 조각상 앞에서 떨

---

[*]바이트 슈토스(Veit Stoss, 1445?~1533) _독일 후기 고딕 양식을 대표하는 목조각가(木彫刻家)이다. 누렘베르크에서 대부분의 생애를 보냈고, 80세가 넘어서도 양감(量感) 있는 르네상스 양식의 작품을 제작했다. 1477~1496년에 폴란드의 크라코프 시에 머물면서 성모 마리아 성당에 그의 대표작인 〈대제단(大祭壇)〉(1477~1489)을 완성했다.

리는 손가락으로 그 얼굴과 몸과 의상들을 조심스럽게 어루만지며 하나하나 들여다보고 살피는 모습을, 니콜라우스는 경이로운 눈빛으로 지켜보았다. 그는 이렇게 어루만지는 행위를 통해 그 조각상들이 정말로 최고임을 증명하려는 것 같았다. 그때 이 낯선 사람이 바로 이 작품을 만든 사람일 거라는 생각이 니콜라우스에게 퍼뜩 떠올랐다. 다른 이라면 누가 감히 그런 식으로 행동하겠는가? 그는 이 낯선 사람이, 아니 이젠 더 이상 낯설지 않은 이 사람이 다시 내려와 자기 옆에 잠시 조용히 있다가, 마치 깊은 좌절감에 빠져 있는 사람처럼 고개를 숙이는 모습을 지켜보았다. 그는 이렇게 말했다.

"12년이라! 그렇지만 아직도 실수를 아주 많이 하고 있지. 이런 일을 하기 위해서는 평생 동안 온 힘을 쏟을 수 있어야 한다네! 평생을 말이야! 아마 그때가 돼서야 진리에 아주 조금 더 다가갈 수 있겠지, 젊은 학생!"

그 사람은 천천히 이마와 입과 가슴에 성호를 그었고, 마치 위대하고도 무거운 짐을 지고 있는 것처럼 고개를 깊이 숙여 절을 하고는 무거운 발걸음으로 성 마리아 성당을 걸어 나갔다. 현관 문 아래 어스름 속으로 그 모습이 사라질 때까지 코페르니쿠스의 시선은 그를 따라갔다. 그 사람의 발자국 소리가 이 높은 벽돌 건물 안에서 메아리치며 맴돌았고, 또다시 성스러운 고요함이 건물 기둥 위와 대들보 주위에 깃들었다.

니콜라우스는 부드러운 오후의 태양 빛이 감도는 조각상들을 다시 한 번 쳐다보았다. 그보다 더 완벽하고 완전한 예술품을 찾을 수는 없을 것 같았다. 고개를 끄덕이면서도 그는 이 작품이 여전히 불완전하다는 그 조각가의 말을 생각했다.

"자신의 평생을 쏟아야 진실에 아주 조금 다가갈 수 있을 것이다."

그는 그 말을 스스로에게 되풀이했다. 점차 그의 생각이 앞에 있는 이 조각상들에서 태양과 달과 별이라 불리며 하늘을 돌고 있는 그 형상들로 옮겨 갔다.

그는 재빠르게 몸을 돌려 서둘러 대성당에서 뛰쳐나왔다. 다시 한 번 이 예술작품을 만든 이에게 말을 걸어 보고 싶었다. 그러나 탁 트인 거대한 성당 주변에는 아무도 없었다. 어디에서도 그 아름다운 머리와 훌륭한 예술작품을 만들어 낸 강하면서도 섬세한 손을 지닌 그 사람을 찾을 수 없었다. 실망한 채로 그는 현관문 아래에 머물러 있었다. 수많은 의문들이 그의 영혼 속에 잠긴 채 여전히 해답을 얻지 못하고 있기 때문이었다. 다시 천천히 길을 걷기 시작했다.

그는 양쪽으로 화려하게 장식된 포목점들이 늘어서 있는 플로리안 가를 한가로이 거닐었다. 이곳은 상인들이 값비싼 옷감을 파는 시장이었다. 플로리안 가를 지난 뒤 그는 비스툴라 강을 따라 걸었다. 멀리 떨어진 고향마을을 향해 흘러가는 이 강은 폭이 아주 좁았다. 그는 바이트 슈토스라는 거장(巨匠)이 자신에게 했던, 사람은 이 세상에서 평생을 진실에 다가서기 위해 일해야 한다는 그 말을 다시 떠올리며 마치 성경 말씀처럼 마음속에 간직했다. 동시에 진실에 다가서는 것이 위험할 수도 있다는 예감이 들었다. 그때 자기 안으로 용기와 의지를 주는 신비로운 힘이 밀려들어 오는 걸 느꼈고, 그러자 모든 두려움이 사라졌다. 그는 믿음으로 충만해서 계속 걸어갔다. 이날의 마지막 햇빛이 성과 도시 위 언덕에 비치고 있었다. 그는 저 수많은 집들 어딘가에 자신이 다니는 대학과 도서관이 있음을 알고 있었다. 분수가 샘솟는 안뜰로 들어가는 아치 길을 걸어갈 때, 다시 한 번 그 조각가가 한 말을 혼자 중얼거렸다.

"진리!"

그러고 나서 점점 더 높은 곳으로 이어지는 계단을 올라갔다. 가을의 황금빛 나무들이 작은 창문 밖에서 아른아른 빛났고, 그 빛을 받아 그의 행복한 얼굴도 붉게 빛났다.

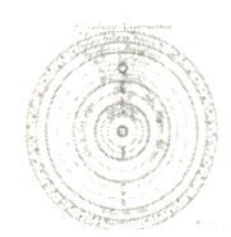

1492년 늦가을은 폭풍과 함께 찾아왔다. 베스키드 산맥에서 차가운 바람이 불어왔고, 그보다 더 높은 타트라 산맥은 이미 첫눈으로 온통 뒤덮여 있었다.

어느 날 저녁 니콜라우스 코페르니쿠스는 그의 친구들인 조지 도너, 페터 티데만과 함께 '형제로'에 있는 학생 선술집의 작은 탁자 앞에 앉아 있었다. 편안하고 따스한 기운이 아늑한 방 안에 가득했고, 불타듯 빨간 와인은 세련되고 우아한 유리잔 속에서 빛을 발하고 있었다. 작고 붐비는 방 안에서는 마치 벌들이 윙윙거리는 듯한 떠들썩한 소리와 함께 다양한 토론들이 활기차게 이루어지고 있었다.

갑자기 문이 확 열리며 찬바람이 휘몰아쳐 들어왔다. 노란 나뭇잎들이 탁자 위를 맴돌며 날아 앉아 유리잔들 속으로 떨어졌다. 사람들이 시끄럽게 웃기 시작했다. 문 앞에는 한 학생이 서 있었는데, 그의 머리칼은 헝클어져 이마를 뒤덮었고, 눈은 흥분으로 빛나고 있었다. 손에 종이 한 장을 들고 깃발처럼 흔들던 그는 성큼성큼 방 안으로 뛰어 들어와 탁자 위로 올라갔다. 와인 잔이 쓰러져 술이 쏟아지고 마룻바닥에서 산산이 부서졌다.

"조용!"

그는 소리쳤다. 잠시 후 모두가 그를 주목했다. 서 있던 학생들이 탁자 주변으로 빽빽이 모여들었다.

"무슨 소식이야?"

"투르크인들을 상대로 전쟁이 터졌어?"

"새로운 교황이 나왔어?"

질문과 고함 소리가 겨우 진정되자 모든 학생들의 시선이 그 종이와 그것을 쥐고 있고 손으로 집중되었다.

"읽어 봐!"

"조용!"

이내 종이의 바스락거리는 소리가 들릴 정도로 아주 조용해졌다.

"소식은 비엔나에서 온 것이고, 지금 막 급사가 가지고 온 거야! 어떤 스페인 사람이 배 세 척으로 큰 바다를 건너 서쪽으로 항해해서 육지를 발견했대. 그 사람은 크리스토퍼 콜럼버스이고, 그 땅이 인도라는 거야!"

잠시 동안 숨소리도 들리지 않는 침묵이 흐르더니 마침내 굉장한 소란이 시작되었다.

"그건 거짓말이야!"

"거짓말이야! 커다란 바다에는 경계가 없어. 지구는 원반이니까!"

한 학생이 탁자 위로 뛰어오르면서 소리쳤고, 그 종이를 낚아채서 찢어버리려고 했다.

다른 학생들이 그 학생을 끌어내렸다.

"우리에게 그 메시지를 보여줘!"

종이는 손에서 손으로 건네어졌고, 학생들 모두가 이미 들은 내용을 읽었다.

"이 소식은 정확해. 콜럼버스는 정말로 서쪽에서 육지를 발견했어!"

니콜라우스 코페르니쿠스는 떨리는 손으로 그 종이를 쥐었다. 그리고 밤늦도록 공부한 탓에 빨갛게 충혈된 눈과 이마를 비볐다. 그는 다시 똑바로 섰다가 단번에 탁자 위로 뛰어올라 모여 있는 학생들을 향해 소리쳤다.

"너희들 이게 뭘 의미하는지 알겠어?"

그는 모든 학생들이 조용해질 때까지 기다렸다.

"이건 지구가 원반이 아니라는 뜻이야!"

"원반이 아니라고?"

방 한구석에서 한 학생의 비웃는 소리가 들렸다.

"그럼 뭐라는 거야, 믿을 수 없을 정도로 지혜로운 코페르니쿠스 양반?"

모두가 탁자 위에 있는 사람을 바라보았다.

"구체!"

"구체? 하, 하, 하! 구체라고?"

누군가가 비아냥거렸다.

"구체!"

코페르니쿠스는 철자 하나하나를 강조하며 크게 천천히 다시 한 번 말했다. 다른 학생이 그의 옆으로 뛰어올라왔다.

"너 그 말 다시 한 번 해봐! 교회에서는 지구가 원반이라고 가르치고 있어!"

코페르니쿠스는 조용하고도 단호하게 이 말을 한 학생을 뚫어지게 쳐다보았지만 이내 고개를 떨어뜨렸다. 그러나 이미 또 다른 누군가가 다른 쪽에서 조롱하는 말로 소리치고 있었다.

"구체라고? 그럼 구체의 아래쪽에 있는 사람들은 머리로 서 있겠네, 그런 거야? 하, 하, 하!"

학생들 여럿이 큰 소리로 떠들었다. 코페르니쿠스는 할 말이 더 있었지만 아무도 더 이상 그를 주목하지 않았다. 그는 선술집 탁자 위에서 생각에 잠긴 채 홀로 서 있었다.

"농담이지. 너희들에겐 그저 농담일 뿐이야! 멍청이나 얼간이들만이 그런 생각을 신념으로 가질 뿐이지!"

그의 이 말에 훨씬 더 큰 웃음소리가 술집을 온통 뒤흔들었다. 니콜라우스는 어쩔 수 없다는 듯 탁자에서 내려와, 와인 잔을 벌컥벌컥 들이켜고는 문을 박차고 밖으로 나왔다. 등 뒤에서 신랄한 비웃음이 이어졌다.

"멍청한 놈!"

"반역이야!"

"바보!"

엄청난 소음과 함께 선술집 문이 닫혔다. 길을 걸어가면서도 그는 여전히 조롱과 비웃음소리를 들을 수 있었다. 불길한 느낌의 밤이 크라코프 위로 드리워졌다. 폭풍이 하늘을 휘몰아칠 때, 별들만이 여기저기 구름 사이에서 빛났다.

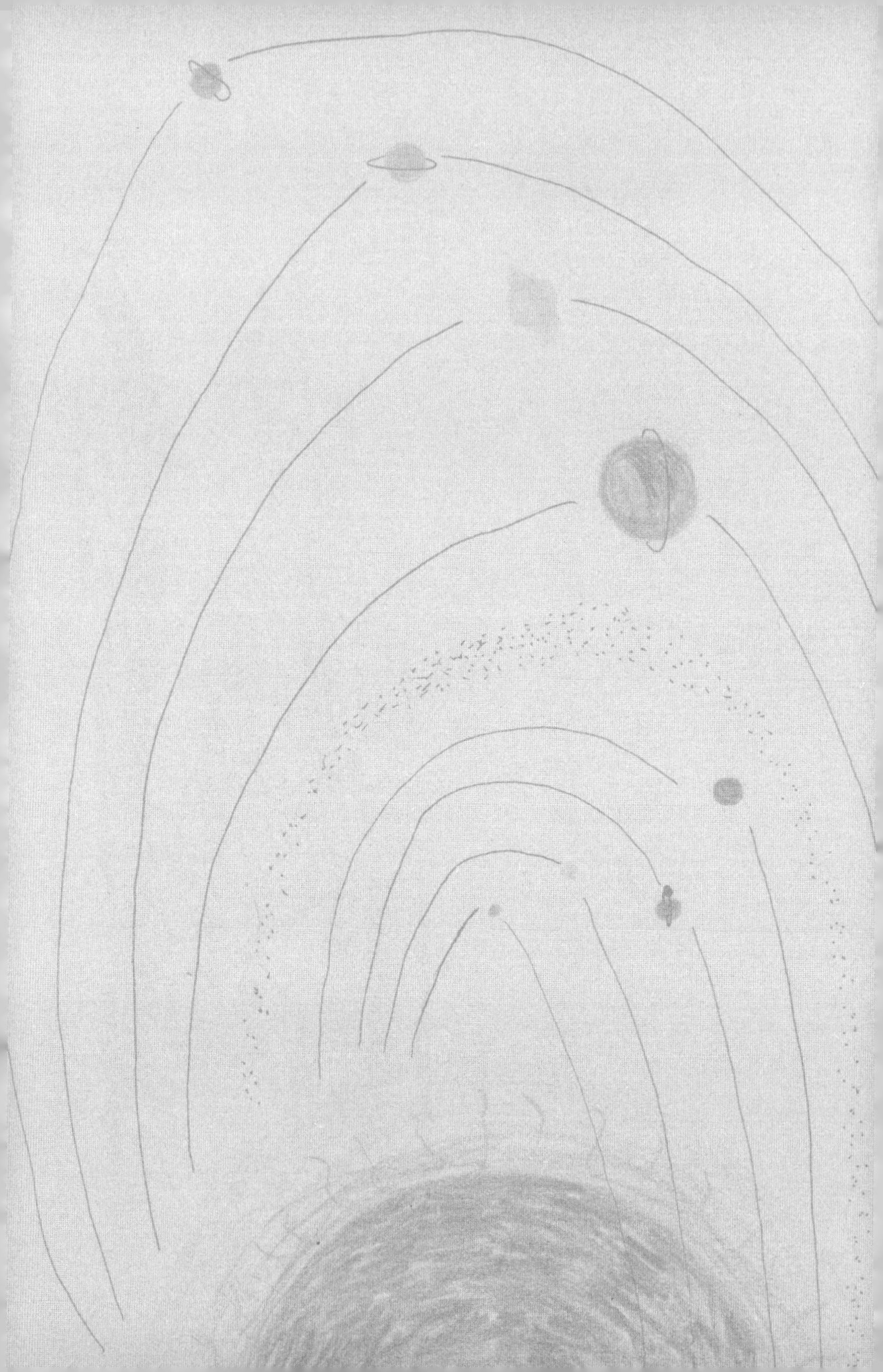

4 이탈리아의 별들

　　이탈리아 하늘 아래에 있는 볼로냐의 탑과 지붕들은 아침 안개 속에서 형언할 수 없으리만치 아름답게 반짝였다. 니콜라우스 코페르니쿠스가 남쪽 지방 풍경의 풍요로운 아름다움을 맛본 지도 여러 달 되었지만, 여전히 날마다 새로운 느낌으로 그 마법 같은 힘을 즐기고 있었다. 이에 비해 비스툴라 강에 있는 머나먼 고향은, 짧은 여름과 얼어붙는 듯한 겨울 폭풍, 단조로운 들판과 끝없이 펼쳐진 밋밋한 지면의 회색빛으로 인해 황량하고 헐벗고 차갑게 보일 때가 많았다.

그를 사로잡은 것이 단지 풍경만은 아니었다. 풍요롭고 재미나는 것을 좋아하는 이 도시 사람들은 어떻게 살아야 하는지를 알고 있었고, 인생의 문제들을 너무 심각하게 받아들이지 않았으며, 늘 기쁜 마음으로 충만해 있었다. 그가 지니고 있던 향수병도 곧 극복되었다. 그런데 도대체 왜 향수병에 걸려 있어야 하는가? 15세기 말인 이때는 그의 어머니와 아버지 모두 이미 초원에 묻힌 지 오래였고, 어린 시절에 함께 놀았던 친구들은 바람처럼 산지사방으로 흩어져 있었다.

그럼 삼촌이자 에름란트 주교인 루카스 바첼로데는 어떤가? 니콜라우스는 그분을 생각할 때마다 가슴 저린 비통함을 느꼈다. 이 완고하고 자기중심적인 사람은 그가 전혀 하고 싶어 하지 않는 일로 몰아가려 했다. 그분은 또한 그를 프라우엔부르크의 수사로 만들 계획을 세우고 있었다. 니콜라우스가 받아들여야만 하는 이 자리는 높고 명예로운 직책이었지만, 온갖 자유를 구속하고 많은 희생을 요구하는 것이었다.

루카스 바첼로데는 법률 공부를 시키기 위해 아펜니노 산맥 기슭에 있는 볼로냐로 그를 보냈다. 학식 높은 수많은 학자들을 보유한 볼로냐 대학은 이 분야에서 유럽의 다른 어느 대학보다 앞서 있었다. 이 대학의 강의를 듣기 위해 전 세계 모든 나라에서 학생들이 모여들었다. 여러 나라의 의상과 문화가 모여 있었기 때문에 이 유럽 남부 도시의 거리와 광장에서는 형형색색의 장관이 연출됐다.

코페르니쿠스는 '독일학생연합' 에 가입했다. 그는 검은 두건을 쓰고 뒤꿈치까지 내려오는 긴 가운을 입었다. 맨 겉장에 독일을 상징하는 왕관 쓴 쌍두 독수리가 그려진 이 모임의 명부에는, 중산층 시민뿐만 아니라 귀족의 자제들, 공작과 유명한 학자의 아들들인 귀족적인 학생 무리와 그의 이름이 나란히 새겨져 있었다.

그러나 이 토룬 출신 상인의 아들은 법학 강의실에는 거의 출석하지 않았다. 그의 마음은 온통 저명한 천문학자 도미니쿠스 마리아 디 노바라의 강의에 쏠려 있었다. 그와 비교하면 레슬라우의 니콜라우스 보드카나 크라코프의 존경하는 알버트 폰 브루체보 선생도 빛이 바래 보였다. 볼로냐 출신의 이 과학자에게서 니콜라우스는 진리를 향한 열정을 보았고, 프톨레마이오스의 오래된 이론들에 의문을 던지는 선생의 두려움 없는 용기에 감탄했다.

니콜라우스는 거의 하루도 빠지지 않고 늦은 저녁마다 걸어서 이 선생님 댁을 방문했다. 그 집은 도시에서 한참 떨어진 완만한 언덕 위, 월계수와 도금양, 라벤더와 로즈마리가 물결치는 곳 한가운데에 있었다. 서양협죽도 수풀과 레몬 나무들이 하늘 높이 자라 있었고, 현관 입구의 대리석 기둥이 풍요로운 정원의 다양한 색채 사이에서 은빛 광선처럼 빛났다. 이 집의 탁 트인 테라스에서 선생과 학생은 이른 아침이 올 때까지 숱한 밤을 보내며 함께 연구했다. 그들의 발밑으로는 셀 수 없이 많은 창문에서 불빛이 반짝이는 볼로냐 시가 펼쳐져 있었다. 아펜니노 산맥의 짙은 그림자가 비옥한 계곡을 가로질러 길게 드리워져 있었다. 두 사람의 시선은 하늘과 신비로운 천체의 움직임을 향해 있었다.

"눈부시게 높은 곳에서 밭고랑에 있는 쥐를 볼 수 있는 독수리처럼, 인간의 눈은 더 분명하게 초점을 맞출 수 있어야 하네. 그때 우리가 짐작조차 할 수 없는 새롭고 경이로운 사실들이 우리 앞에 실체를 드러낼 거야. 그러면 훨씬 더 빨리 우리가 계산한 대로 타당한 결론에 도달하게 될 걸세."

도미니쿠스 마리아 디 노바라는 과로로 고통스러운 눈을 비비며 말했다.

"몇 십 년 전에 구텐베르크라는 사람이 마인츠에서 인쇄기를 발명했습니다. 항해하는 배들은 새로운 육지를 찾아 세계의 폭풍우 치는 바다를 과감하게 누비고 있습니다. 그렇다면 언젠가는 안경이나 관을 통해 하늘에 있는 별을 더 가까이 끌어당겨서 보는 것을 생각해 낼 수 있지 않을까요?"

코페르니쿠스가 아주 힘차고 단호하게 질문했기 때문에 선생은 경탄해 마지않았다.

"아마 자네 말이 맞을 거야. 왜 안 되겠어? 언제든지 기회가 왔을 때, 사용할 수 있는 도구들을 가지고 가능한 모든 일을 이뤄 내야만 해. 그건 우리 천문학자들도 마찬가지야!"

도미니쿠스는 니콜라우스의 말에 동의하면서, 테라스 난간 위에 놓여 있는 계측기 하나를 다시 집어 들었다.

이 학자는 토룬 출신의 학생이 볼로냐에 온 몇 주 뒤부터 과제 하나를 부여했다. 그것을 정확하게 해결한다면, 완전히 새로운 발견으로 가는 길을 찾아낼 수 있는 그런 과제였다. 니콜라우스 보드카와 알버트 폰 브루체보가 보낸 추천장에서 이 젊은 학생의 천문학 지식을 아주 높이 평가했기 때문에, 그는 이 일을 맡을 사람으로 코페르니쿠스를 선택했다. 사실 니콜라우스와 첫 번째 토론을 한 뒤 이미 그는 레슬라우와 크라코프에 있는 선생들의 칭찬이 과장이 아니라는 것을 확신했다. 그래서 그는 코페르니쿠스에게, 규칙적인 측정과 관찰을 통해 프톨레마이오스가 주장한 것처럼 달이 각각의 현(弦)*마다 크기가 달라지는지, 아니면 항상 똑같은 상태로 유지되는지를 밝혀내도록 부탁해 두었다. 프톨레마이오스는 자신의 모든 연구의 기초를 달의 크기가 변화한다는 사실에 두었던 것이다.

코페르니쿠스는 이 과제의 중요성과 무게 때문에, 그리고 자신이 그런 책임을 맡을 만한 사람으로 평가 받은 데에 놀랐다. 만일 그 이집트인 학자

------

*현(弦) _달의 공전 주기의 4분의 1. 약 7일.

가 측정에서 오류를 범했음을 자신이 증명한다면 과연 어떤 일이 벌어질까? 우주를 바라보는 모든 관점이 무너져 버리지는 않을까? 그는 도미니쿠스조차 놀랄 만큼 격앙된 모습으로 과제에 착수했다.

거의 매일 밤 그는 그 테라스의 하늘 아래 서 있었다. 오직 짙은 구름이 이 지방을 흘러 지나갈 때나 새로운 달이 떠오를 때에만 한참 동안 부족했던 잠을 벌충할 시간을 가질 수 있었다. 그 이외의 시간에는 오로지 단 한 가지 일, 즉 관찰하고 측정하는 것, 측정하고 관찰하는 것, 새로운 수치들을 적고 그것들을 한 줄 한 줄 계산하는 일에만 몰두했다. 그것은 마치 돌 위에다 계속 돌을 얹어서 그가 짓고자 하는 강력한 정신의 건축물을 만들어 나가는 일과 같았다. 그러는 동안 그의 친구들은 선술집에서 즐겁게 놀거나 한밤중에 기분을 내면서 도시의 거리를 쏘다녔다. 그는 테라스에 서서 자신을 유혹하는 친구들의 신나는 노랫소리가 꽃들이 만발한 정원을 통해 퍼져 들어오는 것을 들을 수 있었다. 종종 측정 도구와 기록 용지들을 내던지고 자유와 행복을 만끽하는 짜릿한 환희 속에 합류하고 싶은 유혹도 느꼈다. 그때마다 그는 초인적인 힘으로, 자신에게 주어진 과제를 우선 해결해야 한다고 스스로를 채찍질했다. 일단 임무를 완수하기만 하면 볼로냐의 어떤 학생이 누리는 환락과도 비견될 수 없는 기쁨과 능력을 얻게 되리라는 것을 그는 알고 있었다. 반복해서 관찰하고 측정하는 데에는 엄청난 인내와 꾸준함이 요구되었다. 고통스럽고 지친 자기 몸을 보면서 그는, 세상에서 가장 중요한 일들은 아주 사소한 일들이 모여 이루어진다는 것을 알게 되었다. 작은 일을 피하는 사람은 결코 위대한 것을 성취할 수 없다.

한 주 또 한 주, 한 달 또 한 달이 지나갔다. 꽃이 피었다 지고, 나무에 열매가 맺혔다 떨어지고, 가지에 새로운 싹들이 돋아났다. 어느 조용한 집

어두운 테라스 위에 한 사람이 별들 아래에 외로이 서 있었다. 하룻밤 또 하룻밤, 그는 일하고 절망하고, 그리고 또다시 새로운 용기를 얻었다. 밤하늘의 고요하고 은밀한 품속에서 그의 작업은 이루어졌다.

한 주 또 한 주 지나면서 프톨레마이오스의 실제 오류를 훨씬 더 분명하게 밝혀낼 정도로 그의 식견은 성장하고 성숙했다. 겉보기로는 그저 끝없는 숫자의 나열일 뿐인 측정 기록 용지가 그 사실을 의심 없이 증명해 주었다. 그럴 의지가 있고 또 그와 똑같은 인내심과 꾸준함을 지닌 사람이라면 누구나 그의 측정 기록들을 검토하고서 똑같은 결과에 도달할 것이다. 그는 이 과제를 믿고 맡긴 분의 손에 자신의 연구 결과를 건네 드리기 위해 측정 기록 두루마리를 가운 속에 지니고 그분 댁으로 향했다.

코페르니쿠스가 정원 길을 걸어갈 때 그의 발밑에서 고운 모래 알갱이들이 바삭거리는 소리를 냈다. 그의 머리 위쪽 방 창문에서 불빛이 깜박거렸고, 촛불의 밝은 빛 옆으로 낯익은 얼굴의 그림자가 나타났다. 코페르니쿠스는 대리석 계단으로 올라가는 길에 멈춰 섰다. 그는 과제를 성공적으로 마친 데 대한 엄청난 자부심을 느꼈지만, 다른 한편으로 손에 쥐고 있는 종이 속의 검은색과 흰색 기호로 된 발견의 결과로 앞으로 무슨 일이 벌어질지 매우 두려웠다.

그는 주저하듯 문을 밀고서 문지방을 넘어섰다. 도미니쿠스 마리아 디 노바라는 몸을 구부린 채 들여다보고 있던 양피지에서 고개를 들었다.

"코페르니쿠스?"

방금 들어온 사람이 누구인지 심문하기라도 하듯, 그는 평소보다 오랫동안 코페르니쿠스를 바라보았다.

"자네 오늘은 이상하게 달라 보이는군. 무슨 일 있나? 내가 자네에게 맡

긴 일에 무슨 문제라도 생겼나?"

코페르니쿠스는 떨리는 손으로 가슴 위로 여민 가운을 열고 두툼한 종이 두루마리를 꺼내 움켜쥐었다. 그는 말없이 도미니쿠스 마리아 디 노바라 앞에 있는 탁자 위에 그것을 내려놓았다.

"자네가 벌써 그 일을 마쳤다는 건 아니겠지?"

선생은 놀라움에 그 종이 뭉치를 집어 들고 황급히 펼쳐 보았다. 그는 긴 줄에 적힌 숫자와 수많은 그림들에 몰입해 갔다. 이따금 뭔가 알아들을 수 없는 말을 혼자 중얼거렸고, 깃펜을 들어 수치를 계산한 이곳저곳에 표시를 했다. 그는 주위의 모든 것을 잊어버리고 있었다. 이 과학자의 탁자 앞에서 코페르니쿠스는 미동도 하지 않고 서서 기다렸다. 마치 냉혹한 판결을 내리는 재판부 앞에 서 있는 것 같았다. 그는 석방이 되거나 아니면 유죄 판결을 받을 것이다. 그러나 가슴속에 지닌 강한 믿음으로 최종 결과를 낙

관할 수 있었다.

정원에는 점점 더 밤이 깊어 갔고, 반짝이는 볼로냐의 지붕들 위로 달이 지나갔다. 계곡과 정원 어딘가에서 샘물이 뿜어져 나왔고, 나무들은 바람에 살랑거렸고, 이 밤의 고요함을 깨뜨리는 즐거운 노랫소리도 들렸다. 아주 한참 뒤에 도미니쿠스는 자신의 의자에 기대고 앉더니 눈을 감았다. 마치 그 엄청난 양의 숫자들을 읽어 내는 일이 고통스러운 듯, 그는 손으로 자꾸만 이마를 문질렀다. 그러고는 숨을 깊게 들이마시고 나서 팔걸이의자에서 몸을 빼내 겨우 일어났다. 그는 일정한 발걸음으로 엄숙히 방 안을 왔다 갔다 했는데, 사방 높은 벽에 비친 그의 그림자가 거대하고 웅장해 보였다. 교회 설교대로 다가가는 성직자도 그와 별로 다르게 걷지 않을 것 같았다. 선생은 코페르니쿠스에게 다가서서 잠시 동안 말없이 그를 바라보더니 어깨 위에 손을 얹어 놓으며 말했다.

"토룬에서 온 니콜라우스 코페르니쿠스! 자네가 프톨레마이오스의 가르침을 그 왕좌에서 끌어내렸군! 달은 어떤 위상에서도 똑같은 크기를 유지하고 있어!"

날카롭고 거의 쉰 듯한 음성으로 그는 조용히 판결을 내렸다. 갑자기 그의 창백한 얼굴에서 기쁨이 사라졌고, 입술과 눈에 어둡고도 의미심장한 진지함이 번졌다. 그는 계속해서 이렇게 말했다.

"자네의 계산들이 뭘 의미하는지 알겠나?"

그는 종이들이 온통 어지럽게 나뒹굴고 있는 탁자 위로 눈을 돌렸다. 고요히 아무런 감정 변화도 없이 코페르니쿠스는 도미니쿠스 마리아 디 노바라 앞에 서 있었다. 오래 전 이미 그는 스스로에게 같은 질문을 던지고 그 해답을 얻었다. 그다지 오래 생각할 필요가 없었다.

"우주 전체의 상이 프톨레마이오스의 가르침 때문에 잘못돼 있다는 겁니다!"

선생은 자기 학생이 이 어마어마하고 대담한 말을 너무나 차분하고 사무적인 태도로 할 수 있는 것에 놀랐다. 그는 학생의 어깨를 잡고 흔들었다.

"위험한 말이야, 코페르니쿠스! 너무도, 너무도 위험한 말이야! 자넨 교회에서 어떻게 나올지를……"

"교회 역시 이 사실을 받아들여야만 합니다. 도미니쿠스 마리아 선생님! 그게 언제가 됐든!!"

“그들은 자네를 법정에 세울 거야!”

“저는 진실을 위해 싸울 겁니다!”

학생의 눈에서 이글거리는 불길한 열정을 본 선생은 그 목소리에서 배어나는 얼음처럼 차가운 단호함에 더욱 충격을 받았다.

“자네 무슨 일을 할 작정인가, 코페르니쿠스?”

“어디에서건 저는 이 진실을 발표하고 이것에 관해 이야기할 겁니다. 우리가 지구와 태양, 달과 별들에 관해서 의존해 온 우주관이 잘못된 것이라고 말입니다!”

“그렇지만 코페르니쿠스, 자네는 사람들이 여러 세기 동안 믿어 온 걸 그 가슴속에서 뜯어내 버리는 셈이야. 자네가 그 공허함을 채워 줄 수 있겠나? 자네가 그 오랜 믿음을 대체할 새로운 신념을 마련해 줄 수 있겠나? 자네가 그들에게 우주의 진정한 상을 그려 보여줄 수 있겠나?”

코페르니쿠스는 거의 다 꺼져 가는 촛불을 들여다보며 생각에 잠겼다. 갑자기 그는 믿을 수 없을 정도의 피로감을 느꼈다. 말하고 싶었지만 입술이 타는 듯해 단 한마디 말도 뱉어 낼 수 없었다. 너무나도 오랫동안 잠도 자지 않고 일해 온 탓에 몸이 떨리기 시작했다. 그는 몸이 쇠약해졌음을 느꼈다. 여러 주 여러 달 동안 힘써 일한 데 대한 대가가 필요했다.

코페르니쿠스는 천천히 돌아서서 지친 몸 탓에 짧게 작별의 말씀을 고하고 방을 빠져나왔다. 선생이 그 말을 들었는지는 알 수 없었다. 대리석 층계를 비틀거리며 내려와 몽롱한 상태로 향기가 진동하는 정원을 지나 이젠 눈이 흐릿해 잘 보이지도 않는 통로를 걸어갔다. 도미니쿠스 마리아 디 노바라가 던진 질문은 해답 없이 남겨져 있었다. 이 고독하고 지친 방랑자는 자신이 앞으로 더욱 먼 여행길을 가게 되리라는 것을 예감했다. 그러나 그

최종 목적지에 언제 도착할지, 아니면 그곳에 도착하게 될지 어떨지는 알 수 없었다.

잠시 동안 그는 올리브나무 아래 벤치에 앉아 볼로냐의 탑과 둥근 지붕들을 내려다보았다. 별이 반짝이는 한없이 넓은 하늘이 도시 위에 아치 모양으로 펼쳐져 있었다. 처음으로 향수병이 엄습해 왔다. 그는 토룬과 비스툴라, 그리고 커다란 배 위에서 펄럭이는 빨강, 파랑, 하양의 화려한 돛들의 모습을 꿈꿨다. 오랫동안 자신의 형제자매들에게 편지 한 장 쓰지 못하고 있었다. 그들이 자기를 자랑스러워하고 자부심을 느낄지 의문이 들었다. 그는 수사가 되기 위해 유럽에서 가장 유명한 대학에서 학식을 얻기로 되어 있기 때문이었다. 조금 힘들게 벤치에서 일어난 그는 잠들어 있는 도시의 좁거나 넓은 길을 지나 서둘러 볼로냐로 걸어 내려갔다.

독일 학생들이 생활하는 집의 자기 방문을 닫고 깃펜에 잉크를 조금 묻혀 글을 쓰기 시작했다. 지금 종이에 쓰는 것은 숫자들이 아니라 오로지 자신의 형제들을 위해 쓰는 마음속에서 우러나오는 문장들이었다. 편지 쓰기는 오래 걸리지 않았다. 그렇지만 루카스 바첼로데에게 쓰는 편지는 그보다 더 깊이 생각해야만 했다. 굉장한 힘을 가진 에름란트의 주교인 삼촌에게 뭐라고 써야 할까? 그분은 천문학에 관한 얘기는 듣고 싶어 하지 않을 것이고, 법률학 강의는 훨씬 더 건조하고 재미없어서 해드릴 얘기가 없었다. 사정이 이렇지만 그는 자기가 여러 해 동안 공부할 수 있도록 삼촌이 도와주셨다는 것을 잘 알고 있었다. 어머니와 아버지가 남긴 유산은 적었고 그나마 네 자식에게 분배되었기 때문에 유학을 계속하기엔 충분치 않았다. 니콜라우스는 삼촌이 고마웠고, 그래서 이날 저녁 쓴 마지막 편지에서 이 마음을 표현하려고 애썼다.

이른 아침 햇빛이 아펜니노 산맥 꼭대기에 떠오르고 있을 때, 코페르니쿠스는 마침내 모래뿌리개로 잉크를 말리고는 깃펜을 잉크스탠드에 도로 꽂아 놓았다. 새로운 날을 여는 첫 소리들이 정원에서 들려왔다. 새들이 지저귀고, 도시 거리를 쿵쿵거리며 지나가는 수레바퀴 소리가 들렸다. 치유하는 잠의 평화로부터 하늘과 땅이 깨어나고 있었다. 그러나 니콜라우스는 완전히 녹초가 되어 여러 시간 동안 꿈 없는 깊은 잠을 잤다.

하지만 그의 편안한 휴식은 단지 몇 날 몇 밤뿐이었고, 그는 또다시 측량 기구와 종이를 그리워했다.

"누구든 별에 마음을 빼앗기면 절대로 다시는 거기서 헤어나지 못해!"

그는 이즈음 밤마다 선술집에서 달콤한 진홍빛 와인을 마시면서 친구들에게 이렇게 말하곤 했다. 이 기쁨의 도시에서 검은 머리 소녀들과 팔짱을 낀 채 꽃이 만발한 정원을 거닐며 웃고 떠들고 즐거움을 만끽하면서도 그는 그들에게 그렇게 말하는 것이었다. 그들 중 누구도 그가 별에 관심을 가져 우울한 사람이 되었다고 말할 수는 없었다.

이런 회복의 나날을 보낸 뒤, 니콜라우스는 또다시 도미니쿠스 마리아 디 노바라 선생의 아름다운 집을 찾아갔다. 선생은 아무 말 없이 찬장에서 유리잔 두 개를 꺼내 탁자 위의 각도기와 삼각자 사이에 놓고 거품 이는 와인을 채웠다. 와인을 마시기 전에 그는 자기 학생의 어깨를 잡고 테라스로 이끌고 나갔다. 짙은 구름이 대지와 도시 위를 흘러 지나갔다.

"좋은 밤은 아니군요."

코페르니쿠스가 부드럽게 말했다.

"별이 보이지 않네요."

"이봐, 니콜라우스, 오늘밤은 우리의 모습과 많이 닮았구먼. 때때로 우리는 우리가 발견한 것 덕분에 목표에 가까워지고 지식도 한결 성숙해지지. 그래서 결국 자네가 달에 관한 새로운 가르침을 세상에 내놓은 지금 이 순간까지 발걸음을 계속 내디딜 수 있었다고 생각하네. 그렇지만 빛이 밝고 맑은 날을 가져다주기까지는 여전히 많은 어둠이 존재하는 거라네!"

그리고 나서 그는 잔을 들고 이렇게 말했다.

"니콜라우스 코페르니쿠스를 위해!"

그는 잔을 완전히 비웠다. 학생은 이것이 선생이 자기에게 줄 수 있는 가장 큰 칭찬이라는 것을 알았다. 부끄러움마저 느끼며 그는 잔을 들어 건배 제의에 응답했다.

"도미니쿠스 마리아 디 노바라 선생님을 위해!"

그 역시 단숨에 잔을 비웠다. 그것은 마치 도시 위 높은 곳에서 외로운 두 사람이 주고받는 비밀스런 음모 같았고, 오랜 시간 계속될 새로운 관찰과 계산의 시작이었다.

이렇게 지내던 어느 날 밤, 선생과 학생이 계산에 몰두하고 있던 테라스 아래에서 누군가 문을 두드렸다. 그들은 놀라며 서로를 바라봤다. 누군가가 자신들을 찾아올 거라고는 생각하지 못했고, 그게 누구든 자신들의 일에 방해만 될 것이기 때문에 그들은 방문객이 오는 것을 원치 않았다. 그들 중 누구도 대답을 하지 못하고 있는데 갑자기 문이 획 열렸다. 방 안으로 바람이 획 불어 들어왔다. 벼락에 맞은 듯 니콜라우스는 문 앞에 서 있는 형의 모습을 보았다. 그의 얼굴은 상기되어 있었고, 오래고 고된 여행 탓에 옷은 찢어져 누더기가 되어 있었다. 비스툴라에서 출발해 독일을 가로질러 아우크스부르크와 누렘베르크를 지나고 다시 브레너 고개를 넘어 아펜니노 산맥 기슭에 있는 이 도시에 이르는 여정이었다.

"닉! 닉!"

형은 환희에 차서 그를 향해 달려들었다. 흥분된 모습으로 그는 가슴 속 주머니에서 두 개의 작은 봉인 두루마리를 확 끄집어냈다.

"우리 직함이야, 닉! 우리 증명서라고!"

영문을 모른 채 형 앤드류를 바라보던 니콜라우스는 고개를 저으며 말했다.

"직함이라고? 무슨 말인지 모르겠어! 난 아무 직함도 바라지 않는데!"

도미니쿠스 마리아 디 노바라를 잠깐 바라보고 나서 그는 웃으며 계속해서 말했다.

"글쎄, 혹시 내가 천문학 박사가 됐다는 증서라면 모를까."

실망한 낯빛으로 앤드류는 자기가 마지막 보았을 때에 비해 너무나도 많이 변해 있는 동생을 바라보았다. 오랜 여행 동안 동생과의 이 재회의 순간을 그려 왔다. 하지만 지금은 모든 것이 그가 꿈꿨던 것과 달랐다. 그의 얼굴에서 기쁨이 사라졌고 더 이상 어찌해 볼 도리가 없다고 느낀 그는 방 안의 이상한 기구들을 바라보았다.

"우리가 프라우엔부르크의 수사가 됐어, 닉! 여기 이 두루마리에 루카스 바첼로데 삼촌이 우리 이름을 쓰고 봉인을 했단 말이야."

이 소식을 전하는 말이 방 안 벽에 공허하게 울려 퍼졌다. 니콜라우스는 굳어 버린 듯 탁자 옆에 섰다. 그는 형이 내민 서류를 받기 위해 손을 들기도 싫었다.

"왜? 너는 기쁘지 않니, 닉? 우리를 부러워하는 사람들이 얼마나 많고, 우리와 자리를 바꾸기 위해 큰돈을 내놓으려 하는 사람들이 얼마나 많은데. 그런데 너는! 너는 단 한마디 말도 안 하고, 또 네 얼굴은 마치 사랑하는 친구가 죽었다는 소식을 방금 들은 표정이구나. 제발, 행복한 얼굴 좀 해라, 닉!"

니콜라우스는 고통스러운 표정으로 천천히 그 두루마리를 움켜잡아 열어 보고는, 거기에 쓰인 내용과 봉인을 서둘러 훑어보았다. 그러고 나서 그는 두루마리를 아무렇게나 탁자 위로 집어 던졌고, 그것은 마루로 굴러 떨어졌다.

"수사와 천문학자라!"

그는 밋밋한 어조로 이렇게 중얼거린 뒤 발끝으로 그 두루마리를 차 버렸다.

"수사와 천문학자라. 이것들은 서로 어울리지 않는 말들이 아닐까, 형!"

형제는 서로를 이해할 수 없었다. 그러나 도미니쿠스 마리아 디 노바라는 자기 학생이 하는 말을 듣고 갑자기 고개를 번쩍 들었다. 그는 천문학의 등장으로 과학과 교회 사이에 깊은 골이 파였고, 아직까지 이 둘을 이어줄 다리가 전혀 없다는 것을 알고 있었다. 그는 일찍이 예감했듯이, 언젠가 유명해져 인류의 위대한 학자들 사이에서 그 이름이 회자될 이 학생의 가슴 속에서 과학과 교회 사이의 갈등을 느꼈다. 엄숙한 표정으로 팔걸이의자에서 일어난 그는 젊은 수사에게 다가가 그 손을 쥐었다.

"코페르니쿠스, 수사 겸 천문학자!"

선생의 말은 분명하면서도 용기를 불어넣어 주는 것이었고, 그래서 그 영예로운 직함에 대해 확신을 갖도록 해주었다. 감사하는 마음으로 그는 선생의 손을 꽉 쥐었다. 갑자기 자신이 강해지고 희망이 가득 차는 기분을 느낀 그는 이렇게 표현했다.

"천문학자 겸 수사입니다!"

도미니쿠스 마리아 디 노바라는 두 단어의 뒤바꿈 속에 숨겨진 깊은 의미를 이해했다. 이 영예로운 순간에 코페르니쿠스는 한 가지 해결책을 만들어 낸 것이다.

"천문학자 겸 수사!"

앤드류는 행복에 겨워 말했다. 물론 그는 이 말의 온전한 의미를 알지는 못했다.

"지하실에 있는 가장 좋은 와인을 가져와야겠군."

침묵을 깨면서 선생은 웃으며 말했다.

"천문학자 겸 수사라! 그렇게 말해야 축하할 만하겠구먼!"

행복한 기분으로 그는 커다란 술통이 저장되어 있는 시원한 지하실 층계를 내려갔다. 이른 아침이 될 때까지 앤드류는 그들의 고향 마을에 관해 동생과 밤을 새워 이야기했다. 잠시 동안이나마 이탈리아의 경이로운 길들과, 꽃들이 만발한 정원을 지닌 아펜니노 산맥 자락의 풍요로운 도시 볼로냐가 관심 밖으로 멀리 물러나 있었다. 이 두 젊은 수사들에게 하늘의 별들은 토룬 시 위에서 비쳤던 어떤 별들보다도 밝게 빛났고, 바스락거리는 나뭇잎 소리는 넓은 비스툴라 강물이 콸콸거리며 흘러가는 소리처럼 들렸다.

니콜라우스 코페르니쿠스는 자신이 살고 있는 독일 학생 하숙집에서 자기가 경탄의 대상이 되고 있는 것에 대해 별로 관심을 두지 않았다. 그러나 동료 학생들은 그가 법률학 강의를 이전보다 더 자주 들으러 오는 것을

보고 놀라워했다. 그러면서도 그는 비는 시간에는 언제나 도시 밖 야트막한 언덕에 있는 선생의 집으로 걸어갔다. 고요한 밤, 은빛 별 아래에서 그가 열정적으로 사랑하는 작업이 무르익어 갔다.

또다시 그는 테라스를 둘러싸고 있는 돌 벽에 기대어 간단한 기구들을 가지고 별들의 움직임을 측정했다. 이때 누군가가 갑자기 어깨를 거칠게 흔들었다. 뒤돌아서자 희미한 빛 속에서 흥분한 선생의 얼굴이 보였다. 보통 때의 평온한 모습은 사라지고 마치 강력한 폭풍우 속에서 몸을 떨고 있는 것처럼 보였다.

도미니쿠스 마리아 디 노바라는 자신이 연구하고 있는 자리로 코페르니쿠스를 이끌고 갔다. 촛불이 거의 꺼져 가고 있었다. 잠시 동안 그는 컴퍼스와 삼각자를 사용해 가며 여러 색으로 그려진 지도에 온통 빠져 있는 듯하더니, 마루가 진동할 정도로 탁자를 주먹으로 내리쳤다. 그는 아무도 알아들을 수 없는 말을 혼자 중얼거리며 불안한 걸음걸이로 방 안을 왔다 갔다 했다. 니콜라우스는 감히 아무것도 물을 수 없었지만, 이 순간이 바로 자기가 불변하는 달의 위상(位相)을 발견했을 때와 맞먹는 또 다른 중요한 시간이라는 걸 느꼈다. 그는 잠자코 촛불 옆에 서서 기다렸다.

선생은 오랫동안 방 안을 서성거렸다. 때때로 의자나 벽에 부딪혔을 때, 현기증을 느끼는 것 같았다. 불타오르는 듯한 선생의 눈빛은 두려움을 불러일으킬 정도였다. 선생이 이렇게 흥분한 모습을 본 것은 처음이었다. 갑자기 도미니쿠스 마리아 디 노바라가 자신을 기다리고 있는 동료를 향해 몸을 돌렸다.

"도시와 마을과 대지가 떠돌아다닐 수 있나, 코페르니쿠스? 그것들이 움직일 수 있어? 그것들이 오늘 있었던 자리에서 내일은 다른 자리로 말이야?"

이 말들은 너무도 크게 터져 나왔기 때문에 그 마지막 말은 거의 비명에 가까웠다. 갑작스런 질문에 놀란 코페르니쿠스는 곧바로 대답을 못한 채 머뭇거렸다. 잠시 후 그는 고개를 저었다.

"물론 못하지요! 그것들은 항상 서 있던 곳에 있습니다."

"그런데 그것들이 움직였어, 코페르니쿠스. 여길 봐!"

그는 별안간 몸을 움직여 벽에 있는 지도를 뜯어내 마룻바닥에 놓고 그 앞에 무릎을 꿇었다. 코페르니쿠스는 탁자에서 촛불을 가져다가 가까이에 놓았다.

"이 나라의 이름이 뭐지?"

"스페인."

"이 도시의 이름을 읽어 봐!"

"카디즈!"

"프톨레마이오스가 그 위치를 계산했어. 나도 똑같은 것을 했지."

"그런데요?"

이 질문들이 모두 어디를 향해 가는 건지 여전히 분명하게 모른 채 코페르니쿠스는 천천히 물었다.

"나는 그게 프톨레마이오스가 계산한 것보다 훨씬 더 위쪽에 있다는 걸 발견했어!"

"그럼 프톨레마이오스가 오류를 범한 거군요!"

"그의 계산은 정확해!"

"그럼 오류는 어디……어디에……."

코페르니쿠스는 말을 맺지 못했다. 오류를 범한 사람은 바로 선생이라고 말하기가 망설여졌기 때문이다.

"그래, 말해 봐. 오류는 바로……나, 도미니쿠스 마리아 디 노바라에게 있다. 자네가 하고 싶은 말이 이거 아닌가?"

"저어, 그렇습니다, 그겁니다!"

머뭇거리며 그는 대답했다.

"그럼 내가 만일 자네에게, 프톨레마이오스도 도미니쿠스 마리아 디 노바라도 계산에서 오류를 범하지 않았다는 걸 증명할 수 있다면 어떻게 되겠는가, 그럼 어떻게 되겠어, 코페르니쿠스?"

학생은 감히 입으로 말할 수 없는 어떤 영감과 인식을 얻었다. 그는 두려웠다.

"그럼 어떻게 되나, 내게 말해 보게, 말해 보라고? 그럼 어떻게 되겠어?"

"그렇다면……지구는……정지 상태에 있지 않습……니다. 그렇다면……지구가……움직입니다!"

'……지구가 움직인다……'는 말이 온 방 안에 메아리쳤다.

선생은 구부리고 있던 자세를 펴고 불빛 아래에서 꼿꼿이 무릎을 꿇었다. 그는 코페르니쿠스를 올려다봤다.

"나 역시 이 문제에 대해 생각해 봤어. 그렇지만, 이봐 수사, 자네는 그 말을 한 첫 번째 사람이야. 과감하게도. 이렇게 공공연하게 말하는 건 위험해, 아주 위험하다고!"

"선생님, 이건 진실입니다!"

"진실은 항상 위험해, 코페르니쿠스!"

바깥의 밤은 평온하고 맑고 고요했다. 산에서는 작은 바람소리도 들려오지 않았고, 정원의 나무들은 평화로이 꿈꾸듯 잠들어 가고 있었다. 또다시 도미니쿠스 마리아 디 노바라는 문에서 창가로, 창가에서 문으로 서성거렸다.

"콜럼버스, 달, 카디즈……!"

그는 혼잣말을 했다. 그런데 그 단어들 하나하나가 마치 그를 프톨레마이오스로부터 떼어 멀리 떨어진 목표 지점으로 데려가는 하나하나의 사다리 층계 같았다.

"코페르니쿠스?"

"선생님?"

"오늘 밤 우린 지구를 그 왕좌에서 멀리 쫓아 버렸네. 우리가 왕관을 씌워 줄 새로운 왕은 어디에 있을까?"

한 시간 또 한 시간 밤이 지나고 있었다. 천천히 아펜니노 산맥 꼭대기가 빛나기 시작했고, 선홍빛 하늘이 대지 위에 드리워졌다. 이른 아침이었다.

"태양!"

코페르니쿠스는 숭배하듯 이 말을 내뱉었다. 그 황금빛 태양에서 뿜어져 나오는 따뜻함을 느꼈고, 입을 약간 벌린 채 나무와 꽃들 위로, 그리고 선생의 얼굴로 퍼져 나가는 그 마법을 바라보았다.

"태양?"

생각에 잠긴 채 그 말을 되풀이한 뒤 도미니쿠스 마리아 디 노바라는 젊은 수사와 함께 테라스 쪽으로 걸어 나갔다. 천천히 계곡이 잠에서 깨어났다.

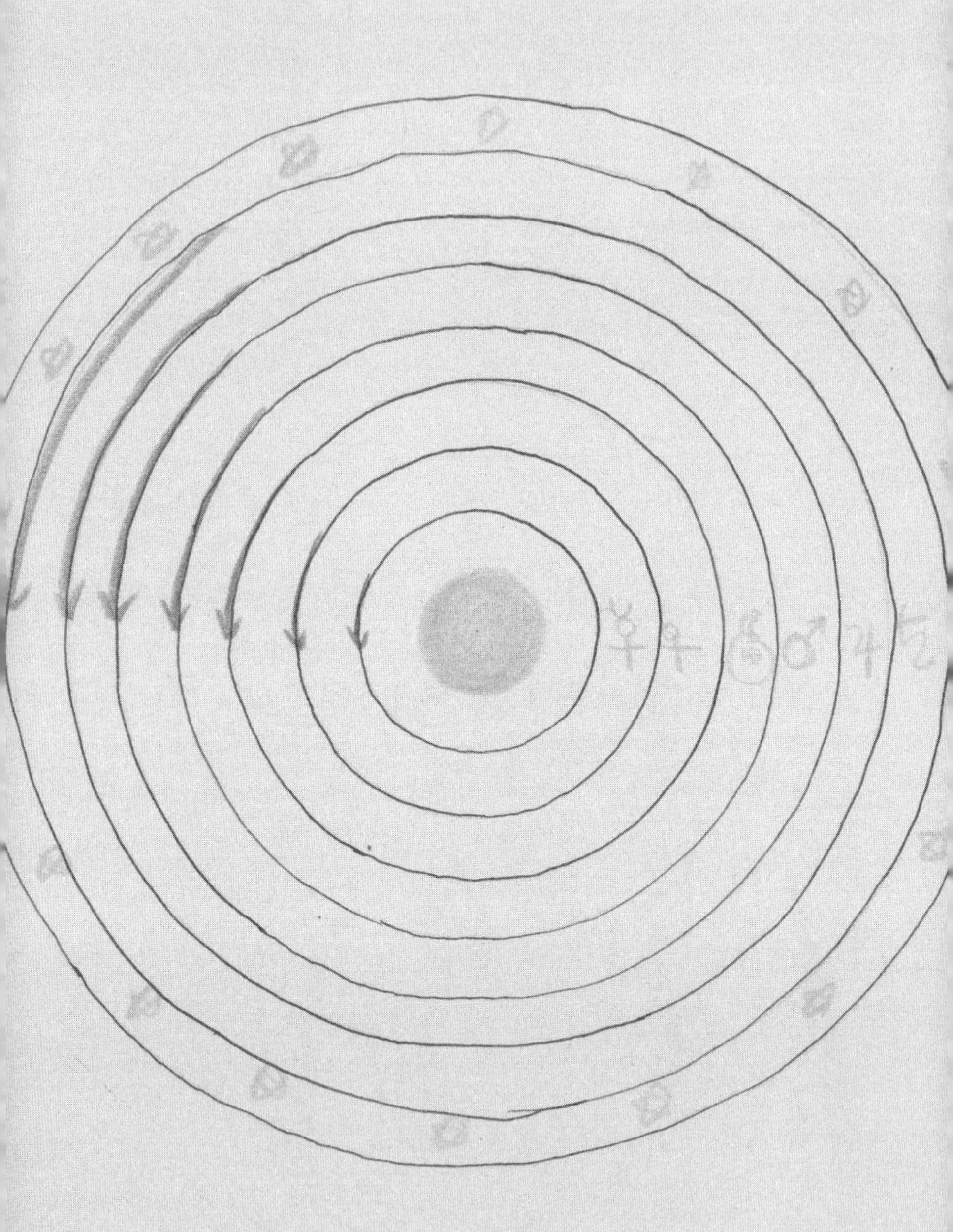

5 세상의 종말

무표정한 얼굴의 사람들이 로마 거리를 걸어 기도를 하기 위해 웅장한 교회로 들어갔다. 보통 때 같으면 붉은 와인이 흘러넘치던 선술집들이 썰렁하게 텅 비어 있었다. 피로했지만 사람들은 밤사이에도 눈을 쉬게 할 수 없었다. 1500년도에 들어선 이래 줄곧 예언되어 온 대재앙의 두려움으로 남자와 여자들, 노인과 아이들 모두 하늘에 시선을 고정시키고 있었다. 지구는 심연으로부터 솟구치는 불로 쪼개질 것이었다. 궁정과 헛간들, 사원과 교회들, 마을과 도시들, 인간과 짐승들, 이 모든 것들이 파괴되어 재가 될 것이었다.

회개할 것을 요구하는 설교사들이 도처에 나타났다. 그들은 길모퉁이에 서 있기도 했고, 시장의 석단 위로 뛰어올라 가기도 했으며, 수사 옷을 입고 창턱에 앉아 있기도 했다. 그들의 커다란 눈은 이상한 열기로 불타오르고 있었고, 건강치 못한 깡마른 얼굴에서 빛나고 있었다. 애원하는 듯한 몸짓으로 그들은 뼈대만 앙상한 손가락을 하늘로 뻗으며 이렇게 외쳤다.

"회개하라! 회개하라! 달이 어두워질 때 성서의 말씀이 실현될 것이다. 세상은 조각나 버리고, 마지막 심판이 너희들에게 임하리라!"

이 무시무시한 예언을 들으며 빽빽이 모인 군중들은 머리를 조아렸다. 그 한가운데에서 코페르니쿠스는 움직일 수가 없었다. 연민에 가득 찬 채 그는 사람들을 바라보았다. 그들의 얼굴에서는 기쁨이 완전히 사라졌고, 몇몇의 눈에서는 체념이 엿보였으며, 또 다른 이들은 두려워했다. 자신의 목적을 이루기 위해 사람들의 무지를 이용하는 설교사의 말을 들으며 그의 분노는 점점 커져 갔다. 그는 어찌할지 몰라 잠시 동안 서 있었다. 진실이란 위험한 것이라고 말했던 볼로냐의 스승의 말을 곱씹어 봐야 했다. 그는 아주 잠시 망설였지만, 이내 두려움을 떨쳐 버리고, 빽빽이 들어차 있는 군중 속을 어렵사리 헤치고 나아갔다. 그리고 높은 석단 위로 뛰어올라 설교사 옆에 섰다.

수사 옷을 입은 설교자는 갑자기 옆에 나타난 사람을 보고 놀라 무슨 말을 해야 할지 몰랐다. 곧 그의 설교는 시들해졌다. 이 침묵의 순간을 틈타 니콜라우스 코페르니쿠스는 확신에 찬 목소리로 자신의 기쁜 메시지를 전했다.

"그냥 집으로 가십시오, 두려워할 필요 없습니다! 지금부터 삼일 뒤인 11월 6일 밤에, 하늘을 올려다보세요! 지구가 태양과 달 사이에 있을 겁니다. 우리 지구의 그림자가 달에 드리워져서 달이 일시적으로 가려질 겁니다. 달이 잠시 동안 어두워 보이게 될 거라는 말입니다. 여러분들 모두 그림자가 움직이고, 나타났다가 다시 사라지는 모습을 볼 수 있을 것입니다. 달은 이전에 그랬던 것처럼 어두워졌다가 다시 밝아질 겁니다. 천체와 지구는 어제도 오늘 그런 것처럼 앞으로도 똑같을 겁니다. 세상은 끝나지 않을 겁니다.”

사람들은 숨죽이고 그의 말을 들었다. 그들은 팔꿈치로 서로를 찌르면서 그가 누구인지 궁금해 했다.

“저 사람 독일인일 거야. 저 긴 가운과 두건을 봐.”

“저 친구 용감한데. 설교사에 대항해서 말하는 건 위험한데 말이야.”

“우리가 누굴 믿어야 할지 알 수 있다면 좋으련만!”

군중 속에서 흘러나온 이 조용한 속삭임 속으로, 그 불안한 사람들 속으로, 조잡한 수사 복장을 한 자의 날카로운 목소리가 다시 파고들었다. 이번에는 다시 기운을 차린 목소리였다.

“저자를 믿지 말라! 저자는 거짓말을 하고 있다! 악령이 그를 통해 말하고 있다! 회개하라! 회개하라! 세상의 종말이 다가왔다.”

설교사는 갑자기 몸을 돌려 여전히 석단 위에 서 있는 코페르니쿠스를 바라보았다. 그는 의구심과 불안함으로 괴로운 표정을 짓고 있는 수많은 사람들을 슬프게 바라보고 있었다.

“당신은 누구인가? 당신은 당신 이름을 우리에게 말해 줄 용기가 있는가?”

코페르니쿠스는 잠자코 있었다. 그는 위험이 다가옴을 느꼈다. 이 독일 젊은이가 동요하고 있음을 눈치 챈 사람들은 불안해졌다. 수많은 얼굴들 속에서 잠시 동안 반짝였던 희망이 이울기 시작했다. 설교사는 의기양양하게 소리치며 깡마른 팔로 자기 옆에 서 있는 사람을 가리켰다.

"저자는 감히 말하지 못한다! 저자는 자신의 거짓말을 두려워하고 있다!"

이 말이 코페르니쿠스에게 채찍질처럼 다가왔고, 그를 움츠러들게 했다. 이내 그는 위로 몸을 곧게 폈고 그러자 설교사보다 거의 머리 하나만큼이 컸다. 그리고 이렇게 말했다.

"거짓말을 한다고요? 두려워한다고요? 그렇다면 진실을 전하기 위해 감히 이 석단에 뛰어오른 사람이 누군지 당신께 알려드리지요. 나는 토룬에서 온, 천문학자 겸 수사 니콜라우스 코페르니쿠스입니다!"

잠시 동안 그는 수많은 얼굴들을 둘러보더니, 흥분한 사람들 무리를 헤치고 나아가 소란스러운 군중들 속으로 사라졌다. 그는 여러 사람들이 자신의 이름을 속삭이는 것을 들었다. 또 방금 전의 낙담으로 인한 침묵이 변화하기 시작하는 것을 알아차렸다. 새로운 희망의 분위기와, 기쁨을 동반한 신뢰감이 나타나고 있었다. 또다시 설교사의 날카로운 목소리가 들렸다.

"저자를 믿지 말라! 나는 진리를 말하고 있다! 그는 거짓말을 하고 있다! 회개하라! 회개하라!"

그러나 그의 말은 골목길과 큰 거리로 흩어져 가는 군중들의 웅성거림 속에 파묻혀 버렸다. 모든 사람들에게 버림받은 채 설교사는 석단 위에 홀로 서 있었다. 그때까지도 하늘을 가리키고 있던 그의 손이 천천히 밑으로 쳐졌다.

"코페르니쿠스!"

그는 혼잣말로 중얼거렸고, 신경을 자극하는 저음의 그 목소리는 위험을 예감케 했다.

이틀 밤 사흘 낮이 지나갔다. 세계의 중심이라는 명성을 가진 로마의 거리에 인적이 끊겼다. 집집마다 사람들이 경외심을 가지고 한 사람의 이름을 입에 올렸다. 그 이름으로 인해 새로운 희망이 전파되고 슬픔이 물러갔다. 가난한 이들의 오두막집에서든 부자들의 대저택에서든 사람들은 그 이름을 되풀이해서 말했다. 이미 죽음을 목전에 둔 노인들도 혼잣말로 그 이름을 중얼거렸고, 경이로움에 충만하여 인생의 앞날을 내다보는 어린 소녀들도 마찬가지였다. 코페르니쿠스라는 이름은 심지어 바티칸 집무실에까지 흘러들어 갔고, 교황 알렉산더 6세는 조잡한 복장을 한 초췌한 모습의 수사가 들려주는 이야기를 생각에 잠긴 채 듣고 있었다.

"토룬 출신의 수사 겸 천문학자, 니콜라우스 코페르니쿠스라!"

수사가 가버린 뒤에도 한동안 교황은 이 말을 혼자 되풀이해서 중얼거렸다.

이러는 와중에도 이 젊은 학생은 밤낮으로 웅장한 로마 시를 돌아다녔다. 콜로세움의 웅장함에 충격을 받은 그는 원형 구조물 앞에서 몇 시간을 서 있었다. 그 돌들은 매우 견고하게 쌓여 있어서 수백 년 동안 폭풍우와 전쟁과 파괴가 있었음에도 주춧돌들이 고스란히 남아 있었다. 그는 비밀 지하 감옥이 있다고 들었던 엔젤 요새로 갔다. 티베르 강물이 흘러가는 다리 위에서, 그는 다시 한 번 머나먼 비스툴라 강에 서 있는 꿈을 꾸었다. 그가 걸어 다니는 어느 곳에건, 한때는 세계의 넓은 지역을 포괄했지만 지금은 망각 속으로 가라앉아 버린 고대 로마제국의 유적이 있었다. 오직 거대한 건물들만이, 뾰족한 오벨리스크와 개선문에 황제들—네로와 아우구스투스, 카이사르와 트라야누스, 마르쿠스 아우렐리우스와 카라칼라, 그 밖의

많은 황제들—의 이름을 새길 당시의 자랑스러운 시대를 증언하고 있었다.

아벤티네 산에 있는 오래된 도서관에서 그는 오래 전 땅 속에 묻혀 흙이 된 학자와 철학자들의 저서들을 연구했다. 그러나 정신은 죽지 않아서 그들이 죽은 뒤에도 그 이름들은 계속해서 살아남았다.

"키케로*!"

여러 표제지 가운데서 이 이름을 발견하자 지식에 목말라 있던 그는 다음과 같은 문장에 빠져 들어갔다.

"지구는 그 자체의 축을 중심으로 엄청난 속도로 움직인다."

그는 볼로냐에서 도미니쿠스 마리아 디 노바라와 함께했던 시간과, 스페인의 도시 카디즈, 그리고 그날 밤 그가 그 과학자에게 했던 대답에 관해 생각했다.

"……그렇다면……지구가……돕니다!"

다시금 그는 자신의 수많은 의문들 중 하나를 해결하는 데로 한 발짝 더 다가섰다. 오래 전에 진리의 문 안으로 이미 들어섰던 키케로가 그의 생각에 확신을 심어 준 것이다.

로마 시에 서서히 저녁 어스름이 내려앉았다. 11월 6일 밤이 왔다. 모든 교회의 현관문이 활짝 열려 있었다. 바실리카 공회당의 높은 홀도 몰려들어온 사람들을 모두 수용하는 것은 불가능했다. 수많은 집들 위로 높이 솟아 있는 하늘은 구름 한 점 없이 맑았다. 달과 별들은 이전의 숱한 밤에 그랬던 것처럼 밝은 빛을 비추고 있었다.

모든 골목길과 큰 거리, 집 안뜰과 시내 중심부 곳곳에서 사람들이 하늘

---

*키케로(Cicero, Marcus Tullius) _로마의 정치가 · 학자 · 작가. 집정관이 되어 카틸리나의 음모를 폭로하고 '국부(國父)'라는 칭호를 얻었다. 그의 문체는 라틴어의 모범으로 일컬어진다. 저서에 〈국가론〉, 〈법률론〉, 〈의무론〉 등이 있다.

을 올려다보았다. 그들의 얼굴에는 두려움이 서려 있었다. 떨리는 입술에서는 더듬거리는 기도소리가 들렸고, 맞잡은 두 손은 은밀한 두려움 속에 떨고 있었다. 들판을 건너 불어오는 산들바람 한 점 없었고, 나무조차 고요했다. 설교사들의 목소리만 울려 퍼지고 있었다.

"회개하라! 속죄하라! 세상 종말의 밤이 도래했도다!"

부드러운 잿빛 그림자가 서서히 보름달에 접근하여 그 위를 지나가기 시작했고, 한동안 움직임이 일정하게 지속되어 그림자가 더욱 높은 곳에 이르자, 마침내 희미한 빛을 내던 달이 완전히 가려졌다. 거리들이 암흑 속에 잠겼고, 집과 사람과 나무들조차 분간할 수 없었다. 오싹한 정적이 사방으로 퍼져 나갔다. 설교사들의 음산한 외침이 불쾌하고도 공허하게 울려 퍼졌다.

"세상 종말의 밤이다!"

수많은 사람들이 더듬거리며 말했다. 그리고 그들은 땅이 갈라지며 터질 순간을 기다렸다. 그때 심연에서 불기둥이 솟구쳐 올라 모든 것을 파괴하게 될 것이라고 했다.

"코페르니쿠스!"

로마의 또 다른 곳에서는 사람들이 아무런 감정 변화도 없이 이렇게 속삭이고 있었다. 평화로운 표정으로 그들은 별들이 밝게 빛나는 어두운 하늘을 바라보았다.

그러는 사이에 그림자가 달을 완전히 덮었고, 달은 마치 보이지 않는 악마들이 말할 수 없이 먼 곳으로 끌고 올라간 듯 사라져 버렸다. 그러더니 또다시 은색 달빛이 빼죽이 그 모습을 드러냈는데, 처음에는 작은 낫 같은 모양만이 육안으로 보였다. 집과 나무와 사람들이 그림자에서 벗어나기 시작하더니 점점 더 밝아졌다. 그 빛이 흘러나오는 곳에서 불덩어리가 솟아오르기는커녕, 은색의 편안한 달빛이 사방을 비출 뿐이었다.

지구는 뒤흔들리지 않았다. 어떤 불의 심연도 나타나지 않았다. 오두막 집과 궁전들은 이날 밤 조용히 평온한 상태로 있었고, 나무들도 여느 때처럼 바스락거리는 소리를 냈다. 티베르 강은 여전히 다리 아래에서 고요히 흘러갔다. 이 영원한 도시*의 둥근 지붕들은 마치 끝없는 하늘에 은으로 새겨진 것들처럼 보였다. 달은 아름다운 별들 한가운데에서 호화롭고도 장엄하게 그 경로를 따라 계속 움직이고 있었다.

사람들은 교회와 집에서 밖으로 쏟아져 나왔다. 마치 돌로 만든 사람들인 양 그들은 길에 서 있었고, 아무도 말을 할 수 없었다. 꼼짝도 하지 않고 그들은 마치 처음 보는 것처럼 별들을 바라보았다. 갑자기 그들은 마비 상태가 되었다. 여러 날 여러 밤 동안 그들은 그 끔찍한 예언 때문에 두려움 속에서 지냈다. 이제 마침내 두려움에서 해방되었고, 그들은 여전히 살아 있었다! 그랬다, 살아남은 것이다! 그들은 기쁨에 겨웠다. 이전에 한 번도 만난 적 없는 사람들이 공중으로 뛰어오르며 서로를 부둥켜안았다. 웃고 울었다. 노래가 시작되었고, 처음에는 여기저기서 몇몇 사람들만 부르더니, 여러 사람들의 목소리가 더해져 로마 시 전체가 기쁨과 웃음을 표현하는 화음이 되었다. 그랬다, 그들은 살아 있었다. 선한 달이 하늘 높이 떠 있었다! 선한 별들이 그들을 둘러싸고 있었다!

그들이 행복을 즐기고 있는 동안, 단지 몇몇 사람들만이 자신들이 비탄에 빠진 동안 머뭇거리며 그다지도 자주 입에 올렸던 이름을 기억했다. 이제 그들은 그 이름을 천천히 마치 기도하듯 엄숙히 말했다.

"코페르니쿠스!"

다른 사람들은 그 이름을 기억하지 못했다. 두려움으로 가득 찼던 위험

*영원한 도시(the eternal city)_ 로마의 별명.

한 밤이 그들을 지나쳐 갔다. 그들은 오직 삶에 대해, 그리고 모든 순간을 마음껏 즐길 일만을 생각했다.

이 밤 니콜라우스 코페르니쿠스는 로마의 일곱 언덕 가운데 하나의 언덕에 서 있는 올리브 나무에 기대어 있었다. 그는 지구가 달을 가로질러 지나갈 때 본 그림자에 관해 생각했다.

"지구의 그림자는 원형이었고, 그 그림자는 지구였어!"

그는 생각에 잠겨 혼잣말을 했다. 이마가 높은 그의 얼굴이 어두운 나뭇

가지 아래에서 은빛으로 빛났다.

"그러니까 지구는 구체인 거야. 구체!"

이 발견은 그의 입술에서 조용히 흘러나왔지만, 그는 확고하게 믿었고 단호하게 말했다. 바람이 이런 그의 생각을 이 도시와 시골 마을들로 퍼뜨렸다.

"지구는 구체다!"

사람들의 목소리와 외침 소리가 들려왔다. 마치 머나먼 곳에서 이 외로운 장소로 오고 있는 것 같았다. 그가 자기 이름을 들었을까? 그는 몸을 앞으로 구부려 밤의 소리에 귀 기울였지만, 언덕을 누비며 뒤엉켜 올라오는 외침과 노랫소리만이 들려왔다.

"도대체 누가 날 기억하겠어?"

그는 생각했다. 그리고 이 새로운 비밀을 그에게 드러내 보여준 하늘을 또다시 올려다보았다. 이전에 그는 이미 의구심을 가지고 있었다. 이제 그것은 확실한 사실이었다.

"지구는 구체다!"

그 일이 있은 지 몇 주 동안 니콜라우스가 로마를 걸어 다닐 때면, 사람들은 가만히 서서 그를 돌아다보며 서로들 이렇게 말했다.

"저 사람 누군지 알겠어?"

"우리한테 월식에 관해 말해 준 사람 아냐?"

"저 사람 이름이 뭐지?"

"분명히 저이 이름은 토룬 출신의 수사 겸 천문학자 코페르니쿠스야."

그는 사람들이 자신에 관해 말할 때 그 얼굴에서 기쁨이 비치는 것을 여러 번 보았다. 그에게 이 기쁨은 명예나 명성보다 더 소중한 것이었다.

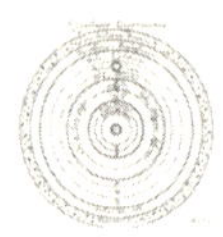

고리츠 폰 룩셈부르크의 대저택은 모든 나라에서 세계의 중심인 로마로 여행 온 시인과 높은 업적을 쌓은 학자들이 모이는 장소로 알려져 있었다. 이곳으로 초대된다는 것은 최고로 영예로운 일이었고, 아주 적은 사람들만이 그 열망을 품을 수 있었다. 니콜라우스 코페르니쿠스는 방금 자기 방에 들어온 심부름꾼을 믿을 수 없는 듯 바라보았다.

"고리츠 폰 룩셈부르크 나리께서 저를 보내셨습니다. 오늘밤 산 미켈레 저택에서 있을 모임에 선생님께서 내빈으로 와 주실 것을 요청하십니다."

니콜라우스는 망설였다. 이 초대에 응해야 할까 거절해야 할까? 그러나 자기보다 훨씬 더 유명한 전 세계 학자들을 만날 수 있다는 것은 너무도 강렬한 유혹이어서 쉽게 거절할 수 없었다.

저녁이 되기까지 시간은 너무도 느리게 지나갔다. 그는 참을성 있게 조용히 자기 일을 하며 기다릴 수가 없었다. 책을 읽었지만 몇 페이지 읽다가 다시 덮어 버렸다. 종이 위에 뭔가 긁적였지만, 몇 문장 쓰고 나서는 어쩔 수 없이 깃펜을 탁자 위에 도로 내려놓았다. 산 미켈레 저택으로 가는 길을 걸어가기에는 너무나도 이른 시간이었다.

넓게 퍼진 가지가 무겁게 달린 오래된 나무들이 연못들을 에워싸고 있고, 그 연못 사이의 넓은 공원 속에 대저택이 숨어 있었다. 입구에서 하인 한 사람이 이 젊은 손님의 이름을 물었다.

"코페르니쿠스 선생님?"

그는 마치 자신이 이 손님을 오랫동안 기다리고 있었던 것처럼 아는 체하듯 고개를 끄덕였다.

"고리츠 폰 룩셈부르크 나리께서는 이미 몇 번이나 선생님을 초청하신 바 있습니다!"

코페르니쿠스는 그 하인을 따라, 잘 길러진 푸른 잔디 한가운데에 은빛으로 반짝이는 하얀 자갈이 깔린 넓은 통로를 가로질러 걸어갔다. 여전히 그는 이 초대의 의미를 이해할 수 없었다. 그러나 몇 분 있으면 로마에서 손님을 가장 잘 환대하는 사람, 모든 예술가와 과학자들의 보호자이자 후견인 앞에 서게 될 거라는 상상을 하자, 그의 가슴은 더욱 요란하게 고동쳤다.

넓은 대리석 계단이 현관 홀로 이어졌고, 그곳은 수많은 불빛으로 물들어 있었다. 두꺼운 카펫 덕분에 발걸음 소리가 전혀 나지 않았다. 수없이 많은 초가 달린 값비싼 샹들리에가 화려하게 장식된 천장에 황금빛 끈으로 매달려 있었다. 손님을 안내하는 복도는 끝이 없어 보였다. 코페르니쿠스는 하인을 따라 여러 명의 남녀가 탁자 앞에 앉아 있는 넓은 방들을 지나갔다. 그는 그들의 활기찬 얼굴들만을 보고도 그들이 바로 학자와 예술가들임을 알 수 있었다. 마치 꿈속인 듯 걸어가던 그는 이것이 모두 속임수나 환각이 아닐까 두려워하며 잠시 두 눈을 감았다. 갑자기 부드럽고 따스한 목소리가 들려왔다.

"환영합니다. 수사 겸 천문학자이신 니콜라우스 코페르니쿠스!"

고리츠 폰 룩셈부르크는 친절한 태도로 그의 손을 잡고 힘껏 악수를 했다. 갑자기 마음이 오그라들었고 아무 생각도 할 수 없었다. 감사의 말을 찾아보려 했지만 하릴없이 더듬거릴 뿐이었다. 처음에 그가 느꼈던 자부심은 학생인 자신이 이 모임에 받아들여졌다는 부끄러움으로 변해 버렸다. 그는 정중히 손을 빼내고는 고개를 흔들었다.

"부디 저를 보내 주십시오! 저는 시험을 치르지도 않았고 어떤 시험도

통과한 적이 없는 학생일 뿐입니다. 저는 여기 있을 자격이 없습니다. 이곳에는 전 세계에서 가장 학식이 높은 분들과 가장 유명한 예술가들이 모여 있습니다."

그가 재빠르게 돌아서서 문 쪽으로 가기 시작했을 때 부드러운 손길이 그를 팔걸이의자로 이끌었다. 그는 부드러운 벨벳 쿠션에 푹 파묻혔다. 부드럽게 미소 지으며 고리츠 폰 룩셈부르크가 코페르니쿠스를 바라보았다.

"당신은 이상한 사람이군요, 코페르니쿠스! 다른 사람들은 내 집에 초대되기 위해 안간힘을 쓰는데, 도로 달아나려고 하니 말이에요. 당신은 학생이라고 말했나요? 아니에요, 크라코프와 볼로냐로부터 나는 다른 보고를 받고 있어요. 그리고 로마에 있는 내 친구들이 당신 이름을 온갖 장소와 모든 거리에서 듣고 있어요. 심지어 그들은 바티칸에 있는 방 안에서도 듣고 있어요. 교황은 종종 혼잣말로 당신의 이름을 말하곤 하죠. 학생이라니요! 새로운 시대가 열리고, 낡은 세계는 죽어가고 있어요. 우리는 과거의 오류를 인정하고 새로운 진리를 위해 싸우는 용기 있는 사람이 필요합니다. 그게 위험할지라도 말이죠. 나는 니콜라우스 코페르니쿠스가 이런 용기를 가지고 있다는 걸 알아요. 나는 그가 새로운 진리를 증명할 능력이 있다는 것도 알아요. 이것이 바로 그 사람이 내 집의 손님이 되어야만 하는 이유입니다. 학생이라고요? 그래요, 그리고 이 선택된 모임에서 가장 젊은 사람이죠, 그렇지만 지혜와 용기가 가장 적은 사람은 아니에요! 그러니까 다시 한 번 환영합니다. 토룬에서 온 수사 겸 천문학자 니콜라우스 코페르니쿠스, 고리츠 폰 룩셈부르크의 집에 오신 것을!"

하인이 은쟁반에다 높고 좁은 술잔에 반짝이는 와인을 담아 가지고 왔다. 두 유리잔이 짤랑거리는 소리는 이 학생과, 모든 이들이 대부라 부르는 이 나이 든 사람 사이의 진실하고 따뜻하며 오래도록 지속될 우정을 나타내는 듯했다. 그의 집에 초빙되고 그 모임에 소속된다는 것은 보통 바티칸이나 황제의 궁전에 초빙되는 것 이상을 의미했다. 이 시간 이후 니콜라우스 코페르니쿠스는 더 이상 자부심이 아니라, 천체의 행로에 관한 진실을 세상에 알려야 한다는 새로운 의무감과 책임감만을 느꼈다. 그의 바람은 어둠 속 비밀에 빛을 던져주는 것이었다.

여러 주 동안 그는 거의 하루도 빠짐없이 산 미켈레 저택에 초대되었다. 곧 이 젊은 학생의 이름이 과학자들 모임에서 중요하게 떠올랐다. 수많은 토론을 통해 그들은 이 토룬 출신 천문학자의 깊은 지식에 탄복했고, 깊이 생각하고 연구해야 할 여러 가지 의문들을 가지고 그를 찾아왔다.

어느 날 저녁 코페르니쿠스는 두꺼운 카펫과 무거운 비단 커튼이 있는 화려한 방의 습한 공기에서 벗어나려고 넓은 계단을 통해 조용한 정원으로 빠져나갔다. 그는 맑은 공기를 깊이 들이마시고는 풀밭 너머로 망아지처럼 뛰기 시작했다. 전에 전혀 맛보지 못했던 삶을 즐기고 있었다. 그의 미래는 안정된 듯 보였다. 작은 연못에서 몸을 구부려 납작한 돌 하나를 집어 들고 물 건너편으로 던졌다. 두세 번 튀기더니 가라앉으면서 잔물결을 일으켰다. 더 많이 튀길수록 더 즐거워졌고, 자신에게 남아 있는 활력을 느끼면서 혼자서 기쁘게 웃었다.

그는 고리츠 폰 룩셈부르크가 높은 소나무들 사이에서 한참 동안 그를 웃으며 바라보고 있었다는 것을 알아차리지 못했다. 자신의 이름을 부르는 친숙한 목소리를 들었을 때에야 그는 자기의 모습에 스스로 놀라고 부끄러워졌다.

"코페르니쿠스, 이걸 읽어봐요!"

연못가로 향해 있는 풀밭을 가로질러 가면서 대부가 소리쳤다. 그는 가운 주머니 속에 가지고 온 양피지 두루마리 하나를 그에게 건넸다.

"당신을 찾으려고 집을 샅샅이 뒤졌어요. 그러다가 누군가 공원에서 당신을 봤다는 얘기를 들었죠."

코페르니쿠스는 그 두루마리를 받아 펼쳐 들고는 읽기 시작했다. 그는 손으로 눈을 비볐다. 꿈을 꾸고 있는 것일까? 다시 한 번 그것을 재빠르게 훑어보았고, 아무 말 없이 팔이 아래로 툭 떨어졌다. 공원 위에는 푸른 하늘이 펼쳐져 있었고, 나뭇가지로 위장한 둥지에서 새들이 지저귀고 있었다.

분수가 콸콸 솟아올랐고, 형형색색의 꽃들이 넓은 공원 풀밭 속에서 빨갛게 불타고 있었다. 헛것을 본 것일까, 아니면 이게 사실일까?

고리츠 폰 룩셈부르크는 부끄러운 듯 당황스러워하는 젊은 수사의 모습을 말없이 지켜보았다. 그는 웃으며 젊은이의 손을 잡았고, 그들은 저택 쪽으로 돌아서서 풀밭을 걸어갔다. 샹들리에가 달려 있는 현관 홀로 이어진 대리석 계단에서 갑자기 멈춰 선 코페르니쿠스는 가운 주머니에 있는 두루마리를 끄집어내 대부에게 내밀었다.

"안 돼요! 전 할 수 없습니다! 로마의 과학 아카데미에서 고작 스물일곱 살밖에 안 된 제가 수학과 천문학 강의를 하다니요? 안 돼요, 전 이걸 할 수 없어요! 제가 도대체 무슨 말을 할 수 있겠습니까? 저는 아직도 어둠 속에서 제 길을 찾으려고 애쓰고 있는 중입니다. 제가 어떻게 다른 사람들에게 빛을 가져다줄 수 있겠어요?"

고리츠 폰 룩셈부르크는 그 두루마리를 수사의 가운 주머니 안에 다시 집어넣으며 이렇게 말했다.

"그들은 온전한 빛을 바라는 게 아니에요, 코페르니쿠스. 신만이 온전한 빛을 줄 수 있어요, 사람이 아니라. 그렇지만 당신은 그 문을 열 수 있고, 사람들이 별들을 이해할 수 있도록 해줄 수 있어요. 나는 당신이 이 일을 할 수 있다고 생각해요. 난 당신을 정말로 믿어요. 그리고 당신이 아카데미에서 강연하기를 바라요."

코페르니쿠스는 대답하고 싶었다. 그러나 대부의 간청하는 듯한 눈길과 단호한 말 앞에서, 대꾸할 모든 말들이 사라져 버렸다. 그는 고개를 떨어뜨렸고 두 뺨이 달아오르는 걸 느꼈다. 부끄러움과 동시에 자부심을 느꼈다.

"당신한텐 아직 일주일이 남아 있어요. 로마와 로마의 일곱 언덕을 온통 볼 수 있는 이 집의 탑을 마음대로 쓰세요. 난 당신을 위해 방 하나를 마련하겠습니다. 당신에게 천문학자한테 필요한 모든 것, 종이와 지도, 측정 기구와 삼각자 같은 것들을 모두 드릴 게요. 원하는 거나 뭔가 빠진 게 있으면 내게 알려 주세요. 일주일이 되기 전에 마련해 드리겠습니다. 그러고 나서 우리 두 사람, 고리츠 폰 룩셈부르크와 니콜라우스 코페르니쿠스는 아카데미에 가는 겁니다!"

혼란스러운 상태로 코페르니쿠스는 계단 중간쯤에 서 있었다. 대부는 이미 가버렸고, 그는 여전히 생각에 잠겨 있었다. 한 하인이 와서 조용하고도 정중하게 말을 걸었을 때에야 그는 몽상에서 깨어났다.

지친 다리를 끌고 탑으로 가는 구불구불한 계단을 올라갔다. 약속 받은 모든 것이 있었다. 그는 미소를 지으며 종이와 많은 기구들을 어루만졌다. 이곳이라면 효과적으로 일에 집중할 수 있을 것이다. 오랫동안 넓은 창밖을 내다보았다. 아래쪽으로 탑과 둥근 지붕들이 있는 로마 시가 보였고, 사비네 산맥의 부드러운 곡선이 짙푸른 하늘 위로 보였다. 코페르니쿠스는 팔을 넓게 아주 넓게 들어올렸다. 마치 우주의 모든 경이로움과 비밀들을 감싸 안으려는 듯했고, 드높은 창공에서 별들을 움켜쥐어 자신의 손아귀 속으로 떼어내고 싶어 하는 것 같았다.

그 주 내내 코페르니쿠스는 여러 장의 종이에 글을 썼다. 잠 못 이루고 꿈도 꾸지 않는 밤들을 보내며, 그의 펜은 쏜살같이 움직이면서 기나긴 숫자의 행렬과 문장들로 종이 위를 채워 넣었다. 많은 문장들을 의문 부호와 함께 마칠 수밖에 없었다. 매일 아침 맑은 정신으로 자기가 쓴 것을 읽었을 때, 대부분의 종이와 계산들을 구깃구깃 뭉쳐 버리거나 조각조각 찢어 버렸다. 연구하고 쓴 것이 너무나도 불완전하고 의문투성이인 것 같았다. 곳곳에서 자신의 우주상(宇宙像)에 구멍이 난 것을 발견했다. 머나먼 연구의 여정이 여전히 자기 앞에 놓여 있음을 어느 때보다도 절실히 깨달았다.

순식간에 일주일이 지나갔다. 고리츠 폰 룩셈부르크가 아카데미에 데려가기 위해 여섯 마리의 말이 끄는 마차로 그를 태우러 갔을 때, 그에겐 강연을 위해 가져갈 연구 문서가 전혀 없었다. 스스로가 나약하고 외롭기 짝이 없다는 느낌에 사로잡힌 채 그는 빈손으로 서 있었다.

햇빛이 충만한 어느 날 오후였다. 로마는 한껏 아름답게 빛나고 있었다. 거리와 시장을 한가로이 걸어 다니는 모든 사람들의 얼굴에서 삶의 기쁨을 엿볼 수 있었다. 그러나 코페르니쿠스에게는 아무것도 보이지 않았다. 여러 날 밤잠을 못 자 몸은 피곤하고 충혈된 눈은 따끔따끔 쑤셨고, 음울하고 몽롱한 기분이었다. 모든 것이 불확실하게 떠돌아다녔다.

로마 아카데미의 높은 강의실에 들어갈 때, 그는 셀 수도 없이 많은 시선들이 자신을 향하고 있음을 느꼈다. 연단으로 걸어가는 시간이 한없이 길게 느껴졌다. 고리츠 폰 룩셈부르크가 그의 곁에서 걷고 있을 때, 그는 마치 힘을 얻고자 하는 듯 순간적으로 대부의 손을 움켜쥐었다. 여기저기서 사람들이 자기의 이름을 속삭이는 소리가 들렸다. 강당 구석구석까지 채운 이 많은 사람들이 왜, 단 한 번의 시험으로도 자기를 증명해 보인 적 없는 한 젊은이의 강연을 듣기 위해 이곳에 왔는지 도무지 이해할 수 없었다.

고리츠 폰 룩셈부르크는 이 젊은 수사의 흥분과 두려움을 느꼈다. 그는 수사를 바라보고 고개를 끄덕였다. 그의 늙고 기품 있는 얼굴의 주름살 하나하나에서 그에 대한 흔들리지 않는 신뢰가 배어 나왔다. 코페르니쿠스는 자신이 그를 실망시켜서는 안 된다는 것을 알고 있었다. 그는 대부께서 내방객들에게 인사말을 하고 있는 동안 맨 앞줄에 앉아 있었지만, 마치 아주 먼 곳에서 들려오는 것인 양 그 말을 듣고 있었다.

고리츠 폰 룩셈부르크는 연설 탁자에서 좌석 첫 번째 줄로 다시 와서 코페르니쿠스의 손을 잡고 그가 일어날 수 있도록 도와주고는, 그와 함께 앞으로 걸어갔다. 이 말없는 동작에도 세찬 박수소리가 강당 전체를 뒤흔들었고, 벽이 진동하는 듯했다.

이 예기치 않은 우레 같은 박수 갈채에 코페르니쿠스는 비슬비슬 걸어갔다. 그의 심장은 격렬하게 고동쳤고, 머리에서는 마치 요란한 바다의 폭풍우 속 같은 굉음이 울렸다. 좌석 첫 줄에서 연단으로 걸어가면서도 그는 여전히 무슨 말로 시작해서 무슨 말로 끝을 맺어야 할지 아무 생각도 나지 않았다. 마치 그가 준비한 모든 것이 멀리 날아가 버린 것 같았다. 기억 속에 있는 모든 생각이 사라져 버렸다. 어떤 불가사의한 허전함이 그 앞에 펼쳐졌고, 살아 있는 내용으로 다시 그 허전함을 채워야만 한다는 걸 깨달았을 때 그는 몸서리쳤다. 그의 호리호리한 몸을 감싸고 있는 긴 가운이 바스락거렸고, 가운에는 약간 굽은 어깨부터 뒤꿈치까지 수많은 주름들이 드리워져 있었다.

그의 앞에 놓인 강연대가 점점 더 위협을 하는 듯 무시무시해 보였다. 뭔가 붙잡을 것을 찾던 그의 손가락들이 강연대의 진갈색 나무를 감싸 쥐었다. 그는 강연을 기다리고 있는 청중들 앞에 오랫동안 서 있었다. 시작할 말을 찾으려 애썼고, 적당한 말을 달라고 남몰래 기도했다. 그의 시선은 고리츠 폰 룩셈부르크의 눈을 찾았고, 그의 얼굴 위에 머물렀다. 그 얼굴은 더할 나위 없는 진실함과 충만한 신뢰를 담고서 그를 향해 있었다.

머뭇거리면서도 부드럽게, 지나치리만큼 조용하게, 첫 번째 문장이 그의 입술에서 흘러 나왔다. 마지막 줄에 앉아 있는 사람들은 그의 말을 더 잘 듣기 위해 앞으로 목을 빼야만 했다. 갑자기 그는 고개를 밖으로 돌려 로마 위에 펼쳐져 있는 짙푸른 하늘을 쳐다보았고, 그의 주변에 있는 모든 것, 강당과 그를 바라보고 있는 수많은 얼굴들이 일순간 사라졌다. 그의 말투는 더욱 확신에 차고 단호해졌고, 두근거림도 잦아들었다. 그는, 비스툴라의 실레지아 호 선실에서 레슬라우 교회 탑의 해시계에 이르기까지, 알버트 폰 브루체보와 테라스에서 함께한 수많은 밤들, 천체를 관찰했던 볼로냐의 집과 테라스 등등, 자신의 인생 행로를 묘사하는 것으로 이야기를 시작했다. 달에 대해 계산했던 것과 스페인 도시 카디즈의 기이한 방랑 생활에 관해, 그리고 1500년 11월 6일의 월식과 자신이 그것에서 이끌어 낸 결론들에 관해서도 이야기했다.

아카데미에 모인 청중들은 숨을 죽인 채 그의 이야기를 들었다. 그들은 이 스물일곱의 수사 겸 천문학자가 프톨레마이오스의 오류와 모든 천체의 움직임을 이해하기 위해 기울였던 투쟁과 노력에 관해 알게 되었다. 어느 때보다도 분명하게 그들은 프톨레마이오스에 기원을 둔 가르침이 끝나고 이제 새로운 우주가 시작되고 있음을 짐작했다. 그의 마지막 말은 강당의 가장 먼 자리에 있는 사람들에게도 크고 당당하게 들렸다.

"지구는 구체이며, 가만히 머물러 있지 않고 무한한 우주 속에서 운동한다는 것, 이것이 제가 가진 지혜의 전부입니다. 이 해결되지 않은 비밀의 베일이 벗겨질 때까지 저는 평생 쉬지 않을 겁니다. 저의 모든 힘을 기울여 제가 살아 있는 한 진리에 봉사할 것입니다. 후손들을 위해 진리를 해방시키는 것이 모든 과학의 목표입니다!"

햇빛이 강당 안에서 붉게 이글거렸고 젊은 천문학자의 얼굴 위에서 어른거렸다. 사람들은 이야기를 더 듣고 싶은 듯 자리를 뜨지 않고 앉아 있었다. 아무 소리도 없었다. 코페르니쿠스가 묘사하고 공공연하게 승인한 용감한 우주상 앞에서 마치 모든 이의 심장 고동이 멈춰 버린 것 같았다. 고리츠 폰 룩셈부르크가 일어나 강연대로 와서 수사의 어깨에 손을 얹어 놓았을 때에야 비로소 모든 사람들에게 걸려 있던 주술이 풀렸다. 사람들은 자리에서 일어나 햇빛이 비추는 강당 안에 말없이 서 있었다.

코페르니쿠스는 대부와 함께 출구 쪽으로 걸어갔다. 그는 감사한 마음으로 환해진 얼굴들을 보았다. 또한 냉담하게 거부하는 태도로 자신을 바라보는 얼굴들을 발견한 뒤, 자신의 연설이 얼마나 위험한 것이었는지 깨달았다. 그는 감히 프톨레마이오스의 가르침을 공공연하게 비판하고 교회를 모독하는 새로운 우주관에 관해 설명한 것이다. 로마 시내를 가로질러 산 미켈레로 돌아오는 마차 안에서 고리츠 폰 룩셈부르크는 이 젊은 과학자에게 깃든 두려움과 근심을 느꼈다.

"걱정이 되나요?"

그는 사려 깊게 물었다.

코페르니쿠스는 그를 올려다보고는 말없이 고개를 끄덕였다. 크고 검은 구름들이 바다 쪽에서 나타나 도시 위 하늘로 움직여 와서 태양의 광채를 가렸다.

"코페르니쿠스, 진리는 두려움을 몰라요! 그리고 고리츠 폰 룩셈부르크의 집은 진리의 요새지요."

덜컹거리는 마차에서 들었던 그 말들은 그에게 큰 위안을 주었다. 구름들이 먼 지평선 속으로 사라져 갔고, 티베르 강 위에서는 작은 배들이 이리저리 출렁거렸다. 조용히 흐르는 강물에서 즐거운 노래들이 들려왔다.

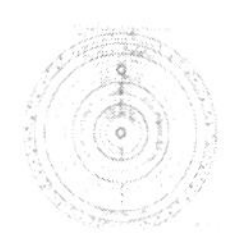

그 후 오래지 않은 어느 폭풍우 치는 가을밤, 고리츠 폰 룩셈부르크는 탑에 있는 방으로 이어지는 가파르고 구불구불한 계단을 더듬어 올라갔다. 하늘을 가로지르며 번쩍이는 번개의 불빛에서 대부의 얼굴에 아로새겨진 고통이 드러났다. 그는 조용히 문손잡이를 두드렸고 코페르니쿠스가 쉬고 있는 침대 앞에서 잠시 동안 말없이 서 있었다. 그러고 나서 그의 어깨를 부드럽게 흔들었다.

"일어나야 해요, 코페르니쿠스!"

코페르니쿠스는 벌떡 일어났지만 정신이 완전히 드는 데에는 시간이 좀 걸렸다.

"무슨 일입니까? 이 한밤중에?"

"그래요, 한밤중이에요! 아카데미에서 행한 당신의 연설이 바티칸을 경악케 했다는 소식을 친구들에게 들었어요. 당신이 로마에 머물러 있는 건 위험해요. 토룬은 여기에서 한참 떨어져 있어요. 그곳 비스툴라 땅으로 가면 당신은 좀 더 평화롭게 지낼 수 있을 거예요. 떠나야 합니다, 코페르니쿠스!"

수사는 방금 들은 이야기를 믿을 수 없다는 듯 대부의 얼굴을 응시했다. 천둥과 번개가 사비네 산맥에서 메아리쳐 왔다. 공원 나무에서 떨어진 잎사귀들이 어지럽게 소용돌이치다가 흩어졌다.

"떠나라고요? 지금, 이 밤중에요?"

"내일이면 너무 늦어요. 당신은 진리에 봉사하기 위해 자유로워야만 합니다!"

"제가 도둑처럼 살금살금 움직여야만 할 정도로 저지른 죄가 뭡니까?" 코페르니쿠스는 항변했다.

고리츠 폰 룩셈부르크는 조용히 한마디 말도 하지 않고 탁자 위에 있는 종이들을 집어 여행 가방에 넣고는, 그것을 조심스럽게 닫고 수사에게 자기를 따라오라고 손짓했다. 공원 문 앞에 마차가 서 있었다. 말들은 한시도 가만히 있지 못하고 모래에 발굽 도장을 찍어 댔고, 번개가 번쩍거릴 때마다 뒷발로 곤추섰다.

"내 가장 좋은 말들과 내가 가장 믿는 마부가 당신을 볼로냐로 데려다 줄 겁니다. 거기서 당신은 도미니쿠스 마리아 디 노바라를 통해 내가 보내는 소식을 들을 수 있을 겁니다."

코페르니쿠스는 마차 뒷자리로 올라갔다. 대부가 워낙 강한 어조로 말했기 때문에 그는 아무 질문도 할 수 없었다. 마지막으로 그와 악수를 하면서, 폭풍우 치는 밤의 어둠이 자신의 얼굴을 숨겨주는 데 감사했다. 천둥소리에 묻혀 버리는 떨리는 목소리만이 그의 감정 상태를 드러내 주었다.

"감사합니다. 모든 게 다 감사합니다."

달리 어떤 말도 할 수 없었다. 그의 눈앞에 비 때문에 흐릿하게 보이는 대부의 모습이 있었다. 그가 듣고 있는 말들이 마치 머나먼 곳에서 들려오는 것 같았다.

"진리는 항상 위험합니다, 코페르니쿠스. 나는 당신께 감사합니다. 당신은 진리를 드러내 보일 용기를 지녔으니까요. 그리고 나는, 밤안개 속에 수사 겸 천문학자가 이 영원한 도시에서 쫓겨 간 시간을 우리가 부끄러워할 날이 오리라는 것을 확신합니다."

마차는 큰 소리로 덜컹거리며 떠났고, 말들은 질주했다. 어디건 캄캄했다. 비가 억수로 쏟아졌고, 짙은 구름들이 하늘에 걸렸다.

"이젠 별이 없구나!"

코페르니쿠스는 생각했다.

대저택의 높은 창문들 가운데 하나에서 빛이 너울거렸다. 마치 길을 잃은 것처럼, 그 빛은 천둥 치는 밤의 어둠 속에 빛났다. 

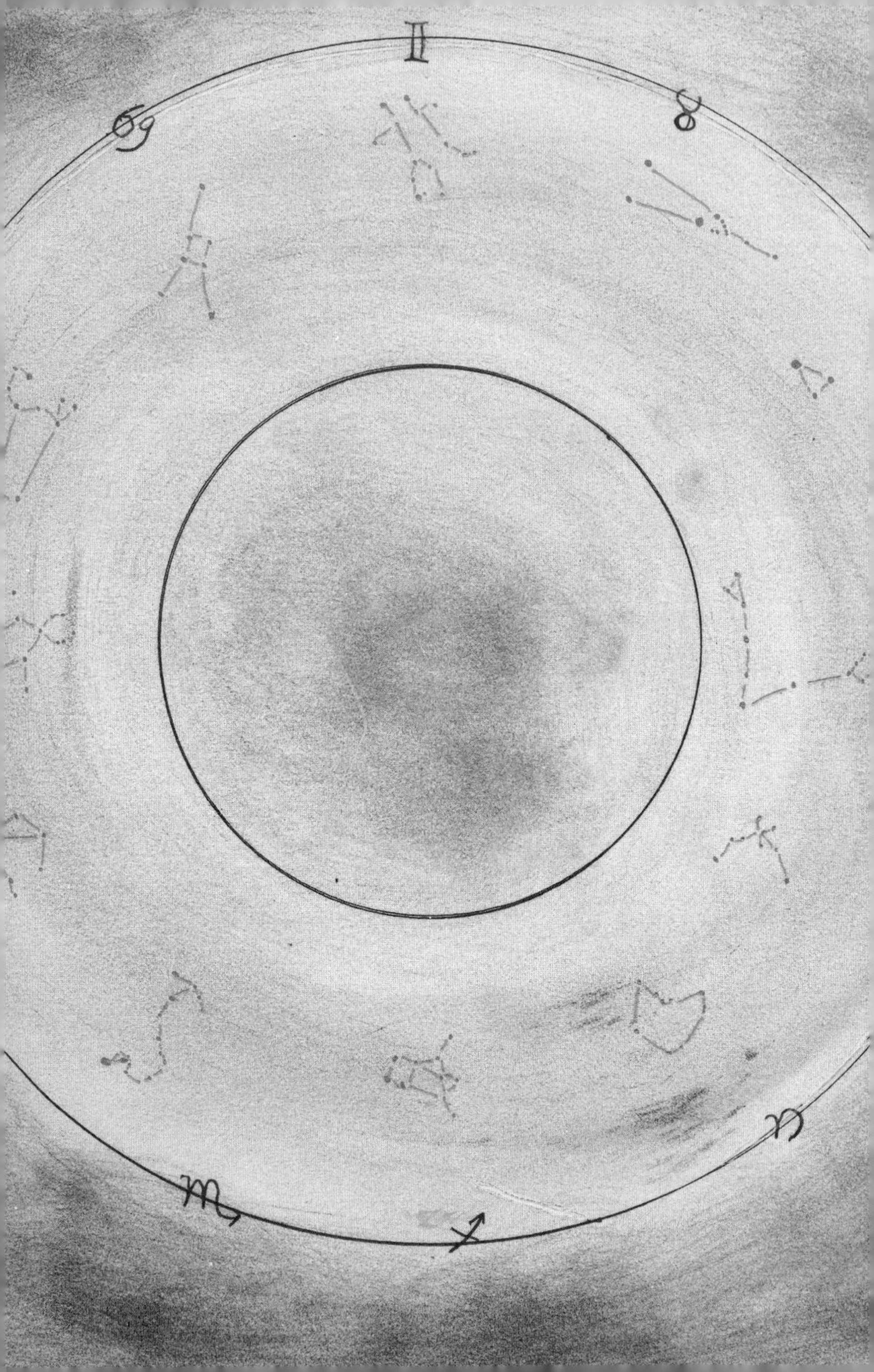

6 숨겨 놓은 책

산 위 주교의 성으로 이어지는 골목길의 나무다리를 지나갈 때 힘센 말들이 끄는 높은 마차가 잠시 비틀거렸다. 하일스베르크라는 작은 마을 위의 잿빛 하늘에는 낮은 구름들이 떠돌아다녔다. 집들은 춤추며 날아다니는 수많은 나뭇잎들 속에 파묻혀 있다시피 했고, 신선한 바람이 산에서 불어와 나무줄기들을 두드렸다.

니콜라우스 코페르니쿠스는 흔들리는 마차 창가에 기대어 불쾌하리만큼 차가운 기운을 느꼈다. 이탈리아의 온화한 태양과 남녘의 짙푸른 하늘에 익숙해진 그는 물결치듯 만발한 꽃들에 둘러싸인 은빛 저택들을 꿈꿨다. 볼로냐에서 파도바와 페라라까지, 브레너 고개를 넘고 아우크스부르크와 누렘베르크를 지나 자신의 고향으로 오는 긴 여정 동안 그의 마음속에는 사랑하는 이탈리아의 풍경이 가득 차 있었다. 여러 해가 지난 지금, 익숙한 북녘의 거친 공기가 다시금 그의 기억에서 되살아났다. 공기 속에서 바다의 짠 내를 맡을 수 있었지만 그는 오히려 이탈리아 정원의 달콤한 향기가 그리웠다.

갑작스럽게 마차가 성 문 앞에서 멈췄다. 마부가 잽싸게 자리에서 뛰어내려 마차가 언덕 아래로 구르지 않도록 바퀴 밑에 돌을 괬다. 그리고 나서 그는 무거운 여행 바구니들을 성 안으로 가지고 갔다.

잠시 동안 니콜라우스는 묶인 채 숨을 헐떡거리고 있는 말들 앞에서 어찌할 줄 모르며 서 있었다. 그는 아래쪽으로 펼쳐진 시골 풍경을 쓸쓸하게 바라보았고, 거대한 현관을 걸어 들어가기 전에 심호흡을 한 번 했다.

그는 마치 자기 앞에서 입을 벌리고 있는 암흑 속에서 숨이 막혀 버릴까 두려워하는 것 같았다. 어두운 안쪽 정원을 둘러싼 광장에 있는, 모서리가 넓은 돌기둥 위에 2층 횡단보도가 만들어져 있었다. 커다란 방호 탑은 빨간 지붕 위로 하늘 높이 가파르게 솟아 있었다.

니콜라우스는 끝이 뾰족한 아치 지붕의 높은 홀에 잠시 서 있었고, 바첼로데 주교에게 그가 왔음을 알렸다. 아무 말도 하지 못한 채, 그는 자신을 따뜻하게 환영해 주는 주교의 손을 잡았다. 그리고 깊이 고개 숙여 절을 하고 나서, 예법에 따라 화려한 보석이 박힌 주교의 반지에 키스했다. 어깨에 메고 있던 가죽 여행 가방에서 두루마리 몇 개를 꺼내 한마디 말도 없이 삼촌에게 건넸다.

주교는 상당히 흥미로워 하며 양피지 두루마리들 위로 몸을 구부려, 그 중 하나를 펼쳐 심각한 얼굴로 읽었다. 그는 이런 심각한 얼굴로 유명했는데, 아무도 루카스 바첼로데가 웃는 걸 본 적이 없기 때문이었다.

"오, 이건 페라라의 법학과에서 받은 박사학위 증서로군."

코페르니쿠스는 검은 구름이 하늘을 가로질러 떠가는 창밖을 내다보았다.

"시험은 어땠니, 니콜라우스?"

"페라라의 교수들은 엄격하지만 공정했습니다!"

질문에 대한 대답은 차분하고도 짧았다.

알아들을 수 없는 낮은 어조로 주교는 양피지에 아름다운 고딕체로 쓰인 내용을 읽었다. "경애하고 학식 높은, 에름란트의 수사이자, 브레슬라우 교회와 그리스도 십자가의 철학자이며, 볼로냐와 파도바에서 수학한 니콜라우스 코페르니쿠스는, 교장이자 관리자인 조르지우스를 통해 교회법에 따라 아무 반대 없이 졸업하고, 박사학위를 수여 받았다.……"

그는 봉인된 양피지가 마치 보석이기라도 한 양 부드럽게 만졌고, 돌아온 젊은이를 다정하고 만족스런 눈길로 바라보았다.

"그럼 의학은?"

그는 니콜라우스가 자기 옆에 조용히 앉아 있음을 깨닫고는 계속해서 물었다. 코페르니쿠스는 주교에게 두 번째 두루마리를 주었고, 그는 계속해서 읽어 나갔다.

"이 공식 문서는 니콜라우스 코페르니쿠스가 학식 높은 지롤라모 프라카스트로가 진행한 파도바 대학의 의학 강의에 출석했음을 보증하고 확인한다. 그는 모든 질문에 만족스럽게 대답할 수 있었으며, 성공적 결과를 가지고 졸업한다."

코페르니쿠스는 여전히 높은 창문 밖의 구름을 응시하고 있었다.

"자, 그럼 너는 네 늙은 삼촌의 병을 아주 빨리 고칠 수 있겠구나."

"늙으셨다고요?"

코페르니쿠스는 고개를 저으며 물었다.

"그래, 늙었지, 니콜라우스! 난 착각 속에서 살고 있지 않아. 너도 알다시피, 내가 널 크라코프와 이탈리아로 보낼 땐 네가 열일곱이었어. 오늘, 서른셋이 돼서 네가 돌아왔다."

"16년밖에 안 됐어요, 삼촌!"

"16년!"

주교는 씁쓸하게 대답하고는 계속해서 이렇게 말했다.

"확실히 네겐 시간이 아주 빨리, 너무나 빨리 지나갔지. 너는 아름다운 이탈리아에서 살았고, 멀리 떨어져 있는 고향 걱정은 거의 하지 않았지. 하지만 내겐 아주 다른 시간이었단다. 터키 군대가 크라코프 입구까지 왔고, 폴란드 왕 카시미르 4세는 에름란트 지역을 시기심 어린 눈으로 보았단다. 그 다음 왕인 요한 알브레히트도 별로 다르지 않았어. 동쪽 국경인 티프젠에서는 독일 기사단* 단장이 에름란트를 자기 관할 땅으로 편입시키겠다고 위협했지. 이것이 혹독했던 지난 16년의 일이고, 여러 날 밤 나는 잠을 이루지 못했단다. 너는 이탈리아에 있으면서 이 모든 걸 느끼지 못했지. 네 생각은 과학과 의학, 교회의 법률, 그리고 천문학에 가 있었지!"

루카스 바첼로데는 마지막 말을 강조했다. 코페르니쿠스는 움츠러들었다.

"그 일을 알고 계셨나요, 삼촌?"

"바첼로데 가문 사람은 도처에 연결선을 가지고 있어. 난 알고 있었지만 그래도 잠자코 있었다. 네 용기와 진리를 향한 싸움 때문에 네가 위험에, 짐작조차 할 수 없는 커다란 위험에 빠지게 될까봐 걱정했단다. 바티칸에 나와 가까운 친구가 있어서 다행이었지. 그렇지 않았으면 넌 오늘 하일스베르크 성이 아니라 흉악한 엥겔스 요새의 지하 감옥에 앉아 있었을 거야. 그렇지만 이 모든 것과 무관하게, 지나간 세월 동안 네가 자랑스러웠다, 니콜라우스! 용기는 늘 유서 깊은 바첼로데 가문의 두드러진 특징이었다. 그들이 위대하고 주목할 만한 사람들이 된 게 바로 이 용기 때문이지. 내게 그건 정치에서의 용기였고, 네겐 비밀스런 과학에 대한 열정인 거지!"

---

*독일 기사단 _ 십자군시대 3대 기사단 가운데 하나로 튜턴 기사단이라고도 한다. 무력에 의한 강제 개종과 집단 식민을 기본 방침으로 독일인의 세력을 확장시켰다. 14세기는 이들의 전성기였으나 15세기가 되면서 타넨베르크 전투에서 폴란드 왕에게 패배하여 영지의 대부분을 잃고 폴란드 왕의 종주권 아래에 놓였다. 종교개혁 시기에는 기사단 영지의 거의 모두가 세속 영주에게 양도되었고, 단원도 프로테스탄트와 가톨릭으로 양분되었다.

갑자기 하늘이 더 이상 어두워 보이지 않고, 두꺼운 돌기둥들이 더 이상 억압적이고 무시무시해 보이지 않았다. 예기치 못한 주교의 말들이 따뜻함과 희망을 전해주었고, 그를 행복하게까지 만들어 주었다. 이때에야 비로소 그는, 삼촌의 머리칼이 회색빛으로 가늘게 변해 있고, 높은 이마와 입 주변에 깊은 주름들이 파여 있음을 깨달았다.

니콜라우스는, 과학을 연구하는, 빛으로 충만한 세계 속에서 16년 동안 생활할 수 있도록 허락 받은 것에 감사를 표하고픈 마음이 들었다. 그는 의자에서 일어나 성직자의 것이라기보다는 오히려 기사나 병사의 손처럼 보이는 그 힘 있는 손에 몸을 구부려, 주교의 빛나는 반지에 입술을 댄 채 오래도록 진심에서 우러난 키스를 했다. 잠시 동안 그 축복받은 손이 자신의 어깨에 닿는 것을 느꼈고, 그는 눈에 띄게 몸을 떨었다.

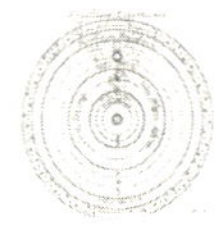

니콜라우스가 자기 방을 마련해 달라고 요청한 곳은, 주인이 거처하는 성의 옆면이 아니라 튼튼한 성 탑의 가장 높은 층이었다.

"그곳은 겨울에 견딜 수 없을 정도로 춥고, 별로 중요하지 않은 손님들만 묵는 곳에 수사가 기거하는 건 어울리지 않는 일이란다."

삼촌이 그를 설득하려 애썼지만 니콜라우스는 고집 세게 단언했다.

"저는 하늘을 올려다보며 살피고 싶고, 태양과 달과 별들을 보고 싶습니다, 주교님. 그러지 않으면 전 살 수가 없어요!"

같은 날 밤 그는 자신을 위해 방 하나가 급히 마련된 성 탑으로 거처를 옮겠다.

매우 유감스럽게도 니콜라우스는 하일스베르크에 있는 여러 해 동안 가장 사랑하는 천문학을 방해받지 않고 연구할 수 있는 시간을 거의 갖지 못하게 될 터였다. 일 년 중 여러 주 동안 루카스 바첼로데는 이곳저곳을 돌아다녔는데, 그에게 자문역과 여행 동반자가 돼줄 것을 요청했기 때문이다. 에름란트는 두 개의 적의 기지 사이에 끼어 있는 쐐기 같았다. 수많은 회합을 통해 주교는 놀라운 수완으로 자신에 위임된 에름란트의 독립과 자유를 지켜냈고, 그것들을 강화하고자 노력했다.

주교와 수사는 자주 폴란드 왕에게 초청을 받았는데, 축제 연회와 넓게 사방으로 뻗은 숲에서 떠들썩한 사냥 행사가 열리곤 했다. 두 사람은 번갈아 가며 어려운 정치적 문제들을 해결하기 위해 애썼다. 특히 코페르니쿠스는 교회법 박사로서 자신의 지식을 총동원하고 법률 서적의 헤아릴 수 없이 많은 구절들을 교묘하게 찾아내어 폴란드인의 수많은 요구들을 피해 갈 수 있도록 해야만 했다.

그들은 독일 기사단 단장이 있는 곳으로도 여행해야 했고, 거기에서도 에름란트가 먹혀 버리지 않도록 하기 위해 녹색 탁자를 사이에 두고 싸움을 벌여야만 했다. 루카스 바첼로데는 과감하게 위험한 게임을 벌이기도 했다. 그는 필요한 순간이면 언제나 자신이 어느 곳에 빈객으로 머물고 있느냐에 따라 폴란드인이 독일 기사단과 싸우게 만들거나 독일 기사단이 폴란드인과 싸우게 만들었다. 그는 모든 거래에서 '에름란트' 라는 말을 항상 관심의 중심에 확고히 놓았다.

주교가 시골 지방을 여행하지 않고 하일스베르크에 머물러 있는 때는 일 년 중 단 몇 주뿐이었다. 이때에야 비로소 코페르니쿠스는 자신이 가장 사랑하는 천문학에 몰두할 수 있었고, 오직 이 시간에만 자신이 온전히 인간임을 느꼈다. 다시 삼각자와 측정 기구들을 이용해 계산에 열중했다. 우주와 그 움직임, 천체에 관한 자신의 이론들을 진전시키고 증명해 내기 위해, 그는 종이와 관찰 기록들에, 또는 고대 그리스인과 로마인들의 저작에 푹 빠진 채 숱한 밤을 지새웠다.

그는 쬠쇠가 달린 여행 가방에서 꺼낸 수많은 연구 문서들을 검토했다. 그것들은 크라코프, 볼로냐, 로마, 파도바와 페라라에서 썼던 비밀스런 문장과 숫자들로 뒤덮여 있었고, 그는 여러 번 되풀이하며 그 계산들을 검토했다.

그 문서들을 훑어보면 볼수록, 그리고 로마와 그리스 옛 과학자들의 생각에 맞세워 자신의 생각을 검토해 보면 해볼수록, 자신의 생각과 의지가 더욱 명료해지고 확고해졌다. 천문학이라는 어둠을 비추는 빛이 더욱 밝게 빛났고, 이 천체 과학의 수많은 비밀들이 그 정체를 드러내기 시작했다. 또다시 눈에 통증을 느꼈고, 이 때문에 자신이 대학에서 밤 새워 연구하던 시간들을 떠올리게 되었다. 그는 강인한 힘으로 몸의 피곤함을 극복했다. 성탑 높은 곳에서 홀로 연구하는 이 시간만큼은 만족스럽고 행복했다. 루카스 바첼로데가 또다시 먼 여행을 결정할 때면 오직 엄청난 의지의 힘으로 다시 한 번 자신이 가장 사랑하는 천문학을 접어 두고 약속된 자기 역할을 수행했다. 하지만 떠나는 시간에조차 다시 돌아와 중단된 연구를 계속하기를 갈망했다. 자신의 비위에 맞지 않는 정치 게임을 무시해 버리고 싶었고, 그래서 가슴속에 혐오감을 지닌 채 주교의 자문 역할을 수행하곤 했다.

하일스베르크에서 보냈던 이 몇 년 가운데 여러 달 동안, 그는 조용한 밤을 이용해 초창기 과학자들의 연구를 꾸준히 공부했다. 마침내 코페르니쿠스는 자신이 계산해 낸 풍부한 결과물들을 책으로 엮어 내기 시작했다.

그의 깃펜이 종종, 달려가는 그의 생각의 속도를 따라가지 못할 정도였다. 어떤 때에는 단 한 문장을 가지고 여러 날 씨름하기도 했다. 최후에는 수세기를 이어온 믿음을 뒤집어엎고 우주관에 혁명을 가져올 진실들로 한 페이지 한 페이지가 채워졌다.

그는 두려운 마음에 땅 위 높은 곳에 있는 자신의 방을 찾아오는 모든 사람들이 보지 못하도록, 점점 더 두툼해져 가는 책을 숨겼다. 주교와 함께 나라를 여행할 때에는 삼중 자물쇠가 달린 쇠 상자에 자신의 연구물을 숨겨 놓거나, 그것을 여행용 서류 가방에 넣어 두고 절대로 손에서 놓지 않았다. 마지막 문장을 쓸 때까지 그는 아무에게도 이 책을 읽도록 허락하지 않았다.

그러나 코페르니쿠스가 방심한 순간, 조심스럽게 보호받고 있던 이 비밀문서들을 발견한 유일한 사람이 있었는데, 그가 바로 루카스 바첼로데였다. 서리가 내린 어느 맑은 겨울 날, 그는 탑 방으로 이어진 가파르고 구불구불한 층계를 올랐다. 이탈리아에서 수사에게 보내는 봉인된 편지를 손에 들고 있었다. 문 앞에 서서 그는 크게 소리쳤다.

"로마에서 온 편지다!"

코페르니쿠스는 벌떡 일어나 주교의 손에서 건네진 편지를 열심히 뜯었다.

"고리츠 폰 룩셈부르크로부터 온 겁니다!"

반짝이는 눈빛으로 그는 말했다. 그는 창 쪽으로 걸어가서, 붉은 문장(紋章)*의 봉인을 떼어 내고 읽기 시작했다. 그는 주위의 모든 것을 잊어버렸다. 이 성의 추운 겨울날과 시골 지방에서 불어오는 혹한의 폭풍우는 물론이고, 자신의 책이 펼쳐져 있다는 사실조차 생각하지 못했다. 주교는 탁자

---

*문장(紋章) _ 가문(家門)을 표시하는 도형. 주로 서구나 일본 귀족 사회에서 사용하였다.

옆에 서서 측정 기구들과 삼각자와 펼쳐진 책을 보았다. 그는 그 책 위에 몸을 구부리고 열심히 들여다봤고, 호기심에 가득 차서 뭔가가 빽빽이 적힌 종이들을 재빠르게 훑어보았다. 조용한 목소리로 그는 자신이 어렵사리 그 뜻을 파악한 것들을 속삭이듯 읽었다.

"모든 천체는 태양 주위를 돌고, 태양은 만물의 중심에 서 있다. 따라서 우주의 중심은 태양과 아주 근접한 곳에 있다."

동그랗게 커진 그의 두 눈이 그 작은 글씨들을 응시하고 있었다. 그의 손이 떨리기 시작했고, 탁자의 모서리를 붙잡고 서 있어야만 했다. 마치 자신의 모든 생명력을 잃은 듯이 그는 잠시 동안 그곳에 서 있었다. 그러더니 천천히 똑바로 서서 힘겹게 창가를 향해 갔다. 그는 수사 곁에 멈춰 서서 오랫동안 그를 바라보았다. 깊은 슬픔이 얼굴에 서렸다. 그때 자기 안에서 성스러운 분노가 이는 것을 느꼈고, 고함을 지르지 않기 위해 모든 자제심을 동원해야만 했다. 그의 목소리는 조용하게 들렸지만, 그것은 기분 나쁜 저음이었다.

"수사가 감히 지구가 아니라 태양이 우주의 중심이

라고 가르친단 말이냐? 수사가 지구가 움직이고 있다고 주장하려 든단 말이야?”

편지를 읽는 데 빠져 있던 코페르니쿠스는 정신이 번쩍 들었다. 고통스럽게도 그는 자신이 어디에 있는지를 깨달았다. 태양이 작열하는 따뜻한 이탈리아도, 학식 높은 학자들과의 토론회장도 아니었다. 하일스베르크 성 탑의 두텁고 차가운 벽이 그를 둘러싸고 있었고, 로마에서 회개할 것을 요구했던 냉혹한 설교사를 닮은 한 주교가 자기 옆에 서 있었다. 그는 방금 전 들은 질타를 마음속 깊은 곳에서 늘 듣고 있었지만, 이제 루카스 바첼로데가 자신의 책을 읽고 있었다는 사실만큼은 분명해 보였다. 그러나 그는 매우 엄하고 냉정한 태도로 자신을 바라보는 주교의 눈을 피하지 않았다.

“수사라고요? 아닙니다, 에름란트의 주교님. 과학이지요!”

“그럼, 네가 교회보다 과학을 높은 곳에 놓는다는 뜻이냐?”

비웃듯 그 질문이 던져졌지만, 코페르니쿠스는 조용하고도 태연하게 대답했다.

“교회의 영역은 믿음이고, 과학의 영역은 우리가 우리의 정신으로써 연구하는 모든 것입니다. 이 두 영역 사이에 그어져 있는 경계는 태양처럼 분명한 것이고, 모든 사람은 이 경계를 건드리지 말고 존중하여 내버려 두어야 합니다!”

잠시 동안 방 안에는 침묵이 흘렀다. 마치 두 개의 세계가 서로 대립해서 서 있는 것 같았다. 주교가 한쪽에 서 있었고, 다른 쪽은 수사로 대표되었다. 코페르니쿠스는 그들 사이를 가르고 있는 심연의 깊이를 느꼈다. 그는 곧바로, 덜 격한 화제로 방향을 바꾸었다.

“고리츠 폰 룩셈부르크가 편지에 쓰기를, 교황 율리우스 2세가 로마에

성 베드로라는 새로운 교회의 초석을 놓았다고 합니다. 세상에서 가장 크고 화려한 대성당이 될 겁니다. 가장 유명한 건축가들과 장인 건축업자들이 이 일에 참여했는데, 총책임자는 유명한 미켈란젤로 부오나로티랍니다!"

루카스 바첼로데는 이 소식을 듣고도 아무 기쁨을 느끼지 못했다.

"1,200년 동안 구교가 존재해 왔다. 왜 갑자기 더 이상 그걸로 만족하지 않는 거냐?"

잠시 그는 창밖 시골 풍경을 바라보더니, 경련하듯 갑자기 니콜라우스 쪽으로 몸을 돌려 큰 소리로, 너무나 커서 온 방 안에 쩌렁쩌렁 울리는 목소리로 이렇게 말했다.

"1,200년이 넘는 세월 동안 프톨레마이오스의 의견은 지구가 우주의 중심이고 모든 것이 그 주위를 돈다는 거였다. 왜 너는 네 의견으로 사람들을 혼란스럽게 만들려고 하는 거냐?"

코페르니쿠스는 자신과 삼촌을 갈라놓는 틈이 점점 더 고통스럽게 느껴졌다. 밖에서는 크고 무거운 눈송이들이 내리기 시작했다. 하얀 은빛 안개가 바깥 풍경을 휩쌌다. 생각에 잠긴 채 그는 혼잣말하듯 말했다.

"곧 새봄이 올 겁니다!"

루카스 바첼로데는 이 말이 단순히 자연의 봄을 뜻하는 것이 아니라, 코페르니쿠스가 자신의 새로운 견해를 두고 하는 말임을 알고 있었다. 피곤한 몸짓으로 그는 이마를 닦았다. 아직도 뭔가 말하고 싶었지만 그는 조용히 돌아서서 서둘러 방에서 나갔다. 문이 여느 때보다 큰 소리로 쾅 닫혔다. 기운이 완전히 빠진 주교는 발을 질질 끌면서 구불구불한 계단을 내려가 성 안에 있는 시종의 숙소로 들어갔다. 코페르니쿠스는 여전히 내리는 눈을 꿈꾸듯 바라보고 있었다.

"아무도 이 새로운 발견을 막을 수 없어. 루카스 바첼로데도 황제도, 아름다운 도시 로마에 있는 교황조차도. 진리는 좀 빠르건 늦건 간에 항상 자기 행로를 창조해 나가니까!"

그러고 나서 그는 깃펜을 손에 쥐고 종이를 넘겨 가며 문장과 숫자와 그림들을 채워 넣었다. 그는 이전보다 훨씬 더 열정적으로 천체의 움직임에 관한 새로운 가르침을 담게 될 책의 집필과 연구에 몰두했다. 탁자 위의 종이 더미가 점점 더 높아졌다. 쉼 없는 그의 정신 앞에서 천계와 별들의 모습은 점점 더 둥글고 완전해졌다.

봄의 따스함이 골목길의 얼음을 깨뜨리고, 성 안 공원의 헐벗은 나뭇가지 위에서 수줍은 듯 첫 싹들이 움터 나왔을 때, 코페르니쿠스는 자신의 두툼한 저서 마지막 페이지의 마지막 문장을 써내려 갔다. 깊은 숨을 들이마신 뒤에 그는 깃펜을 옆에 내려놓고 창문을 활짝 열어젖혀 3월의 향기로운

공기를 방 안으로 맞아들였다. 여명의 희미한 붉은빛을 받아 점점 더 밝아 오는 하늘을 배경으로 크고 호리호리한 모습의 코페르니쿠스가 서 있었다. 연구에 부여하고자 하는 제목만 빠져 있었다. 숱한 밤을 지새우며 온 힘을 쏟았던 작업이 완성되는 순간이었다. 창가에서 불타는 둥근 태양이 동쪽에서 떠오르기를 기다리던 그는 불쑥 이상한 말을 내뱉었다.

"지구가 떠오른다!"

그러고는 비어 있는 책 표지에 조심스럽

게 마지막 말을 썼다.

"주해서(註解書)*"

다시 한 번 그는, 두 손에 금과 은이 그득한 것보다 더 소중한 이 원고를 훑어보았다. 그의 입술은 조용히 움직였지만, 그가 책의 이곳저곳을 크게 읽는 소리가 방 안에 울려 퍼졌다.

"모든 천체는 중심을 가지고 있다.……"

"지구의 중심은 우주의 중심이 아니라 그 자체의 중심이자 달 궤도의 중심일 뿐이며,……"

"모든 천체는 만물의 가운데에 위치한 태양 주위를 회전한다. 따라서 우주의 중심은 태양이다.……"

"우리가 하늘에서 보는 움직임은 하늘의 움직임이 아니라 지구의 운동에서 비롯되는 것이다.……"

"날마다 지구는 그 자체의 축을 중심으로 회전한다.……"

"우리가 태양이 움직인다고 느끼는 것은 태양 그 자체의 운동이 아닌 지구 운동의 결과이다.……"

"지구는 몇 가지 운동을 한다.……"

때는 봄이었고, 바람이 높은 탑의 외로운 방 안으로 불어 들어와 그의 말들을 세상 먼 곳으로 실어 날랐다. 한 시대가 무덤 앞에 서 있었고, 새로운 시대가 탄생하고 있었다. 벽에 걸린 달력을 보던 코페르니쿠스는 이렇게 말했다.

"1507년! 1507년 봄!"

눈 녹은 물이 힘차게 흘렀고, 비옥한 대지에서는 훈훈한 기운이 솟아오

---

*〈주해서(註解書)〉_정식 제목은 「천체의 운동과 그 배열에 관한 주해서」. 코페르니쿠스가 세상을 떠날 때까지 이 논문의 내용을 확장하고 더욱 심화시켜 낸 책이 바로 〈천체의 회전에 관하여〉(1543)라고 할 수 있다.

르고 있었다. 처음 핀 꽃들을 찾아낸 아이들은 기쁨에 가득 찬 목소리로 떠들며 집으로 가져갔다. 아이들은 마치 기적의 산물인 듯이 집에 꽂아 놓은 꽃들을 바라봤다.

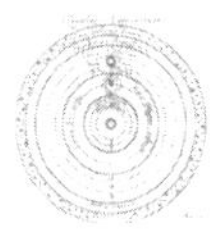

여러 해가 지나갔다. 루카스 바첼로데는 여전히 이 나라를 돌아다녔고, 코페르니쿠스는 어디든 그와 동행했다. 그는 철저히 보호해야 할 자신의 책인 〈주해서〉를 여행 가방 안에 넣어 두고 절대로 손에서 놓지 않았다. 밤에는 그것을 베개 밑에 숨겨 두었다. 주교와 수사는 단치히, 쾨니히스베르크, 페트리카우, 그리고 그가 어린 시절을 보낸 도시 토룬을 여행했다.

그들은 크라코프로 이동했고, 루카스 바첼로데가 귀족의 집에서 열린 우아한 저녁 만찬에 초대되어 가 있는 동안, 코페르니쿠스는 오래 전 기억 속의 장소들을 찾아갔다. 그는 담쟁이덩굴로 뒤덮인 대학 정원의 아치 길을 오르내리며 걸어 다녔고, 그 시절에 알고 있었던 선생님들을 찾아다녔다. 하지만 아무도 만날 수 없었다. 그 선생님들은 이미 돌아가셨거나 외국으로 가 있었다. 요한 할러의 인쇄기 상점 앞에 잠시 머무르던 그는 종이 위에 글자를 새겨 넣는 육중한 철판이 달린 가공하지 않은 쇠막대기를 보고 감탄했다.

요한 할러는 그를 공손히 맞았고, 그에게 자기 작업장에서 출판된 여러 인쇄물들을 자랑스럽게 보여주었다. 성경과 달력, 과학자와 시인들의 저작, 지도와 법률서 등이었다.

"요한 할러 씨, 수학 도해서와 천문학에 관한 책도 인쇄할 수 있습니까?"

"뭐든지, 뭐든지 합지요!"

장인은 확실하게 말하면서 이렇게 덧붙였다.

"수사님이 책을 쓰셨나요? 요한 할러는 마인츠에서 누렘베르크까지, 아니 정말로 다른 어느 곳의 인쇄업자가 할 수 있는 것보다도 더욱 큰 애정과 주의를 기울여서 수사님 책을 인쇄할 수 있습니다. 그리고 제 인쇄기 상자에서 찾아낼 수 있는 가장 큰 활자들로 니콜라우스 코페르니쿠스라는 이름을 책의 첫 페이지에 박아 넣어드릴 겁니다요!"

코페르니쿠스는 이 말을 듣고 그를 와락 붙들고 싶은 충동을 느꼈다. 악수를 하면서 그는 여행 가방 속에서 종이들이 바스락거리는 것을 느꼈고, 그것이 바로 자신의 〈주해서〉라는 것을 깨달았다. 이미 그는 자신의 손가락들이 삼중의 지퍼를 열고 있음을 느꼈고, 그 연구 결과물을 인쇄업자에게 건네고 있는 자신의 모습을 발견했다. 그때 그의 귀에 그가 로마 아카데미에서 강의를 시작하려는 순간 들었던 것과 똑같은 휘파람 소리가 들렸다. 마음속 깊은 곳에서 알버트 폰 브루체보의 목소리가 들렸다.

"우리는 프톨레마이오스를 왕좌에서 끌어내렸지만, 새로운 왕은 어디에 있지?"

갑자기 그는 여행 가방 속에 들어 있는 수많은 종이들에 정말로 진리가 담겨 있는 건지, 혹시 그가 알아차리지 못한 한두 개의 오류가 끼어들어 있는 건 아닌지 의심스러워지기 시작했다. 그는 별안간 몸을 확 돌려 여전히 손짓하고 있던 유혹을 억눌렀다. 그는 잽싸게 작별 인사를 하고는 장인 요한 할러의 작업장을 서둘러 떠났다.

"아직은 아니야!"

그는 혼잣말로 이야기했다.

"아직은 아니야! 나는 모든 걸 다시 생각해 봐야만 해. 내가 써온 것들 중 많은 게 가설일 뿐이야. 증명이 여전히 빠져 있어. 나는 더 광범위한 연구를 시작해야 하고, 집에 도착하자마자 새롭게 시작할 거야. 그게 완성되었을 때 요한 할러가 그걸 인쇄하면 돼. 그렇지만 그때까진 아직 시간이 많이 필요해. 그런데 바라는 목표에 도달하기엔 사람의 일생이 너무 짧은 건 아닌지 누가 안단 말인가?"

코페르니쿠스는 하일스베르크로 들어가는 골목길 다리 위에서 말들이 멈춰 섰을 때만큼 그렇게 기뻤던 적이 없었다. 또다시 그는 여러 날 여러 밤을 자신의 탑 방에서 보냈다. 태양은 높고 붉은 지붕 위에서 뜨겁게 타올랐고, 폭풍우가 벽을 때렸으며, 가지 끝에는 꽃들이 만발하고 노란 나뭇잎들이 성의 연못에 떨어져 떠다녔다. 문장과 숫자와 그림들로 새로운 페이지들이 채워지면서, 이 천문학자의 위대한 저작은 꾸준히 진척되었다.

코페르니쿠스는 튼튼한 자물쇠가 달린 가장 안전한 상자 속에 〈주해서〉를 숨겨 놓았다. 구깃구깃한 낡은 원고들이 탁자 위에 놓여 있을 때에는 항상 조심스럽게 문을 잠가, 스스로 최종적이고 결정적인 확신을 얻기도 전에 어떤 불청객이 들이닥쳐 그의 비밀을 알아내지 못하도록 했다.

어느 날 밤, 심부름꾼 한 사람이 땀에 범벅이 된 말을 타고 주교의 성에 도착했다. 그는 천문학자 니콜라우스 코페르니쿠스를 만나고 싶다고 말했다.

"루카스 바첼로데 주교께서 토룬에서 임종하실 것 같습니다!"

1512년 3월 28일 일요일, 니콜라우스가 주교의 침대 곁에 도착했을 때에는 이미 모든 탑의 종들이 울리고 있었다. 너무 늦게 온 것이다. 성 요한 교회의 높은 본당 안, 담쟁이덩굴과 월계수 사이에 시신이 모셔졌다. 며칠 뒤에 주교는 에름란트를 지나는 마지막 여행을 시작했다. 이곳은 그가 온

생명의 피를 바친 곳이었다. 루카스 바첼로데가 최후로 그의 고향 마을인, 파도가 거친 발틱해 연안 도시 프라우엔부르크에 들어왔을 때, 친숙한 거리와 여러 마을의 집들에서 검은 깃발들이 바람에 펄럭였다. 이곳에서 그는 돌로 된 돔 아래에 자신의 최후 안식처를 마련하게 될 것이다. 그는 완전하고도 분주한 인생을 살았다. 육중한 오크 관 위에서 봄 햇빛을 받은 주교관(主敎冠)과 홀장(笏杖)*이 황금빛으로 빛났다. 그의 충실한 조언자이자 동료인 니콜라우스 코페르니쿠스는 천천히 움직이는 마차를 따라갔고, 마차는 바로 얼마 전에 땅에서 피어난 은빛 꽃들 옆을 지나갔다.

---

*홀장(笏杖) _주교나 수도원장의 직권(職權)을 나타내는 지팡이.

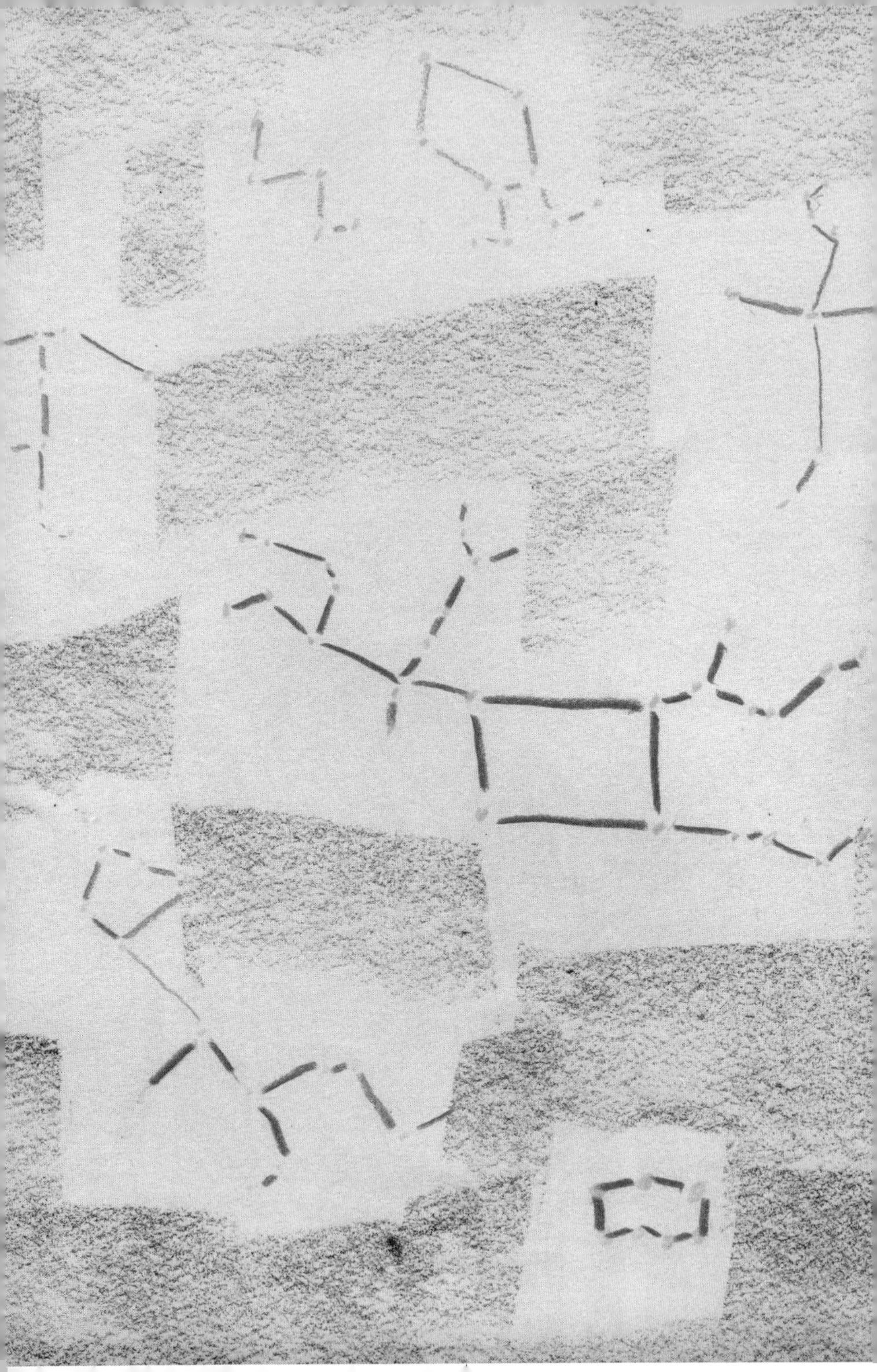

7 프라우엔부르크의 탑

하프 해 가까운 곳, 비스툴라 강 어귀에는 이 기둥에서 저 기둥으로 무거운 그물들이 넓게 펼쳐져 있는 작고 초라한 오두막집들이 있었다. 늦은 저녁 고기잡이를 끝낸 어부들이 큰 배를 끌어올려 붉은 돛을 접어들일 때 유일하게 볼 수 있는 육표(陸標)는, 어두워 가는 하늘 위로 높게 뻗은, 반짝이는 기와를 얹은 성 마리아 대성당의 탑이었다. 네 모서리에 탑이 있는 거대한 벽에 둘러싸인 교회는 어둠 속에 깊이 잠겨 있었다. 쉼 없이 들이닥치는 파도만이 이 평화로운 고요를 훼방하고 있었다. 프라우엔부르크라는 작은 도시의 모든 사람들은 새로운 날이 되어 다시 일을 시작하기까지 밤새이 잠에 빠져들었다.

오직 북서쪽 탑 안에서만 등불이 밤새 타올랐다. 그물과 배를 살피기 위해 잠에서 깨어난 어부들은 고개를 저으며 투덜거렸다.

"우리 새 수사 양반, 니콜라우스 코페르니쿠스는 분명히 이상한 사람이야. 매일 밤 별들을 쳐다보면서 뭘 찾겠다는 거지?"

느슨해진 닻의 밧줄을 팽팽하게 잡아당기면서, 그들은 모래언덕의 풀과 은빛 엉겅퀴 사이의 모래 위를 발을 질질 끌듯 걸어갔다. 그들은 닻을 정리하고는 서둘러 오두막집으로 되돌아갔다.

루카스 바첼로데는 죽었고, 에름란트에 새로 온 주교는 새 조언자 겸 여행 동반자를 구했다. 북서쪽 탑에 있는 작은 방이 비자, 코페르니쿠스는 그것을 175마르크에 빌렸다. 그런 초라한 숙소에서 생활하기를 원하는 그를 이상하게 생각하는 다른 수사들의 동정 어린 눈길과 조롱에 그는 완전히

무관심했다. 그가 탑 위 지붕 꼭대기에서 생활하는 이유를 그들이 어떻게 알겠는가? 그는 밤이건 낮이건 언제나 하늘을 주의 깊게 살필 수 있는 곳으로 이 튼튼한 탑 안보다 더 좋은 장소를 어디에서도 찾을 수 없었다. 여기에 서라면 저 비옥한 들판 멀리, 그리고 바다 저편을 향해 꿈꿀 수 있었고, 대성당의 높은 탑에 가려진 작은 부분을 빼고는 모든 방향에서 하늘을 볼 수 있었다.

여기서 그는 아주 편안했다. 사분의가 넓은 창문 옆에 있었고, 탁자 건너편 벽에다가 여러 개의 삼각자를 걸어 놓았다. 이 수사가 평생을 바쳐 온 과제를 놓고 쉴 사이 없이 연구하는 동안, 여러 날과 여러 주 그리고 여러 달과 여러 해가 지나갔다. 이 외로운 탑을 찾는 손님은 거의 없었고, 코페르니쿠스도 숙소를 떠나는 일이 좀처럼 없었다. 그의 앞에 놓여 있는 일은 엄청나 보였고, 그 과제를 완수하기에 그의 일생은 확실히 너무나 짧았다. 오직 바깥세상에서 그를 괴롭히는 사건들이 터질 때에만 이 먼 곳의 은둔 생활에 영향을 받았다.

이 천문학자는 번번이 과연 단 한 사람이 복잡한 하늘의 비밀들을 완전히 성공적으로 풀어낼 수 있을까 하는 의구심에 사로잡혔다. 〈주해서〉를 몽땅 찢어 불태워 버릴 뻔한 적도 있었다. 증명을 시도하며 연구를 진행하던 중에 자신의 계산에서 실수와 오류를 발견할 때마다 이런 일이 벌어지곤 했다. 그런 밤에는 밖으로 뛰쳐나가, 바람에 머리가 헝클어진 채 홀로 파도 소리를 들으며 해변을 따라 거닐었다. 이따금 그는 말뚝에 묶어 놓은 밧줄을 풀어 배를 타기도 했다. 흔들거리는 배에 몸을 실어 먼 바다로 노 저어 갔다. 멀어져 가는 배의 모습이, 마치 높이 솟았다 떨어지는 파도 위에서 위아래로 까딱거리며 움직이는 호두 껍데기 같았다. 하늘과 땅이 하나가 되었고, 프라우엔부르크의 실루엣이 흐릿하게 보였다. 무한한 공간에 둘러싸여 있는 그가 매달릴 만한 것은 아무것도 없었다. 마침내 여명이 시작되어 파도의 힘이 배를 도로 해변에 가져다 놓을 때까지, 그는 계속해서 노를 저었다. 바로 이때 어부들은 오두막집에서 나와 일상의 여행을 준비하는 것이었다. 코페르니쿠스는 그들이 그물을 들어 배에 싣고 돛을 다는 모습을 지켜보았다. 그리고 그들이 닻의 쇠사슬을 감아올리는 소리를 들었고, 배를 밀어 바다로 나아가는 모습을 바라보았다.

한번은 은퇴한 늙은 어부 한 사람이 그의 옆에 서 있었다. 백발이 된 그 사람은 바다로 나가면 신경이 온통 곤두서기 때문에 이제는 오직 그물 수선하는 일만 할 수 있었다. 코페르니쿠스는 그와 이야기를 나눴다.

"영감님은 몇 년 동안 바다에서 일했습니까?"

"평생 동안이지요!"

"먼 곳에서 들어오는 배들을 본 적이 있습니까?"

"셀 수 없이 많지요!"

"그 배들을 볼 때, 무얼 먼저 알아보았습니까?"

"돛대 꼭대기입니다, 수사님."

"그러고는요?"

"돛대의 나머지 부분, 갑판, 선체, 그러고 나서는 배 전체지요."

"그걸 볼 때 무슨 생각을 했습니까?"

"그게 우리 배들 가운데 하나인지 알고 싶었습니다."

"그리고 배가 지나가서 다시 사라졌을 때는요?"

"오랫동안 눈으로 그 배를 따라갔습니다."

"얼마나 오래요?"

"텅 빈 쓸쓸한 바다에 오직 파도 소리만 들리게 될 때까지입죠."

"배가 사라졌을 때는 어떠셨나요?"

"저는 그 배가 산 하나를 오르는 항해를 하고 나서 다시 산 하나를 내려가는 항해를 했다고 믿었습니다."

막대기로 수사는 모래에 아치를 그리고, 돌 하나를 집어 배의 움직임을 그렸다.

"제가 이 아치를 완성하면 어떻게 되나요?"

"원이 됩니다."

"그럼 이 아치는 뭘 뜻하지요?"

"지구……육지와 바다, 바다와 육지지요."

"이제 영감님 결론대로 그림을 그려 보세요. 지구는 어떤 모양입니까?"

"우리는 항상 지구가 원반이라고 들어왔습니다."

"그렇지만 영감님의 눈과 입은 영감님께 다르게 가르치고 있는데요."

"지구가 공 모양이라는 뜻이 되나요?"

두려움에 가득 차 떨다시피 하며 늙은 어부는 마지막 말을 속삭였고, 마치 자신이 죄를 범한 듯이 느꼈다.

"왜 제게 물으세요? 영감님은 저와 마찬가지로 그걸 알고 있어요. 그래요, 지구는 공 모양이에요."

어부는 모래 언덕을 따라 걸어가는 수사를 오래도록 바라보았다.

"믿어야 한다고 하는 것만 알 수 있는 거 아닙니까?"

그가 투덜거렸다. 그러더니 튼튼한 끈으로 커다란 구멍을 깁기 시작했다.

이때부터 사람들은 이 오두막집 저 오두막집에서 코페르니쿠스의 이상한 생각에 관해 속삭이며 이야기했고, 수사를 만나면 모두 그를 흘끗 수줍게 바라보며 반쯤은 존경을, 반쯤은 두려움을 나타냈다. 모든 이웃 사람들이, 그가 별자리를 읽는 법과 감히 생각하기만 해도 오싹하게 떨리는 비밀들을 알아채는 법을 터득했음을 알고 있었다.

이후에도 여러 날 밤, 코페르니쿠스는 때론 썼던 내용을 지워 가며 새로운 문장과 숫자와 그림들로 종이들을 채우면서 날래게 깃펜을 놀렸다. 그는 자신의 관찰과 비교해 보기 위해 이탈리아와 이집트와 그리스 고대 과학자들의 책들을 여러 번 반복해서 읽었다. 여러 주 동안 그는 그 뜻을 해독하기 위해 이집트의 달 이름들을 들여다보며 앉아 있었다.

"'베우니' 가 이월이라는 뜻인지 시월이라는 뜻인지 알아내야만 해!"

그는 흥분해서 혼자 중얼거렸다.

"앞으로 내 모든 연구는 여기에 달렸어!"

다른 수사들의 집을 방문해서 물어보기도 했지만, 그들은 모두 굳게 다문 입술로 웃을 뿐 그에게 아무 대답도 주지 못했다. 이 집에서 저 집으로 옮겨 다니며 산전수전 다 겪은 선원들에게 이 '베우니' 라는 말의 뜻을 물었다.

"그렇지만 당신은 이집트로 항해한 적이 있잖습니까!"

"우리 중에는 그 사람들 말을 배운 사람이 아무도 없습니다!"

"'베우니' 라는 말을 들어본 적이 없습니까?"

"우린 그곳에서 그 사람들이 하는 말을 한마디도 알아듣지 못했습니다!"

한 집 한 집 갈 때마다 그는 낙망한 채 문을 닫고 뒤돌아섰다. 잔뜩 화가 난 그는 돌을 주워 바다 멀리 던져 버렸다.

그는 날랜 심부름꾼들을 시켜 크라코프와 볼로냐와 로마로 편지를 보냈고 며칠 뒤에 회답들이 왔다. 그때마다 떨리는 손으로 편지를 뜯어보았지만, 곧 실망해서 편지를 손에서 떨어뜨리거나, 심지어 갈기갈기 찢어 그 조각들을 창문 밖으로 던져 버리기까지 했다.

아무도 그에게 답을 줄 수 없었다. 알버트 폰 브루체보도 도미니쿠스 마리아 디 노바라도, 고리츠 폰 룩셈부르크도 니콜라우스 보드카도 마찬가지였다. 그는 절망으로 좌절했고 의기소침해졌다. 과연 연구를 성공적으로 완성할 수 있을까? 연이은 장애물들이 자기 앞에 모습을 드러냈고, 그 하나하나는 바로 앞의 것보다 더 넘어서기 어려운 것처럼 보였다. 혹 자신의 시도가 오만한 것일까? 제한된 지력(智力)을 지닌 인간에게 신이 보여주길 원치 않는 비밀을 억지로 캐내려 하고 있는 것일까?

여러 날 동안 밤새 탑 방의 등불이 꺼지지 않았다. 코페르니쿠스는 프톨레마이오스가 〈알마게스트〉에서 이집트력으로 486년 '베우니' 30일에 '화성'이라는 이름을 붙인 별의 정확한 위치를 묘사한 부분을 여러 번 되풀이해서 찾아보았다.

그 과정을 통해 자신의 능력에 대한 신뢰가 점점 더 쌓여 갔고, 1515년도를 기점으로 486년도에 이르기까지 한 해 한 해를 역산해 나간 고통스런 작업에 대해서도 신뢰할 수 있게 되었다. 그는 창가로 뛰어가서, 시차관측기 즉 정확히 1,414개의 점이 찍혀 있는 기묘하게 생긴 세 갈래의 자를 집어 들고, 그 축을 돌려 가며 자신이 만든 공식을 이용해 화성의 위치를 계산했다. 이런 식으로 하나의 숫자와 또 다른 숫자가 연결되고, 한 줄 한 줄 계산 결과가 모여, 탁자 위로 계산한 종이들이 쌓여 갔다. 종종 모든 것을 포기하고 산더미처럼 쌓인 종이들을 화로 속으로 집어 던지고 싶은 충동을 느꼈다. 탁탁 소리를 내며 종이가 타오를 때 기분이 어떨지 상상해 보았지만, 불굴의 자제력으로 유혹에 맞서며 의기소침과 절망을 이겨냈다. 그는 봄이 와서 들판에 꽃들이 피어나는 것도, 가을이 와서 단풍이 드는 것도, 또 곡식을 수확하고 씨 뿌릴 때가 되는 것도 더 이상 의식하지 못하는 지경이 되었다. '베우니'라는 그 비밀스런 베일을 벗겨 낼 수만 있다면 새로운 통찰력을 갖게 될 것이라고 그는 강하게 느꼈다. 또다시 깃펜을 들고 한 장 또 한 장 종이에 문장과 숫자들을 쉼 없이 기록했다. 너무나 피로하고 쇠약해져 있었기 때문에 눈이 아파왔고 손가락이 떨렸다. 이 끝없는 밤들을 보내며 한 개 또 한 개 초가 타 없어졌고, 탁자 위에는 끊임없이 촛농이 떨어졌다. 마침내 그는 확신을 얻었고, 축제 같은 기분으로 마지막 문장의 글자들을 적어 넣었다.

"베우니는 시월이라는 뜻이야!"

그는 창가로 걸어가서 맑고 차가운 밤공기를 만족스럽게 깊이 들이마셨다. 마치 어떤 보이지 않는 다리가 컴컴한 심연 위로 놓여서, 이제 그 위를 걸어 이제까지 들어 보지도 못한 곳들로 갈 수 있게 된 듯한 기분이었다. 희망이 없는 것처럼 보였던 이 과제의 맨 마지막 줄을 쓰는 순간, 모든 고통과 힘들었던 지난 일들이 잊혀졌다. 맑게 은빛으로 빛나는 밤하늘의 별들을 움켜쥐려는 듯 그는 팔을 높이 더 높이 닿을 수 있는 한껏 들어 올렸다. 별들은 말없이 자기 행로를 따라 지나갔지만, 그는 별들이 자신에게 말을 걸고 있다고 확신했다. 굳게 닫혔던 그의 입술이 열리며 밤의 고요함 속으로, 찰랑거리는 석호(潟湖) 속으로, 이리저리 흘러 다니는 모래 언덕의 보이지 않는 모래들 속으로, 그리고 강둑 옆에서 흔들리고 있는 배 안으로, 즐거운 그의 노랫소리가 퍼져 들어갔다.

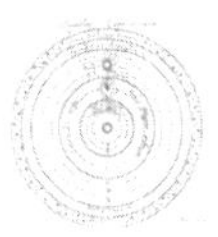

어느 밝은 겨울날, 탑의 고미다락방 문이 열리고, 에름란트의 새 주교이자 루카스 바첼로데의 후임자인 파비안 폰 롯사이넨이 문지방을 넘어 들어섰다. 코페르니쿠스를 깜짝 놀라게 할 만한 여행을 하고 돌아온 그는 잔뜩 흥분해 있었다.

"코페르니쿠스, 자네는 사람들한테서 도망쳐 이렇게 탑 안에서 숨어 지내고 있구먼!"

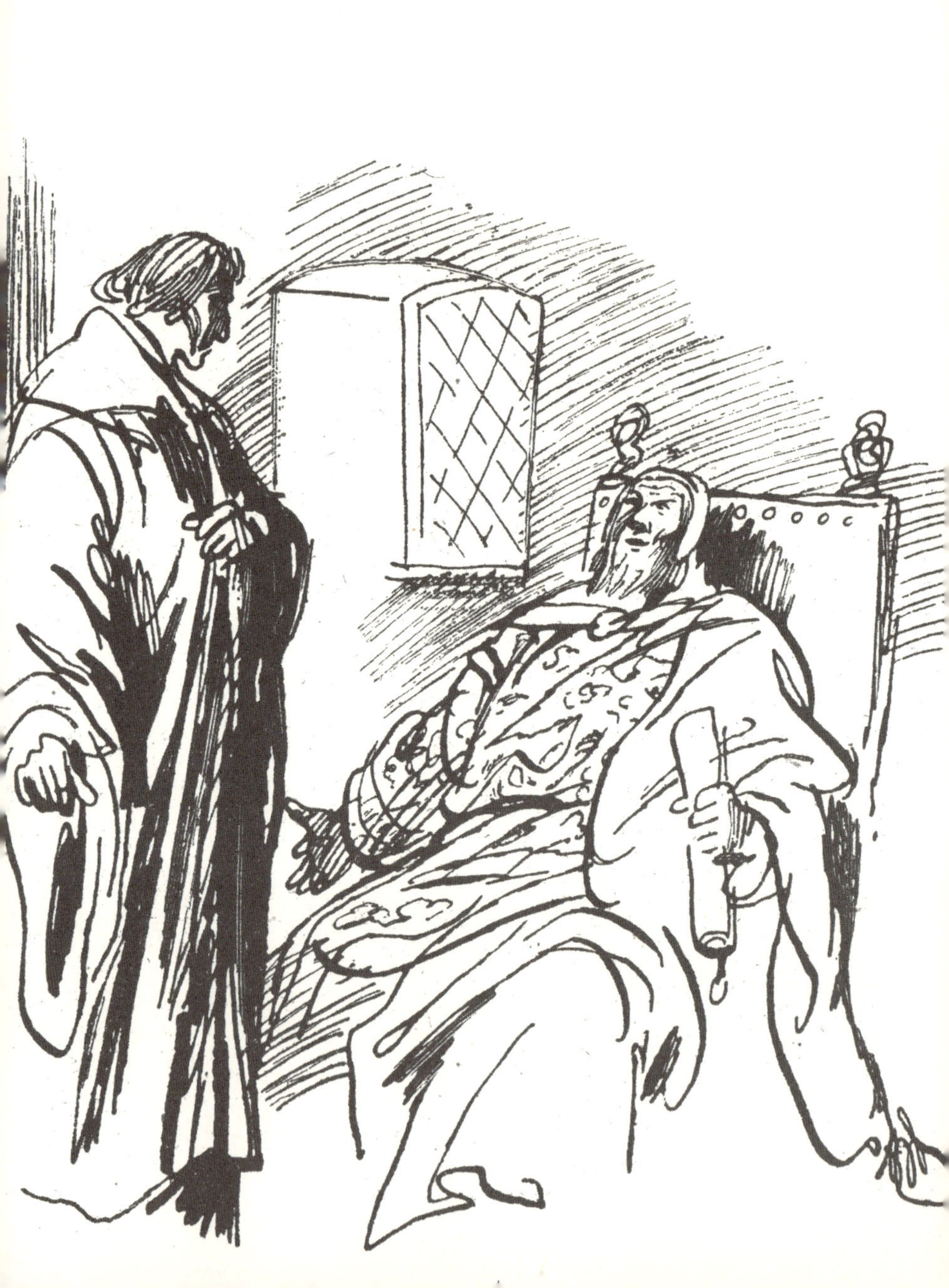

그는 웃으며 수사를 불렀다.

"주교님, 몸소 프라우엔부르크에서 저를 보러 오시는 길입니까?"

코페르니쿠스는 이렇게 물으며 서둘러 주교를 맞이했고 그의 오른손에 낀 반지에 키스를 했다.

"교황과 황제께서 코페르니쿠스에게 서훈을 내리고 싶어 하시는데, 어찌 일개 주교가 상을 내리고 싶지 않겠나?"

이렇게 대답하면서 파비안 폰 롯사이넨은 사람 좋은 표정으로 윙크를 했다. 그곳에 잠시 동안 멈춰 서 있던 그는 너무도 당황스러워 할 말을 잃었다.

"황제께서요? 교황께서요?"

그는 믿을 수 없다는 듯 느릿느릿 말했다.

"황제께서는 제 이름조차 모르실 거고, 몇 년 전에 저는 컴컴한 밤안개를 뚫고 교황님을 피해 로마에서 달아났습니다!"

기억을 되살리는 듯 그는 천천히 말을 마쳤다. 주교는 탁자 앞에 앉더니 털 깃이 달린 외투에서 두루마리 두 개를 꺼냈다.

"이 인장들을 보게!"

코페르니쿠스는 머뭇거리며 그 두루마리들을 집어 들고, 독수리 문양의 인장 하나와 교황의 보관(寶冠)을 상징하는 또 하나의 인장을 보았다.

"이젠 내 말을 믿겠나?"

파비안은 웃으며 물었다.

"뜯지 않은 채로 도로 가져가십시오! 저는 평생을 과학에 바친 사람입니다. 정치와 전쟁, 나라들 사이의 다툼, 그리고 정말이지 온갖 권력 투쟁이 저는 정말 싫습니다. 저는 그런 것들에 전혀 관여하고 싶지 않습니다!"

그는 그 두루마리들을 파비안에게 도로 건넸지만, 파비안은 그것들을 그의 손에 더 꼭 쥐어줄 뿐이었다.

"자네는 왜 이것들이 자네에게 정치적인 문제들로 부담을 줄 거라 생각하나?"

"교황이나 황제께서, 이탈리아에서 법률 공부를 한 수사에게 무슨 다른 것을 원하시겠습니까? 천문학자로서 저는 그분들에게 이단자로 알려져 있으니, 그분들이 제게 요청하실 건 거의 없을 겁니다. 저는 여러 황제와 교황님들과 다르게 가르치고 있고, 그분들과는 다른 신념을 가지고 있습니다."

그는 창가로 걸어가서 눈 덮인 시골 풍경을 유심히 바라보았다. 해변에서 얼음이 깨지는 소리가 들렸다. 바람이 소용돌이치며 솟아올라 눈을 흩뿌려 마치 은빛 깃발처럼 보였다. 파비안 폰 롯사이넨은 침묵을 깨뜨리며 부드럽게 말했다.

"로마의 라테란 궁전에 여러 나라에서 온 뛰어난 과학자들과 추기경들이 모였네. 그들은 깊이 근심하고 고뇌했어. 요 몇 해 동안 더 이상 시간이 태양의 움직임과 들어맞지 않고 있네. 축제일이 다른 날로 옮겨졌고, 달력은 뒤죽박죽이지. 교황 레오 10세가 한 해를 새로운 방법으로 계산해야 할지, 그 길이를 결정했는지, 그리고 달력이 바로잡아졌는지를 물었네."

"그 일과 제가 무슨 상관입니까?"

석호를 내려다보며 코페르니쿠스가 물었다.

"자네가 별들의 움직임을 계산한다고들 알고 있어. 별들이 움직이는 경로에 따라서, 시간도 변화하지. 자네야말로 시간을 계산해 낼 사람이야."

"이탈리아와 프랑스, 그리고 다른 곳에도 과학자들이 충분히 있습니다. 그들은 저 같은 은둔자가 아니고요. 제가 그 문제를 풀어야 하는 사람이 되어야 한다고 누가 교황께 말씀드린 겁니까?"

"알렉산더 6세 시대 이래로 자네 이름이 로마에서 잊힌 적이 없네. 그건 자네에게 큰 영광이야, 코페르니쿠스!"

"영광이라고요? 저는 그 말을 모릅니다, 주교님!"

"막시밀리안 황제가 자네의 의견을 구하고 있네!"

"저는 아직 의견을 낼 만한 증거를 가지고 있지 않습니다."

"자네에겐 그 문제를 연구할 수 있는 시간이 있어!"

"언제까지 황제와 교황께 제 답을 드려야 합니까?"

"자네에게 긴 시간이 주어질 거야, 코페르니쿠스! 석 달, 아니 아마 반년!"

갑작스레 몸을 홱 돌리면서 코페르니쿠스는 무겁고 조심스러운 발걸음으로 자신을 찾아온 손님에게 천천히 걸어갔다. 그리고 그 바로 앞에 멈춰서서 굳은 표정으로 주교를 응시했다. 내면에서 불타오르는 그의 눈길이 너무도 강렬해서 주교는 고개를 떨어뜨리지 않을 수 없었다.

"석 달이라고요? 반년이라고요? 주교님께서는 그게 충분한 시간이라고 말씀하시는 겁니까? 가서서 황제께, 그리고 교황께 편지를 쓰십시오. 프톨레마이오스 이래로 1,200년이 흘러갔다고. 한 걸음 한 걸음 우주에 대한 새로운 인식으로 나아가기 위해 1,200년이 필요했습니다. 저는 충분하세 확신하고 있지 못합니다, 주교님! 만일 교황과 황제께서 10년 혹은 12년을 인내하실 수 있다면, 그때까지는 제가 문제를 해결할 수 있을 겁니다. 아마도 제 인생을 마감하는 순간에야 저는 정확한 일 년의 길이를 알 수 있을 겁니다!"

파비안 폰 롯사이넨이 너무도 빠르게 의자에서 일어나는 바람에 의자가 뒤로 넘어지는 소리가 시끄럽게 났다. 그는 수사의 어깨를 붙잡고 흔들면서 애원했다.

"난 두 분께 내 말씀을 전했네. 황제와 교황께서는 자네에게 의지하고 계시네. 나 혼자 이 문제를 처리하게 내버려 두지 말게나! 내 말이 거짓말이 되게 하지 말게!"

"과학으로부터 진실을 억지로 뽑아 낼 수는 없습니다! 파비안 폰 롯사이넨 주교님. 주교님께서는 이탈리아에서 저와 함께 공부하셨으니, 저와 마찬가지로 그걸 알고 계시지 않습니까. 모든 것은 자라서 무르익어야 합니다. 자연 속에서 옥수수가 자라 베어내고 수확할 때까지 시간이 얼마나 걸리는지 우리는 정확히 알고 있습니다. 또 우리는 언제 사과를 딸 수 있는지도, 새로운 씨앗을 들판에 언제 뿌려야 하는지도 알고 있습니다. 그렇지만 과학의 결과물은 예측할 수 없습니다! 제가 일주일 안에 대답을 내놓을 수도 있습니다. 반면에 몇 년이 지나갈지도 모릅니다!"

마치 자기 어깨에서 짐 하나를 내려놓은 듯 주교는 안도의 한숨을 내쉬었다.

"그럼 자네 도와주기로 하는 거지, 코페르니쿠스? 자네가 달력 교정 작업에 기꺼이 참여할 거라고 교황과 황제께 보증하는 편지를 써도 되는 거지? 자네가 일 년의 정확한 길이를 계산할 거라고 말이야?"

"제가 지금까지 말씀드린 그대로 쓰십시오. 과학의 결과물은 예측할 수 없고 억지로 강요해서는 안 된다고 말입니다. 제 전 생애는 시간과 별들의 움직임을 계산하는 데 바쳐졌습니다. 제가 성공적인 결론에 도달하는 데 필요한 시간을 신께서 주시기를 기원합니다!"

파비안 폰 롯사이넨은 감사하는 뜻으로 수사의 손을 꼭 쥐었다. 그는 탁자 위에 놓인 종이와 그림들 위로 몸을 구부리더니, 깊이 감탄한 듯 고개를 절레절레 흔들었다.

"천문학보다 신께 더 가까이 다가가 있는 과학은 없네."

그는 측정 기구들을 손에 들더니 그것들로 반짝이는 태양을 겨누었다. 곧 눈이 부셔 뜰 수가 없자 이렇게 물었다.

"자네 이 나무로 된 단순한 각도기를 가지고 별들의 경로를 측정하는 건가?"

한마디 말도 없이 코페르니쿠스는 고개만 끄덕였다. 이미 자신에게 부여된 새로운 과제에 온통 사로잡혀 있었던 그는 깊은 생각에 잠겨 이렇게 혼자 중얼거렸다.

"시간을 계산하기 위해서는 우주의 중심을 알아야 하고, 그때에야 비로소 문제가 해결될 거야!"

파비안 폰 롯사이넨은 그 말에 귀를 기울였다.

"자네는 우주의 중심을 찾고 있구먼, 수사? 프톨레마이오스 이래로 모든 것이 지구 주위를 돈다는 사실이 아무 의심 없이 받아들여져 왔네!"

코페르니쿠스는 고개를 저었다.

"그렇다면 왜 시간이 정확하게 맞질 않는 겁니까? 왜 우리는 우리의 달력을 바로잡아야 하는 겁니까? 만일 프톨레마이오스가 오류를 범하지 않았다면, 왜 황제와 교황께서 제게 일 년의 길이를 찾아낼 것을 요청하시는 겁니까?"

"그럼, 자네가 가지고 있는 비밀을 내게 말해 주게. 자네가 생각하고 있는 게 뭔가, 코페르니쿠스?"

"모든 것이 태양 주위를 돕니다!"

주교는 경악해서 눈을 크게 뜬 채 코페르니쿠스를 바라보았다.

"모든 것이 태양 주위를 돈다고? 그건 신성 모독이야! 그 말은 이단이야! 다시는 그런 말을 하지 말게!"

"지금 이 시점에서 그건 단지 하나의 가설입니다. 저는 낮이나 밤이나 최종적인 증거를 찾아내기 위해 싸우고 있습니다. 제가 오류를 밝혀 진리의 빛에 도달하기 위해 싸우고 있다는 이유로 주교님께서 저를 이단자로 보신다면, 그렇다면 막시밀리안 황제와 레오 교황께 프라우엔부르크의 천문학자 겸 수사는 감히 그분들의 메시지를 찢어 버렸다고 말씀드리십시오!"

코페르니쿠스는 빠른 동작으로 탁자 위의 두루마리 두 개를 움켜쥐고는 두 동강으로 찢어 버렸다. 천천히 그리고 꼴사납게 동강 난 조각들이 마루에 떨어졌다. 바람이 불어 들어와 방 안 이 구석 저 구석으로 그 조각들이 흩어졌다.

작별 인사도 없이 파비안 폰 롯사이넨은 방을 나갔다. 쾅 소리와 함께 문이 닫혔다. 코페르니쿠스는 그의 발소리가 사라질 때까지 그 소리를 들었다. 여섯 마리 말이 끄는 마차 바퀴의 덜커덕거리는 소리가 대성당 주위를 휘돌아 하일스베르크 쪽으로 사라져 갔다. 무거운 눈송이들이 하늘에서 떨어졌고, 짙은 구름들이 태양을 가렸다.

그는 조용히 마루에서 종잇조각들을 주워 작은 난롯불에 집어 던졌고, 불꽃이 잠시 동안 확 타올랐다. 그는 그 불꽃을 들여다보며 깊은 상념에 잠겼다.

"모든 거짓은 불타 버리고, 구름들은 앞으로 흘러갈 것이고, 태양은 다시 한 번 이 시골 구석구석에서 빛날 것이다!"

그는 창문을 닫고 탁자 앞에 앉아 일 년의 길이를 계산하기 시작했다. 시계의 모래가 위쪽 깔때기에서 아래쪽 깔때기로 끊임없이 흘러내렸다. 촛불이 힘차게 타올랐고, 희미하게 아른거리는 빛줄기가 탑 꼭대기에서 흘러나와 그 아래 땅을 비췄다. 오두막집의 어부들이 그 빛을 바라보았고, 배에

탄 선원들은 그 황금색 불빛에 인도되어 강둑 쪽으로 배를 몰았다. 그들은 모두 이 수사를 생각했고 서로들 이렇게 말했다.

"코페르니쿠스가 하늘을 올려다보고 있어. 하지만 오늘은 별들이 짙은 구름 뒤에 숨어 있구먼!"

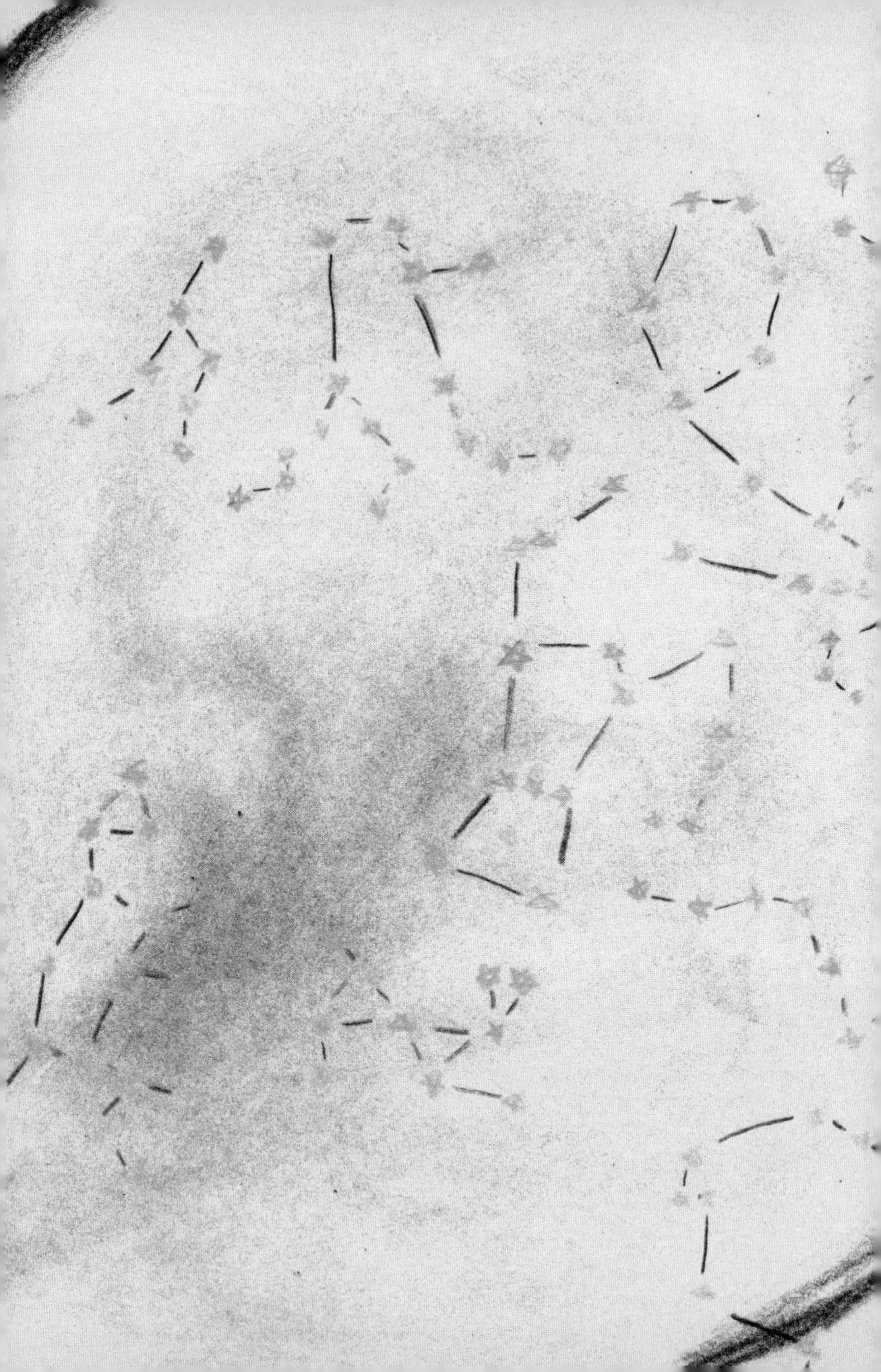

8 알렌슈타인의 지도자

마치 자그마한 심홍색 언덕처럼, 작은 마을의 낮은 오두막집들 위로 알렌슈타인 성채가 하늘을 향해 솟아 있었다. 이 고장 어느 곳에서건 시간은 쉼 없이 내달리고 있었다. 알렌슈타인의 영주 니콜라우스 코페르니쿠스에게 접견을 청하기 위해 사방에서 온 심부름꾼들이 말을 타고 성으로 오르는 언덕을 질주했다. 그들은 기사단의 침략과 기습으로부터 도움과 보호를 요청하기 위해 온 것이었다. 또한 그의 해결책을 듣기 위해 자신들의 근심거리를 가져온 농민과 귀족, 판사와 소작농, 남자와 여자들이 영접실 문 앞 긴 복도에 모여 있었다. 동이 튼 뒤부터 늦은 밤이 될 때까지 덜커덩거리는 소리를 내는 마차들이 연이어 그 넓은 성문을 드나들었다.

마음 아프게도 코페르니쿠스는 탑의 조용한 방에서 알렌슈타인 성으로 거처를 옮겼다. 그는 다른 수사들이 임기 4년의 알렌슈타인 지사(知事)로 자신을 선출했다는 소식을 듣고도 전혀 기쁘지 않았다. 오랫동안 망설였고 지명을 거절했다. 그의 훌륭한 삼촌 루카스 바첼로데와 달리, 그의 마음은 명예나 명성에 관심이 없었다. 그러나 그는 다른 수사들과 새로운 주교 파비안 폰 롯사이넨의 줄기찬 압력에 결국 굴복했다.

해가 저물고 한참이 지난 뒤에야 끝날 것 같지 않던 방문객들의 행렬이 그쳤다. 삐걱거리는 소리를 내며 성문이 닫히자, 코페르니쿠스는 밤늦도록 앉아 책을 보았다. 그것은 태양과 달과 별에 관한 책도 천체의 움직임에 관한 책도 아닌, 면밀히 검토해야만 하는 판사들의 판결문과 평가하고 교정해야만 하는 교회 서적들이었다. 또 농민들의 탄원서도 있었고, 분쟁을 해결해 주어야 할 정착민들에 관한 문서도 있었다. 조용히 지내던 학자가 수많은 사람들의 운명과 복지를 책임지는 공인이 되어 있었다.

행성들의 경로를 적어 놓은 그의 글들과 여러 해 동안 그가 그리고 계산한 결과들이 여러 주 여러 달 동안 자물쇠를 채운 상자 속에 보관되어 있었다. 이루 말할 수 없이 갈망하고 있었음에도 그는 오래 전에 써 놓은 문장들에 새로운 말들을 보태서 연구를 완결해 나갈 시간을 마련할 수가 없었고. 알렌슈타인의 지사가 됨으로써 그는 아침부터 밤늦게까지 그의 모든 힘과 시간을 쏟아 부을 것을 요구받았다.

이따금 한밤중에 하늘을 바라보아도 불타오르는 마을에 반사되어 희미해진 별빛은 잘 보이지 않았다. 북소리가 지루하게 들려왔고, 옥수수 창고에는 불이 붙어 있었다. 기사들의 군대가 에름란트 깊숙이 쳐들어와 파괴하고 지나간 자리에는 불타 무너진 집들만이 남아 있었다. 너무나도 걱정스러운 마음으로 코페르니쿠스는 그 불길이 점점 더 다가오는 것을 바라보았다. 그는 그 전쟁의 고통과 공포가 알렌슈타인을 얼마나 위협하고 있는가를 잘 알고 있었다.

어느 날 그는 파비안 주교로부터 이 도시와 성에 대한 침략에 대비하라는 명령을 받았다. 도시를 방어하기 위해 한밤중에 사람들이 소집되었고, 문에는 장애물을 만들어놓았으며, 대포도 설치되었다. 공격자들이 성벽을 기어오르려 할 때 쏟아 붓기 위해, 송진과 유황과 끓는 물을 커다란 솥에 가득 채워 밤낮으로 대비했다. 주변 마을에서 이 도시 안으로 가축과 곡식을 보냈다. 성 지하의 커다란 창고에는 돌로 된 천장에 닿을 정도로 곡식들이 가득 채워졌다.

코페르니쿠스는 어디든 나타나 칭찬과 질책은 물론 주의와 격려를 아끼지 않았다. 당번을 맡은 보초병이 졸고 있으면 경계를 시키면서 그의 책무를 일깨워 주었다. 병든 아내가 있는 고향마을로 돌아갈 수 있게 해달라는 농부의 요청을 받아들여 주기도 했다. 순시를 할 때에는 명령을 받는 사람들과 똑같은 음식을 먹었다. 대포를 맡은 사람들은, 그가 자신들이 사용하는 화약을 점검하고 포신(砲身)의 각도를 재는 모습을 보기도 했다. 창고 주변에서는 포위를 당할 경우 비축한 식량으로 얼마나 오래 버틸 수 있는가를 계산했다. 그는 부상자들을 찾아보고 병상 곁에 앉아 맥박과 심장 박동을 재고 부상당한 자리를 붕대로 감싸 주었으며, 알약과 원기 회복 식품을 처방해 주기도 했다.

니콜라우스 코페르니쿠스라는 이름은 모든 남자와 여자들에게 정의의 상징이 되었으며, 지역 주민들의 복지를 끊임없이 염려하는 지도자를 상징했다. 그를 두고 사람들은 이렇게 말하곤 했다.

"우리의 니콜라우스 코페르니쿠스!"

그가 자신을 돌보지 않고 모든 고통과 기쁨을 사람들과 함께 나누는 모습을 그들은 보았기 때문이다.

호전적인 기사들의 맹공격도 알렌슈타인의 강력한 성벽을 무너뜨릴 수는 없었다. 이 성의 완강한 저항으로 적의 사상자가 수없이 나왔다. 근심스럽고 고통스런 몇 주가 흐른 뒤 적은 이 도시에 대한 포위를 포기하고 에름란트 국경 너머로 퇴각하여 자신들의 영역인 쾨니히스베르크 지방으로 돌아갔다. 이들이 남기고 간 것은 불탄 마을들과 폐허가 된 들판이었다.

도시는 천천히 정상을 되찾아 갔다. 더 이상 화재로 인한 연기가 피어오르지 않았고, 교회 종소리는 이제 전쟁 경보가 아닌 평화로운 저녁 시간을 알렸다. 하지만 아직도 에름란트에서는 수많은 부상자들이 피를 흘리고 있었다. 불타 버린 양곡기를 교체해야만 했고, 농민들이 죽어 버린 곳에서는 농가와 농토를 돌보기 위해 이주민들을 모아야만 했다. 달아났던 가축들을 다시 모아야 했고, 닥쳐오는 기근을 모면하기 위해 들판에 씨를 뿌릴 수 있도록 농기구들을 나누어 주어야 했다. 어려운 전쟁이 끝나고 몇 주 동안 니콜라우스는 언제나 거리에 있었다. 그는 이 마을에서 저 마을로, 이 정착지에서 저 정착지로 돌아다니면서 할 수 있는 곳이면 어디에서나 자신의 힘과 지식을 최대한 이용해 가난한 이들의 고통을 덜어주고자 노력했다. 어느 타는 듯이 더운 여름날, 그의 마차가 피해를 입지 않은 어떤 위풍 있는 농가 앞에 멈춰 섰다. 그 집의 흰 벽은 햇빛을 받아 은빛으로 빛나고 있었다.

"이보시오!"

누군가를 부르는 그의 목소리가 뜨거운 열기 속으로 울려 퍼졌다. 아른 아른 피어오르는 아지랑이조차 너무도 뜨거웠다. 어깨가 넓은 한 남자가 문 밖으로 나왔고 곧 지사를 알아봤다.

"지사님?"

이렇게 말하며 그는 공손하게 절을 했다.

"자네가 경작하는 가장 좋은 땅을 내게 좀 보여주게!"

그는 농부에게 마차에 오르도록 하고는 안내를 받았다. 농부가 골라 보여준 밭에서 그는 곡물을 검사했고, 줄기에 달린 이삭을 살펴보았다. 그리고 땅을 좀 긁어내어 감정을 하듯 손바닥 위에 올려놓고 들여다보았다.

"몇 자루*나 수확할 것 같은가?"

그는 이렇게 물으면서 흔들거리는 작물 줄기를 손으로 톡톡 쳐보았다.

"백 자루쯤 될 것 같습니다, 지사님!"

"자네 땅이 어디까진가?"

농부는 자신이 서 있는 농로부터 작은 수로를 따라 멀리 나무 몇 그루가 서 있는 데까지 손으로 큰 반원을 그렸다. 마치 농부가 가리킨 곳을 따라서 속으로 계산을 하고 있는 듯 코페르니쿠스의 눈이 반짝거렸다.

"자네는 쉽게 지금보다 오백 자루는 더 수확할 수 있네. 땅이 차지고 기름진데다 생각한 것보다도 넓군. 겨울은 어땠나?"

"서리가 매섭게 내리기 시작했을 땐 이미 씨앗들 위에 눈이 높이 쌓여 있었습니다."

"그럼 여름은?"

"여름은 더 없이 좋았습니다. 햇볕도 적당했고 비도 제때 왔습니다. 우박도 떨어지지 않았고 폭풍우도 불지 않았습니다."

"사정이 아주 안 좋았구먼! 자네가 내년에는 올해보다 오백 자루 더 수확할 수 있을 거라 기대하겠네!"

"그건 가혹한 분부이십니다요, 지사님! 저는 최선을 다했습니다만 어찌해야 그 정도로 수확량을 늘릴 수 있는지 알지 못합니다요!"

"이보게. 집으로 돌아가면서 그걸 같이 한 번 얘기해 보자고!"

---

*자루(hundredweight) _무게의 단위. 영국에서는 112파운드, 50.8kg, 미국에서는 100파운드, 45.36kg.

밭일용 말들이 무거운 마차를 힘겹게 끌며 부드럽고 깊은 모래 위를 지나갔다. 바퀴 뒤에서 일어난 짙은 먼지 구름이 공기 속에 퍼져 한참 동안 없어지지 않았다. 지사는 농부에게 언제 씨를 뿌리는 게 적절한지, 땅을 비옥하게 하려면 어떻게 해야 하는지 말해 주었다. 그는 잡초 뽑을 때 주의할 점과 설치류 동물의 접근을 막는 법에 대해서도 말해 주었다. 그가 농부에게 말하는 태도는 과학자에게 천문학에 관해 말하는 것과 흡사했다. 농부는 지사가 농사에 관해 그렇게 많이 알고 있는 데 놀랐고, 그가 농가에서 성장한 게 아닐까 생각하기도 했다.

마차가 다시 그 깨끗한 농가 앞에 멈춰 섰을 때, 코페르니쿠스는 그의 모든 출장에 동행하는, 뒷좌석에 앉아 있던 필경사에게 '생산량 오백 자루 추가'를 메모해 두라고 일렀다. 농부는 더 이상 이의를 달지 않았고, 오히려 고개를 깊이 숙여 인사하면서 문 쪽으로 걸어갔다. 그는 마차가 시야에서 완전히 사라질 때까지 현관 앞에 서서 기다렸다.

지사는 창밖을 내다보면서 들판과, 벌채 표지가 달린 나무들을 살폈다. 그리고 불타 버렸다가 복구되어 새 지붕을 얹은 집들을 바라보았다. 그는 다시 한 번 에름란트에 찾아온 평화를 만끽했다.

그들 일행이 집도 경작지도 없는 어느 개활지에 다다랐을 때, 코페르니쿠스는 마차를 멈추고 마차에서 내렸다. 필경사가 재빠르게 그의 뒤를 따랐다.

"여긴 아주 훌륭한 토양이군. 이곳이 왜 개간되지 않은 거지?"

그의 목소리에 짜증스러움이 묻어났다. 필경사가 그의 커다란 노트를 급히 넘겼다.

"이 땅은 쇤브루흐 회 소유지입니다, 지사님. 그 사람들은 이 땅을 경작할 정착민이 부족한 것을 불평하고 있습니다.”

“자네 노트에 이렇게 적어 주게. 니콜라우스의 하인 두 사람, 알버트와 히에로니무스가 각각 이 쉬브루흐 땅 3에이커를 갖고 이곳에 정착할 것이다!”

망설이던 필경사는 어찌할지 몰라 하면서 지사를 쳐다봤다.

“자네 내 말을 적었나?”

“아직, 지사님……그런데……지사님, 그렇게 하시면 안 됩니다. 지사님의 하인 두 사람은…….”

코페르니쿠스는 더 이상 말이 나오지 않게 재빠른 몸짓으로 막으며 단호하게 말했다.

“관리자를 위한 하인 한 사람보다 백성들을 위한 빵이 더 중요해! 내 하인들이 이곳으로 이주를 마쳤는지 일주일 안에 내게 말해 주게!”

지사의 지시 사항을 적기 위해 필경사의 펜이 노트 위에서 바삐 움직였고, 더 이상 아무런 이의 제기도 없었다.

마차가 넓은 땅을 지나갔다. 일행은 숲이 우거지고 어두운 빛의 호수가 있는 곳을 지났다. 곡식이 물결치는 들판과 고요한 초원이 있었고, 마치 이런 풍경 속에서 길을 잃은 듯 오두막집 몇 채가 서 있었다. 그들은 아름다운 히스 관목이 있는 지역에 다다랐다. 태양이 하늘에서 불타고 있었다.

“이 히스 관목이 있는 땅은 누구 소유지?”

“지사님, 이 땅은 보이츠도르프 회 소유입니다.”

“지금 당장 그곳으로 가세.”

덜컹거리는 마차를 몰아서 그들은 교회 뾰족탑의 그림자가 드리워진 곳 바로 아래 낮은 오두막집 몇 채가 있는 곳에 당도했다.

“이곳 시장에게 나를 데려다 주게! 그 사람 이름이 뭔가?”

필경사는 거칠거칠해 보이는 노트를 급히 넘겼다.

"우르반 알데입니다!"

말들이 발을 구르고 콧김을 내뿜으며 교회 옆 초가 앞에 멈춰 섰다. 이 아름다운 여름날 오후에 나무 여물통 안으로 물이 조용히 튀겼다.

"우르반 알데 씨!"

지사는 마차에 앉아 길을 건너 뛰어오고 있는 작고 땅딸막한 남자에게 창으로 손을 내밀었다.

"당신이 우르반 알데입니까?"

"네 지사님, 제가 보이츠도르프의 관리인입니다."

"신경을 좀 쓰셔야 하겠소. 당신네 마을로 들어오는 길 상태가 아주 나쁘군요. 주민들이 자갈을 가져다가 파인 곳들을 메워야겠습니다. 거리의 주춧돌도 갈아야겠구요! 마차가 모래 속으로 너무 깊이 빠집니다!"

"알겠습니다, 지사님! 추수를 마치고 나면 조치하겠습니다!"

"저쪽히스 관목 지대가 이곳 소유입니까?"

"네."

"그곳에서는 빵을 생산할 수 있는 작물을 경작해야만 합니다!"

"어떻게 하면 되겠습니까?"

"우선 그 구역의 면적을 계산하세요. 가로 천 보, 세로 천 보로 말입니다. 그리고 나서 그 주위에다가 불을 붙일 수 있는 방화용 도랑을 파십시오. 히스를 태우면 그 재로 땅이 비옥해져서 양질의 밭이 만들어질 겁니다. 늦가을에 쟁기질을 해서 메밀 씨를 뿌리세요. 내년에도 똑같이 가로 천 보, 세로 천 보의 땅을 그렇게 경작하세요. 4년 뒤에는 히스가 완전히 없어지고 드넓은 곡물 밭이 물결칠 것이고, 여러분의 창고에는 밀과 호밀이 그득 쌓

일 겁니다. 내 도움이 필요하면 적당한 때에 알려 주세요. 제게 아직도 물어
볼 게 있습니까?"

"알겠습니다, 지사님! 그런데 저쪽을 보십시오, 광장 건너편 작고 비스
듬한 오두막집에 슈트로이버라는 늙은 여인이 살고 있습니다. 그녀의 남편
은 감옥에 있어서 이 집의 수확물과 가축들을 돌볼 사람이 없습니다. 온갖
일을 챙겨 줄 수 있는 일꾼을 저 여인에게 보내 주지 않는다면 곡식이 그 줄
기 위에서 썩어 버릴 겁니다. 저희 마을엔 정착민이 너무 적고, 각자 자기
땅에서 일하기에도 걱정거리가 많습니다. 아무도 도와줄 수가 없습니다."

"감옥에 있다고요? 그 자가 무슨 죄를 범한 겁니까?"

"덫을 놓아서 야생 동물들을 잡았습니다."

"이번에 처음으로 그런 겁니까?"

"그렇습니다."

"그 사람은 자기 밭을 얼마나 잘 돌봤습니까?"

"저는 그에게 아무 불만이 없습니다, 지사님!"

코페르니쿠스가 필경사를 돌아봤다.

"종이와 펜을 주게!"

그는 종이 위에 몇 자 써서 우르반 알데에게 주었다.

"이 마을의 재판을 맡고 있는 재판관에게 가서 이 쪽지를 전하시오. 나
는 슈트로이버를 사면해 주고 싶습니다!"

"감사합니다, 정말이지 감사합니다, 지사님!"

"그 사람 집이 어딘지 일러주시오!"

"그 집은 시장에서 대각선 방향으로 건너서, 왼쪽으로 교회 옆에 있습
니다."

코페르니쿠스는 곧바로 마차에서 뛰어내려, 분수대를 지나쳐 뛰어가서는 그 낡아빠진 오두막집의 낮은 문을 통해 안으로 들어갔다. 접시 쌓는 소리와 아이들 우는 소리가 들렸다. 그는 어둠 속을 더듬어 갔다. 소란스런 소리가 나는 쪽을 따라가 보니 연기가 매캐한 방 하나가 있었고, 그곳에는 달랑 하나 있는 창문으로 아주 적은 빛이 들어오고 있었다. 한 여인이 양털 천으로 얼굴을 가린 채 나무를 때는 작은 난로의 뚜껑을 열고 그 속으로 부채질을 해서 바람을 불어넣고 있었다. 그녀는 지사를 보자 놀라 뛰어 일어나 앞치마에 손을 닦고 공손하게 절을 했다.

"남편은 당신을 어떻게 대합니까?"

코페르니쿠스는 떨리는 목소리로 눈에 눈물이 고인 채 대답하는 그녀를 보았다.

"저희들은 항상 평화롭게 살아왔습니다!"

"남편이 왜 감옥에 간 거요?"

"나으리, 저희들은 끔찍이도 굶주렸습니다! 제 남편은 빵을 달라고 아우성치는 저희 아이를 더 이상 돌볼 수 없었습니다. 저희들은 모든 것을 내놔야만 했기 때문에 아이에게 아무것도 줄 게 없었습니다. 너무나 많은 걸 갖다 바쳐야 했습니다. 그래서 제 남편이 식탁에 고기 몇 점을 얹어 놓기 위해 밤에 숲속으로 들어가서 덫을 놓았던 겁니다. 산지기가 남편을 붙잡은 거지요."

"당신들에게 할당된 양은 얼마나 됐소?"

"저희가 수확한 과일 전부, 이십 자루입니다. 거기에다 땅을 빌리는 데 30실링을 냅지요."

"당신네 밭의 토양은 어떤가요?"

"저희 밭은 연못가에 있습니다. 늘 마르지 않고 항상 습지 상태지요."

일에 찌들고 초췌한 그녀의 얼굴 위로 눈물이 흘러내릴 때, 울먹이는 여인의 어깨가 고통스럽게 들썩였다. 요람 속 아이는 여전히 울부짖고 있었고, 코페르니쿠스는 몸을 구부려 더없이 근심스러운 표정으로 아이를 들여다보았다.

"아이가 너무 창백하군요. 아이를 데리고 나가서 햇볕을 좀 쬐어 주세요!"

"나으리, 저 아이는 아무것도 먹지 못해서 핏기가 없는 겁니다!"

"올해엔 수확한 과일 중에서 열여섯 자루만 내면 될 겁니다. 그리고 땅세는 지금부터 20실링만 내면 됩니다. 이 정도면 괜찮겠소?"

"부인과 자제분이 계시다면, 나으리……."

눈물로 목이 메어 그녀는 더 이상 말을 잇지 못했다. 그는 단 한마디만을 더 들을 수 있었다.

"제 남편은……."

여인은 그 앞에 무릎을 꿇고는 그의 손에 키스를 했다. 코페르니쿠스는 재빨리 손을 빼내어 그녀의 팔을 붙들고 일으켜 세웠다.

"내게 무릎을 꿇어서는 안 됩니다! 그렇지만 내가 처벌보다 동정을 더 중시한다는 걸 당신께 보여 드릴 겁니다. 당신 남편은 곧 당신에게 돌아올 겁니다. 우르반 알데가 이미 내 지시를 받았소!"

여인은 오랫동안 캄캄한 창밖을 내다보며 지사가 가는 모습을 계속 지켜봤다. 그녀는 손깍지를 끼고 되풀이하고 또 되풀이하며 이렇게 기도했다.

"하느님, 저 분을 지켜 주시옵소서! 하느님, 저 분을 지켜 주시옵소서!"

초췌한 그녀의 얼굴에 순간 행복감이 나타났다.

"필경사! 적어 두게! 농민 슈트로이버는 열여섯 자루만을 낼 것이며, 땅에 대한 임대료로는 앞으로 30실링이 아닌 20실링만을 낸다."

코페르니쿠스는 큰 목소리로 이렇게 불러 주었고, 광장에서 마차로 돌아가 힘차게 올라탔다. 마구가 채워진 말들은 덜커덩거리는 소리를 힘차게 내면서, 바퀴 밑에서 먼지바람을 일으키며 출발했다.

"길 상태가 정말 나쁘군!"

우르반 알데는 손에 사면장을 든 채 이렇게 생각하고는 집안으로 사라져 갔다. 밤늦어서야 지사는 알렌슈타인 성에 다시 도착했다. 문지기가 자기 방에서 나와 창 쪽으로 걸어왔다.

"나으리, 시장 옆 골목길에서 파울 존발트의 아이가 죽어 가고 있습니다. 아이 엄마가 나으리를 뵈려고 벌써 네 번이나 왔다 갔습니다!"

"서재에 가서 내 의료 가방을 가져오게! 지사가 심하게 병든 아이를 죽게 내버려 뒀다는 말을 들을 수는 없지!"

코페르니쿠스는 마차를 돌려놓으라고 지시했고, 그 골목길로 마차를 몰아 갔다. 그는 가난한 사람들이 살고 있는 곳을 알고 있었다. 그는 그 집으로 걸어가서 방 안으로 들어갔다. 한 여인이 나무 침대 옆에 앉아 울고 있었고, 한 남자가 그 곁에 서서 그 모습을 응시하고 있었다. 그는 아이 위로 몸을 구부려 아이의 맥박을 재보고 심장 박동을 들었다.

"이 애가 죽을까요, 나으리?"

엄마가 절망스럽게 울부짖었다.

"폐가 가볍게 감염됐을 뿐이요. 종이 한 장 있소?"

남자가 서랍을 뒤적이더니 찢어진 종잇조각 한 장을 찾아냈다. 희미한 촛불 아래에서 코페르니쿠스는 종이 위에 몇 자 적었다.

"이걸 가지고 어서 약방으로 가서 약제사의 지시를 정확하게 따르시오!"

벌써 남자가 떠날 채비를 하고 서 있었다.

"제 아이가 죽을까요?"

엄마가 다시 물었다.

"두 주면 아이가 다시 다른 아이들과 함께 뛰어놀게 될 거요!"

그는 조용히 문을 닫고 나왔다. 너무나 피곤한 몸으로 그는 자신의 서재로 가는 계단을 올라갔다. 그렇지만 자신이 그리도 많은 사람들의 삶에 중요한 역할을 하고, 실제로 하루 동안 바쁘게 움직이면서 사람들이 행복해질 수 있는 조치들을 취했음을 상기하고는 피곤함을 모두 잊을 수 있었다. 이 기쁨이야말로 그에게 알렌슈타인 지사로서 어려운 임무를 완수할 힘을 주었다.

여러 주 여러 달이 지나갔다. 전쟁으로 황폐해진 풍경과 파괴되었던 마을들이 완전히 새롭게 단장해 아름답게 변모했다. 들판과 숲을 보면, 규율 잡힌 일손들이 에름란트의 복된 삶을 위해 쉬지 않고 끊임없이 일하고 있음을 잘 알 수 있었다.

아주 드물게, 그것도 매우 짧은 시간 동안만, 코페르니쿠스는 보관함에서 천문학에 관한 자신의 연구 문서들을 꺼내 프라우엔부르크에서 시작했던 작업을 이어나가는 시간을 가질 수 있었다. 이런 시간에 그는 간단한 기구들을 가지고 행성들의 움직임을 측정하고, 젊은 시절부터 계산해 온 것들을 다시 한 번 검토하면서 비교하고 수정했다. 그래서 그의 연구서는 그가 알렌슈타인에서 바쁘게 일하며 사는 동안에조차 부피가 점점 불어났다. 오랫동안 시골 마을들을 돌아다니는 동안에도 그는 자신의 발견들에 관해 생각했고 수많은 새로운 결론에 도달했다. 맑은 겨울밤이면, 바깥 길에서 사람들이 썰매를 타고 지나다닐 때, 그는 따뜻한 털외투를 뒤집어쓰고 앉아 별들에 시선을 붙박은 채 천체 운동의 신비한 경로에 대한 답을 얻으려고 애썼다.

1517년 11월에는 이른 눈이 내렸다. 짙은 구름이 들판 위에 여러 날 드리웠고, 차가운 성벽에는 서리가 끼어 있었다. 코페르니쿠스는 생각에 잠긴 채 창가에 서 있었다. 그는 창밖 풍경을 내다보고 있었지만 그 풍경이 눈에 들어오지 않았다. 그의 마음속에는 너무도 많은 의문들이 자리 잡고 있었고, 그는 늘 그 답을 찾으려 했기 때문이다. 그때 갑자기 그의 연구실 문이 확 열리더니, 그 어느 때보다도 흥분한 필경사가 방 안으로 황급히 뛰어 들어왔다. 상기된 얼굴을 한 채 오른손에는 커다란 검은 글자들이 인쇄된 문서 한 장을 들고 있었다.

"엘베 강의 비텐베르크에서 급사가 급히 가져온 겁니다!"

코페르니쿠스는 조용히 그의 손에서 문서를 받아 인쇄된 것을 읽었다. 그는 그것을 읽고 또 읽었다.

"마르틴 루터 박사."

그는 천천히, 거의 엄숙한 어조로 말했다.

"마르틴 루터 박사! 이 이름을 기억해 둬야겠군."

불안한 마음으로 곁에 서 있던 필경사는, 수사에게서 어떤 동요의 낌새도 느낄 수 없어 당황스러울 지경이었다. 마침내 자제심을 잃고 말을 더듬거리며 그는 이렇게 말했다.

"그럼, 이 아이스레벤 출신의 아우구스티누스 회 사제가 비텐베르크 성 교회에 첨부한 95개 문장들*에 대해 어떻게 생각하시는 겁니까?"

코페르니쿠스는 여전히 말없이 바깥 풍경을 바라보고 있었다. 구름들이 흩어져 작은 은색 줄무늬를 남기며 어둠 속에서 빛나고 있었다. 코페르니쿠스는 천천히 돌아서서, 종이와 측정 도구들이 놓여 있는 탁자로 가서 반쯤 쓴 종이 한 장을 집었다.

"나는 새 시대가 오고 있다고 믿고 있네. 많은 것들이 잘못되어 있고 많은 것을 바로잡아야 해. 마르틴 루터 박사! 이 이름을 기억해야겠어. 그이는 내가 별 가운데서 진리를 구하는 것과 똑같이 교회 안에서 진리를 원하고 있네. 어쨌든 우린 같은 일을 하고 있는 셈이야!"

"그분은 너무 지나치게 대담합니다!"

필경사가 분개한 말투로 대꾸했다.

코페르니쿠스는 단호하게 대답했다.

"진리를 위한 싸움은 언제나 과감하고도 위험한 것이라네! 그분은 내

---

*95개 문장 _1517년 당시 독일의 사제이자 신학자인 마르틴 루터가 교회의 면죄부 판매를 비판하며 제기한 95개 항의 논제를 말한다.

경우보다도 훨씬 더 그런 거야.”

그러더니 그 두 장의 문서—비텐베르크에서 온 소식이 담긴 것과 그가 쓰고 있는 문서—를 도로 탁자 위에 놓고, 필경사에게 이제 가 봐도 좋다고 말해 주었다. 필경사는 깊이 고개 숙여 인사하고 뒤돌아서 방을 나갔다.

1517년 이날 이후 줄곧, 지사는 연구에 훨씬 더 깊이 몰두했다. 공무가 없을 때에는 언제나 고대 천문학자들을 연구하고 뭔가 계산하거나 밤하늘을 관찰하며 시간을 보냈다. 한 줄 한 줄 지칠 줄 모르고 쓴 연구 문서 더미가 계속 쌓여 갔다. 나무 위 꽃들이 두 번 피었고, 두 차례의 가을바람이 불어와 가지의 마른 잎들을 휩쓸어 갔다.

1519년에 지사는 알렌슈타인에서 펼쳤던 자신의 활동에 대해 설명하기 위해 주교에게 갔다. 그는 잠자코 주교의 치사를 들었다. 이 모든 치사를 그는 아주 겸손한 한마디 말로 사양했다.

“제 임무를 다했을 뿐입니다.”

그의 얼굴이 기쁨으로 빛났다. 다른 수사들은 그것이 지사직을 충실히 이행한 데 대해 받은 찬사로 인한 행복감이라고 믿었다. 그러나 그들의 생각은 잘못된 것이었다. 그들은 조용한 시간 동안 이루어진 그의 비밀스러운 연구와, 천체의 움직임에 관해 그가 쓴 책에 대해 아무것도 모르고 있었다.

여러 해 동안의 길고 힘든 시간이 지난 후, 코페르니쿠스는 다시 한 번 프라우엔부르크 탑 꼭대기, 그가 사랑하는 아늑한 방으로 돌아왔다. 그는 기쁨과 감사함의 환성을 질렀다. 팔걸이의자를 창 가까이 끌어다 놓고 맑은 밤하늘을 보았고, 엄숙히 초에 불을 붙였다. 그는 알렌슈타인을 떠나기 직전 완성한 책의 마지막 페이지를 펼치고, 거기에 큰 글씨로 쓴 것을 커다란 목소리로 다시 한 번 읽었다.

“모든 천체의 중심에 태양이 군림한다. 태양이 이 중심에서 그 빛을 온 우주로 보내 주는데, 누가 이 하늘의 빛에 다른 더 좋은 자리를 부여하고자 한단 말인가? 따라서 진실로, 태양은 그 장엄한 왕좌에 앉아 주위에 둥글게 모여 있는 별들의 가족을 이끄는 것이다.”

해변으로 파도가 밀려왔고, 범선의 그림자가 물결 위에서 위아래로 일렁였다. 코페르니쿠스는 밤의 소리에 귀를 기울였고, 마치 잠들어 있는 평화로운 세계에서 나오는 힘찬 합창인 양 사방에서 행복의 노래들이 그의 귀에 들려왔다.

9 장미의 **월요일**에 벌어진 **사건**

프라우엔부르크 대성당 벽 위로 높이 솟아 있는 뾰족탑 위에 검은 깃발들이 바람에 물결치듯 펄럭였다. 파비안 폰 롯사이넨 주교의 죽음을 알리는 교회 종소리가 에름란트 지방 구석구석까지 온통 뒤덮었다. 수사들은 고개를 숙인 채 조심스러운 걸음걸이로 거리를 걸어 높은 곳에 있는 수도원 식당으로 갔다. 집회장은 엄숙하게 장식되어 있었다. 1523년 눈 덮인 이 지방의 겨울은 뼈가 울릴 정도로 추워 차가운 통증을 느끼게 했기 때문에, 수사들은 비단 예복 위로 두꺼운 털옷을 입고 있었다. 장례식이 거행되는 이날까지도 수사들 가운데서 파비안의 후임자가 나오지 않았고, 그래서 새로운 주교가 선출되어 프러시아와 폴란드 왕에게 승인을 받을 때까지 에름란트를 다스릴 인물을 뽑아야만 했다.

---

* **장미의 월요일(Rose Monday)** _독일어 원어로는 'Rosenmontag'. '참회의 월요일'이라고도 한다. 원래는 'Rasenmontag'(광란의 월요일)이라고 불린 카니발(사육제)의 중심일이다. 시끄럽게 야단법석을 떨어서 자고 있는 봄을 깨운다는 날이다. 그 다음다음날인 수요일부터 사순절 시기가 시작된다. 사순절은 '재의 수요일'(Ash Wednesday)부터 부활절 전날(Easter Eve)까지의 40일간, 황야의 그리스도를 기념하기 위해 단식과 참회를 행하는 시기를 말한다. 독일 사람들은 사순절 시기가 오기 전인 이 '장미의 월요일'에 맥주와 와인을 실컷 마시면서 마음껏 즐기며 논다.

수도원 식당은 아치형 천장의 뾰족한 끝부분까지 검은 벨벳 천으로 완전히 덮여 있었다. 돌기둥을 따라 켜져 있는 노란 촛불들은 황금빛 불꽃을 내며 타올랐다. 촛불에서는 꽃향기와 죽음의 냄새가 났고, 어두운 방 안에는 완벽한 침묵이 감돌았다. 무거운 오크나무 문을 통해 들어온 수사들이 그들에게 익숙한 장소로 움직일 때 그들의 비단 예복에서 나는 바스락거리는 소리가 마치 멀리서 불어오는 바람소리처럼, 또는 석호에 부딪혀 일렁이는 파도의 물거품소리처럼 들려왔다. 검은 천으로 덮인 넓은 탁자 위에는, 수사들이 잠정적으로 에름란트를 다스릴 만하다고 판단하는 인물의 이름을 적어 넣기 위한 펜과 잉크와 종이가 각각의 수사 앞에 놓여 있었다.

긴 백발을 어깨 위까지 늘어뜨린 가장 나이 많은 한 수사가 맨 앞줄 자기 자리에서 일어났다. 그는 조용히 떨리는 목소리로 말했지만, 그 말은 분명하고도 또렷해서 수도원 식당 가장 구석진 곳에서도 들을 수 있었다.

"파비안 폰 롯사이넨 주교께서 돌아가셨습니다!"

수사들이 등받이가 높은 나무 팔걸이의자에서 일어나 두 손을 모으고 절을 했다. 말없이 그들은 돌아가신 주교를 회상했다. 공기 중에는 아무런 움직임도 없이 초가 조용히 타올랐고, 커다란 조종(弔鐘)에서는 느리고 음울한 소리가 울려 퍼졌다. 모래시계의 한쪽 깔때기에서 다른 쪽 깔때기로 꼭 절반의 모래가 옮겨질 때까지 울리던 종소리가 수줍은 듯 떨리는 음색과 함께 사라져 갔다.

수사들이 편안한 자세로 다시 앉았다. 가장 나이 많은 수사만이 여전히 선 채로, 조용히 귀 기울이고 있는 수사들을 향해 말했다.

"비밀투표로써 우리들 가운데서 총장 대행을 결정해야 합니다. 새로운 주교가 교회 연단에 오를 때까지 에름란트의 운명은 그의 손에 달려 있을 것입니다!"

오랫동안 아무 소리도 나지 않았다. 잠시 후 종이의 바스락거리는 소리가 들렸고, 한 사람의 이름을 적기 위해 수사들은 손에 펜과 잉크를 쥐었다. 모든 종이가 탁자 위에 포개어 놓이자, 연설자가 전임 주교의 홀장을 잡고 종이들을 모았다. 그는 떨리는 손으로 그것들을 펼쳐 놓고 분류하기 시작했다. 그의 쇠약한 입술이 그 이름들을 속삭였다. 호기심으로 주의를 기울이던 수사들은 자기 자리에서 몸을 앞으로 기울여 숨을 죽이고, 마음속으로 잔뜩 기대감을 품은 채 그 최종 결정을 기다렸다.

"프라우엔부르크 교회 총회에서 에름란트의 총장 대행으로 니콜라우스 코페르니쿠스를 선출했습니다."

크고도 분명하게 이 말이 강당 안에 울려 퍼졌다. 연설자가 손짓으로 수사들 가운데 한 사람에게 올라와서 투표 용지들을 재검토해 줄 것을 부탁했다.

"니콜라우스 코페르니쿠스!"

그 수사는 분명하고도 엄숙하게 반복해서 말한 뒤 자기 자리로 다시 걸어 돌아갔다. 반가워하는 얼굴과 실망한 얼굴들 모두가 에름란트를 다스릴 사람으로 대다수에 의해 선출된 인물이 어떤 사람인지 찾았다. 그는 문 옆 맨 뒷줄에 겸손하고도 삼가는 태도로 앉아 있었는데, 의자에 기대고 앉아 고개를 숙인 채 미동도 하지 않았다. 그의 손은 아름답게 조각된 의자 팔걸이를 꽉 쥐고 있었다. 천천히 그의 몸이 움직이기 시작했다. 마치 그의 어깨 위에 놓인 임무의 무게를 이미 느끼고 있는 듯 그는 어렵게 자리에서 일어났다. 그가 연설을 하기 시작했을 때 커다랗게 뜬 그의 눈은 노란 촛불의 조용한 빛을 찾았다.

"여러분들이 하신 선택을 저는 진심 어린 신뢰로 느낍니다. 이 신뢰는 제게 부여된 높은 명예입니다. 그렇지만 저는 여러분께 제가 숙고할 하룻밤의 말미를 요청합니다. 내일 아침 첫 종이 울릴 때 프라우엔부르크 총회에서 제 결정을 말씀드리겠습니다!"

그는 휘장이 쳐진 그 방에서 가장 먼저 나갔다. 교회 앞 정원을 가로질러 자신이 사랑하는 북서쪽 탑 안의 방으로 올라갔다. 매서운 서리가 그의 방 창문 위에 마법처럼 얼음 꽃을 그려 놓았고, 하늘을 에워싼 달과 별들의 수정 같은 빛이 무수한 황금의 점들처럼 반짝였다. 이날 밤 내내 코페르니쿠스는 평화로이 잠을 잘 수도, 일에 집중할 수도 없었다. 안절부절 못하며 이리저리, 이곳저곳을 서성거렸다. 그는 새 불꽃을 일으키기 위해 화로에 바람을 불어넣었다. 손이 차가워 따뜻한 돌 위에서 손을 녹였다. 손도 대지 않은 측정 도구들과 목재 각도기가 그대로 벽에 걸려 있었고, 아무것도 쓰여 있지 않거나 뭔가가 온통 쓰인 몇 장의 종이가 탁자 위에 아무렇게나 놓여 있었다. 그의 손가락들은 다시 일을 하기 위해 깃펜을 집어들 수가 없었다. 아무 소리도 없이 모래가 시계 속에서 흘러 떨어졌다. 크고 둥근 초가 타서 점점 낮아지더니 슈욱 하는 소리를 내며 심지에서 마지막 불꽃마저 사라졌다. 흔들거리는 붉은 화롯불의 그림자만이 유령처럼 방 안을 배회했다. 그의 발걸음 소리가 나무 마루 위에서 공허하게 울렸다.

"내가 만약 루카스 바첼로데라면 나는 그들의 선택과 그 임무를 기쁘게 받아들일 거야. 그렇지만 오래 전에 내 마음은 별들을 선택했고, 완성해야 할 큰 연구가 여전히 남아 있어!"

코페르니쿠스는 혼잣말로 중얼거렸다.

그는 여러 해 전에 자신이 발견한 것을 적어 둔 문서들을 넘겨 보았다. 어

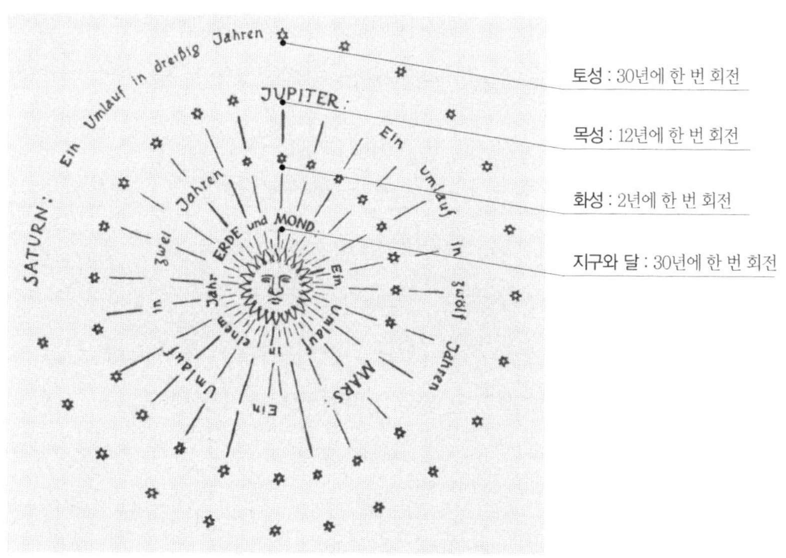

떤 그림 한 장을 마지막으로 어루만지고 있는 바로 그 순간, 그에게 모임에 참석해 줄 것을 요청하기 위해 급사가 탑의 방 안으로 들어왔다.

그가 그 종이를 한쪽으로 치워 별들의 세계가 자취를 감춰 버렸을 때에는 이미 이른 아침의 빛이 얼어붙은 창문에 머물고 있었다. 불이 오래 전에 꺼져 있었기 때문에 난로는 완전히 차가웠다. 그는 자신이 떨고 있음을 깨달았다. 그렇지만 창문을 활짝 열어젖혔다. 저 멀리 아래쪽에 오두막집들이 있었다. 그곳에 사는 사람들은 깨어나기 직전의 마지막 잠을 한창 자고 있었다. 꿈결 같은 침묵 속에서 석호의 물은 더 이상 둑으로 밀려오지 않고 두꺼운 얼음장 밑에서 굼뜬 상태로 있었다. 그는 프라우엔부르크에서 알렌슈타인, 그리고 브라운스베르크에서 하일스베르크에 이르는 에름란트의 도시와 여러 마을과 촌락에 살고 있는 사람들에 관해 생각했다. 그는 그전 어느 때보다도 강하게 그들의 근심과 결핍을, 그리고 그들의 희망과 신뢰를 느끼고 있었다. 이 땅에 대한 사랑이 그 안에서 샘솟았고, 격려가 담긴 요구들이 동시에 느껴졌다. 사람들을 위한 일보다 별들을 위한 일에 더 큰 가치를 부여할 수 있을까? 조용히 연구에 매진해야 한다는 소명을 다시 지연시키고서, 자신을 다시 한 번 대중들의 시선 가운데에 놓아 두는 일을 떠맡을 수 있을까? 그 앞에는 지사로서 알렌슈타인을 두루 돌아다니는 동안 자신이 기쁨을 안겨 주었던 모든 사람들의 얼굴이 떠올랐다.

이른 아침 해가 하늘로부터 지붕과 거리, 그리고 눈 덮인 들판 위로 빛을 던져 주었다. 그 빛은 고요한 숲과 잔잔한 바다에서도 넘쳐났다. 그 순간 니콜라우스 코페르니쿠스는 그가 자신만을 위한 삶을 살 수 없음을 알았다. 떨리는 손가락으로 그는 자신의 결정을 적어 넣기 위해 종이와 펜을 만지작거렸다. 그의 얼굴에는 기쁨과 고통이 함께 서려 있었고, 그것은 진기한 아름다움을 보여주고 있었다. 그는 작은 은빛 종을 쥐고 흔들었다. 발걸음 소리가 가까워졌고, 그가 방에 들어서는 하인에게 접은 종이를 주었다.

"첫 종이 울리기 전에 이 종이를 가장 연로한 수사께 가져다 드려라!"

마침내 종이 울리기 시작했을 때, 그 소리는 깨어나고 있는 이 땅 멀리까지 니콜라우스 코페르니쿠스의 이름을 울리고 있는 듯했다. 이 소리를 들은 에름란트의 총장 대행은 천문학에 관한 자신의 연구 자료를 덮고 그 연구함을 자물쇠로 잠갔다. 그리고 돌아가신 주교의 묘지 앞에서 맹서를 하기 위해 교회로 갈 채비를 했다. 거기서 그는 총장의 권능을 상징하는 표지를 부여받을 것이다.

알렌슈타인의 지사였던 몇 해 동안과 마찬가지로, 그는 에름란트를 둘러보면서 다시 한 번 명령과 상벌을 내릴 일에 관해 살폈다. 그는 능숙하고도 총명하게 불만 사항들을 해결해 주었고, 기사단 최고 사령관뿐만 아니라 프러시아와 폴란드 왕들에게 맞서 에름란트의 자유를 수호했다. 또한 가난한 이들의 비참한 처지를 개선하기 위해 자신이 할 수 있는 모든 일을 하면서 특별히 그들에게 관심을 기울였다.

그는 자주 가난한 이들이 사는 곳을 둘러보면서 빵 값이 너무 비싸다는 신랄한 불평도 들어주었다. 그곳에서 뺨이 움푹 들어가고 아무런 빛도 반짝이지 않는 멍한 눈을 한 굶주린 아이들을 만났다. 그들의 절박한 요구를 듣고 그는 눈물을 흘렸고, 어떻게 하면 빵의 가격을 가장 잘 조절할 수 있을지 오랫동안 생각했다. 서로 다른 종류의 곡물들에 눈을 돌렸고, 1부셀* 당 얼마만큼의 빵을 구워 낼 수 있는지를 꼼꼼하게 따져 보았다. 또한 빵집을 불시에 방문해서 제빵에 관한 책을 살펴보거나 소금, 누룩 반죽, 빵을 데우고 운반하는 데 소요되는 총액을 계산하기도 했다. 여러 날 밤을 새워가며 자신이 돌아다니며 수집한 모든 정보를 가지고 연구했다. 그러고 나서 특별 파견자로 하여금 모든 도시와 마을의 게시판에 걸도록 할 새로운 법률을 공포하기 위해 준비했다.

가난한 사람들은 폭리와 부풀려진 가격을 끝장낼 것이라는 내용의 포고문을 읽었다. 그들은 봉인과 서명으로써 그 법률의 유효성을 담보해 준 총장 대행의 이름을 읽었다. 니콜라우스 코페르니쿠스라는 이름은 그들에게 확신과 신뢰감을 심어 주었고, 그들의 가혹하고 비참한 처지에 위안의 빛을 주었다.

수사가 밤늦게 교회 마당을 가로질러 탑 방으로 돌아올 때 자박자박 눈 밟는 소리가 크게 들렸다. 그는 총장 대행 신분일지라도 이 방을 놓치고 싶지 않았다. 둥근 보름달이 하늘에 떠 있었고, 잠든 도시의 골목길과 집들은 동화의 나라로 변한 듯했다. 잠시 동안 니콜라우스는 깊이 숨을 들이쉬고

---

*부셸(bushel) _곡식 따위의 계량 단위. 8갤런, 36리터.

그를 둘러싸고 있는 평화와 고요함에 빠져들었다. 그러고 나서 천천히 탑의 가파른 계단을 올라 문을 열고 방 안에 발을 들여놓았다.

어스름한 방 안의 어둠 속에서 한 사람이 그에게 다가왔다.

"닉, 마침내 왔군!"

코페르니쿠스는 토룬에서 온 어릴 적 친구를 알아봤다.

"티데만!"

너무나 놀라 그는 소리쳤고, 곧 난로에서 타다 남은 불로 초를 켰다. 그러고는 친구의 어깨를 붙들고 그의 얼굴에 촛불을 비쳤다.

"티데만!"

그는 다시 한 번 친구의 이름을 불렀고, 탁자 위에 초를 놓고는 지하실로 달려갔다. 숨을 헐떡거리며 그는 잔 두 개와 술병 하나를 손에 들고 돌아왔다. 황금빛이 반짝거리는 와인이었다. 술잔이 은빛 음색을 내며 짤랑 부딪쳤고, 단숨에 비워졌다.

"자네 무척 심각해 뵈는군, 티데만. 무슨 근심거리가 있어서 내게 온 건가?"

손님이 고개를 흔들고는, 어색하게 자세를 바꾸며 잔 속의 마지막 작은 방울마저 마시고 나서 이렇게 말하기 시작했다.

"자네 페르디난드 마젤란*이라는 이름의 포르투갈 사람을 기억하나, 닉?"

"마젤란이라……페르디난드 마젤란?"

코페르니쿠스는 그 이름을 되뇌며 손으로 눈과 이마를 문질렀다.

"생각 좀 해보세, 티데만! 내가 총장 대행으로 하고 있는 여러 일 때문에 정신이 완전히 오락가락하는 모양일세. 온종일 아침부터 밤까지 싸움과 정치, 비참한 일과 불평하는 소리뿐이라네. 가만 있자! 마젤란이라……페르디난드 마젤란?"

그는 손과 팔꿈치로 머리를 받치고 흔들거리는 불꽃을 응시했다. 그러다 갑자기 얼굴에 미소를 띠며 일어나 활기찬 모습으로 이렇게 말했다.

"그 사람 3년 전에, 분명히 1519년이었을 거야, 지구 일주 항해를 시도한 이 아닌가?"

티데만이 고개를 끄덕였다.

"그 일행이 고향 포르투갈로 돌아온 게 얼마 안 됐네."

"그럼 마젤란 그 사람은?"

"그 사람은 필리핀에서 살해당했네!"

"더 아는 건 없나? 밤을 새우더라도 자네 내게 모든 걸 다 말해 줘야 하네, 티데만! 그건 내가 계산하는 데 중요한 것일지 몰라!"

"그게 바로 내가 알렌슈타인에서 자네에게 온 이유야. 그들의 과감한 항해 이면에 뭔가 풀리지 않는 의문이 숨어 있어. 만일 누군가 그 문제를 풀 수 있다면, 바로 자네야말로 그 일을 해낼 유일한 사람이야!"

코페르니쿠스는 재빠르게 손사래를 치며 친구의 찬사를 사양했다.

"의문이라고?"

그는 잔뜩 긴장해서 물었다.

"그리도 열정적인 선원들이 그 배에서 감히 내릴 생각을 못했다는 거야. 그 사람들은 심각하게 불안한 상태야."

"이해할 수 없군. 그들은 찬사와 영예를 받으며 귀향하지 않았나?"

"3년간의 항해 동안 내내 보관된 서류와 해도(海圖)에서 뽑아낸 그들의 항해 일지에는 하루가 누락돼 있어. 그걸 설명할 수가 없어. 그렇지만 그들의 기록은 정확하단 말이야."

"하루가 누락돼 있다? 하……루……가 누락돼 있다?"

코페르니쿠스는 반쯤 차 있는 술잔을 옆으로 치우고는, 벽장을 열고 커다란 지도 한 장을 꺼냈다. 거기에는 당시까지 알려져 있던 지구의 모든 나라들이 그려져 있었다. 그는 황급히 그 두루마리 지도를 풀어서 마루 위에 펼쳐 놓았다.

"자네 그 포르투갈 인들의 항해 경로를 그릴 수 있겠나? 다시 한 번 정확히 들어야만 하겠네."

"1519년 8월 10일에 마젤란이 범선 다섯 척으로, 과달키비르로 들어가는 관문의 항구 도시 산 루카르를 떠났네. 운 좋게도 그는 남쪽 바다로 가는 통로를 발견하고 그것에 태평양이라는 이름을 붙였지. 항해 동안 좋은 날씨만 만났기 때문이야. 곧 뒤이어서 그는 필리핀을 발견했고, 동료 몇 사람과 함께 살해되었네. 다른 사람들은 항해를 계속해서 1522년 말에, 마지막 남은 배를 타고 아프리카를 돌아서 산 루카르 항에 도착했지. 이게 최초의 세계 일주 항해였어. 그들이 이 항해를 하는 데 3년이 걸렸지!"

코페르니쿠스는 그 용감한 선원들의 이동 경로를 목탄 연필로 따라 그리며 지도 위로 몸을 숙였다. 말없이 그는 티데만의 얘기가 계속되기를 기다렸다.

"그런데 이 항해 뒤에도 지구가 구체라는 걸 믿지 않는 사람들이 여전히 많네. 그들은 지구의 아래 쪽 절반 부분에 사는 사람들은 거꾸로 매달려 있어야만 한다고 말하지. 그게 어떻게 가능한 일인가? 아래쪽 세계 사람들은 지옥으로 떨어진 꼴이 아닌가? 그들은 여전히, 원반 모양의 달 쪽으로 솟아 있다고 생각하는 '낙원의 산' 전설에 관해 이야기하고 있네. 오늘날까지 여전히 그들은 공중으로 코끼리를 나를 수 있는 독수리와, 수백 개의 머리가 달리고 여섯 개의 사지와 무시무시한 영혼을 지니고 있으며 가슴에 눈이 있고 터키 기병만큼 긴 발톱을 가진 사자와 뱀이 있다고 믿고 있네. 잃어버린 하루에 대한 의문 때문에 이 사람들의 상상력이 더 심해져서 더욱 미신을 믿고 두려움을 갖게 된 거야. 나는 이 비밀을 풀어 보려고 이미 여러 날 밤을 바쳤네. 마침내 난 더 이상 견딜 수 없어서 자네에게 오지 않을 수 없었어. 자네가 이 수수께끼를 풀어야만 해. 나는 자네가 이 일을 할 수 있을 거라고 절대로 확신하네, 닉!"

코페르니쿠스는 여전히 목탄 연필로 포르투갈 인들의 항해 경로를 추적하고 있었다.

"그들은 서쪽으로 항해했어!"

그는 말했다.

"항상 서쪽으로 항해했어!"

그는 흥분해서 마루에서 뛰어 일어나 방 안을 이리저리 바삐 걸어 다니더니, 탁자 쪽으로 걸어가서 종이 한 장에 아치 표시 하나를 그려 넣고 숫자들을 적었다. 그는 티데만에게 걸어가서 그의 어깨를 움켜잡더니 있는 힘껏 흔들어 댔다. 그의 눈은 빛났고 헝클어진 그의 머리칼은 높은 이마 위로 늘어뜨려져 있었다.

"태양, 태양이야!"

그는 쉰 목소리로 속삭였다.

"태양은 어디서 나타나는 것처럼 보이나, 티데만?"

"동쪽이지. 어린애도 아는 일이지. 그 질문이 잃어버린 하루의 비밀과 무슨 상관이란 말인가?"

"동쪽이야, 그렇지. 그런데 태양은 서쪽으로 지는 것처럼 보이지!"

또다시 그는 바다를 나타내는 파란 부분과 육지를 나타내는 밝은 색 부분으로 되어 있는 지도 위로 몸을 구부렸다. 그는 그 두려움 없는 선원들과 똑같은 생각을 가지고 다시 한 번 범선들의 항해를 추적했다. 말없이 탁자 앞에 앉아서, 종이에 바싹 촛불을 끌어다 놓은 뒤 삼각자와 목탄 연필을 손에 쥐고는 적고 그리기 시작했다.

한 장 또 한 장의 종이에 숫자와 기호들이 채워졌다. 그러다 잘못되면 종이 한 장이 마구 구겨진 채 마루 위에 떨어졌다. 그는 손이 닿을 수 없는 곳으로 되도록 멀리 그 종이를 차 버렸다. 그의 입술은 끊임없이 움직였지만, 그가 말하는 것은 알아들을 수 없는 중얼거림일 뿐이었다. 이따금 그가 깊은 숨을 내쉬어 촛불이 깜박거리다가 거의 꺼질 지경이 되었지만, 다시금 꼿꼿이 일어나 안정된 불꽃으로 계속 타올랐다.

그는 손도 대지 않은 채 곁에다 놓아둔 와인이나 어릴 적 친구 티데만, 마루 위의 지도, 난롯불 같은 자기 주변의 모든 것을 잊어버렸다. 모래시계 속 모래가 이미 오래 전에 밑으로 다 떨어진 것도 알아차리지 못했다. 시간과 세상이 정지해 있는 것처럼 보였다. 목탄 연필을 쥐고 있는 그의 손가락만이 열기에 가득 찬 채, 탁자 위에 무질서하게 놓인 종이 위를 움직이고 다녔다.

오랜 시간이 지난 뒤 코페르니쿠스는 고개를 들어 크고 분명한 소리로 말했다.

"그건 태양과, 태양 주위를 도는 지구의 움직임 때문임이 틀림없어, 티데만! 태양과 함께 시간은 항상 오고 가는 거야!"

그는 친구의 응답을 기다렸으나 허사였다. 그가 방 안을 둘러보았을 때 여독에 무척이나 지친 그의 손님은 캠프용 간이침대에서 몸을 쭉 뻗고, 고요한 가운데 규칙적인 숨소리를 내고 있었다. 코페르니쿠스는 미소를 지었다. 그리고 일어나 장롱에서 덮을 것을 한 장 꺼내 조심스러운 동작으로, 잠자고 있는 티데만의 몸 위에 덮어 주었다.

"잘 자게, 친구!"

그는 조용히 미소를 지으며 말했다.

"자네는 수사의 쉼터를 빼앗은 게 아니야. 그 사람은 꿈을 꾸며 잠잘 시간이 없어. 잃어버린 하루의 수수께끼가 풀릴 때까지 그는 평화를 얻을 수 없네. 잘 자게, 티데만!"

발끝으로 걸어서 탁자로 돌아온 그는 초의 불빛 때문에 잠자고 있는 친구가 방해받지 않도록 그 앞에 높은 책을 똑바로 세워 놓았다. 그러고 나서 또다시 손에 연필을 쥐고는 썼다 지우고 다시 쓰기 시작했다가, 오랫동안 쓰고 계산하고 생각했던 것을 지우기도 했다.

바깥에서는 이 시골 지방으로 밤이 점점 더 가까이 찾아오더니 다시 서서히 물러갔다. 달과 별들이 제자리를 찾아들었고, 북서쪽 탑은 하늘 속에서 점점 더 뚜렷하고 날카롭게 제 윤곽을 그려 넣고 있었다.

늦은 아침 티데만이 깨어났을 때, 그는 탑 높은 곳에 있는 천문학자의 연구실에 홀로 있었다. 당황해서 그는 주위를 둘러보았다. 우선 자신이 어느 곳에 있는지를 기억해 내야만 했다. 그는 친구가 계산에 열중하고 있는 동안 잠에 곯아떨어진 자신이 부끄럽고 짜증이 났다. 자리에서 일어나 탁자 쪽으로 걸어갔다. 자기 이름이 쓰여 있는 종이 한 장에 눈이 갔다. 호기심으로 그것을 손에 들고 읽었다.

사랑하는 친구, 티데만!

총장 대행 직무 때문에 나는 그라우덴츠로 가네. 자네는 내가 돌아올 때까지 기다릴 필요가 없네. 탁자 위에 말아 놓은 종이들을 가지고 알렌슈타인으로 가게. 계산을 해냈네. 지구를 서쪽으로 돌아 여행을 하는 사람은 하루를 벌게 되지. 거기에는 어떤 신비로움도 숨어 있지 않네. 지구의 움직임과 함께 태양에 그 원인이 있어. 자네가 사람들과 이야기하는 걸 마치면 이 종이들을 도로 가지고 와서 급사를 통해 내게 보내 주게.

닉.

잠시 뒤 티데만은 새로 고삐를 단 편안한 말을 타고 알렌슈타인으로 향하는 길 위를 달리고 있었다. 그의 뒤쪽에서 외투가 바람에 흩날렸고, 머리칼은 1월의 찬 기운 속에서 휘날렸다. 그의 가죽가방 속에는 친구의 온갖 계산이 쓰여 있는 두루마리가 들어 있었다. 결연히, 그는 허벅지에 힘을 주면서 조심스럽게 말을 몰아 정확한 경로를 밟아 달려서, 세상의 절반을 혼란 속으로 몰아넣었던 수수께끼를 풀어 놓은 문서를 사람들에게 읽어 주기 위해 더욱 서둘러 알렌슈타인에 도착했다.

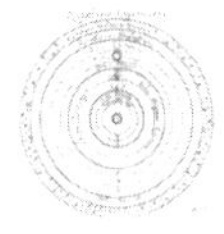

이해 여름이 끝나고 들판에서 수확을 할 때, 단치히 혈통의 새로운 주교 마우리티우스 퍼베르가 호화롭고도 화려한 행렬과 함께 프라우엔부르크 성으로 들어왔다. 앙칼진 얼굴 속의 눈빛이 딱딱하고 엄격해 보여서, 사람들은 그를 만날 때마다 두려움을 느꼈다. 축제 분위기로 장식된 옥좌가 있는 방에서 코페르니쿠스는 자신의 행정 업무에 관해 설명을 했다. 이제는 천문학에 관한 연구와 관심에 모든 힘과 시간을 쏟아 부을 수 있게 될 것이라는 생각에 그의 목소리는 행복하고 밝았다. 그는 일의 압박에서 해방되었음을 느꼈고, 명예롭지만 무거운 에름란트 총장 대행이라는 직함을 지녔던 이전 몇 달간보다 더 꼿꼿이 서서 걸으며 깊은 숨을 들이쉬었다.

마우리티우스 퍼베르는 말없이 보고를 들었다. 그는 수사의 업무와 관련하여 비판할 게 아무것도 없음을 알았다. 장부들은 잘 정리돼 있었고, 재무 상태도 매우 좋아 보였다. 모든 창고에는 지붕 꼭대기까지 곡물이 쌓여 있었다. 게다가 프라우엔부르크로 들어오면서 행복한 표정으로 만족해하는 사람들의 얼굴을 보았던 것이다. 몇몇 믿을 만한 친구들을 통해 은밀히 알아보았을 때에도, 들리는 건 온통 총장 대행의 활동에 대한 칭찬과 인정 일색이었다.

새 주교의 오므라진 입술이 열렸으나 그 말 속에는 냉정함이 서려 있었다. 그 냉정함이 어찌나 차가운지 코페르니쿠스가 충격을 받을 정도였다. 그는 칭찬이나 인정을 구하고 있지 않았다. 그가 한 일은 응당 해야 할 일이었다. 그러나 들리는 목소리는 예상보다도 가혹했다.

"내가 당신의 업무를 검토해 보았지만 비판할 점은 없었소. 당신이 이전 수사의 직무로 돌아가는 것을 허락하기 전에, 나는 당신에게 말로건 글로건 교회에 반하는 연구를 하지 말 것을 경고하지 않을 수 없소. 이상한 얘기들을 들었소, 코페르니쿠스. 나는 당신이 진실로 이 나라의, 아니 아마도 전 유럽의 다른 어떤 사람보다도 천체에 관해 더 잘 이해하고 있다고 알고 있소. 그러나 만일 당신이, 태양이 고정되어 있고 지구가 움직인다고 가르친다면, 나는 그것을 반역이라 부를 것이오. 나는 당신에게 경고하오, 니콜라우스 코페르니쿠스!"

그는 자신의 손을 들어 반지를 내밀면서 수사에게 키스하도록 했고, 종을 흔들어 하인에게 코페르니쿠스를 방 밖으로 안내하도록 분부했다. 키가 크고 앙칼지게 생긴 주교는 촛불과 깃발 사이에 서서 아무 움직임도 없이, 방을 나가는 수사를 바라보았다. 방문이 조용히 닫히자 그는 문을 잠그고 커튼을 열어젖힌 뒤 그곳에 웅크리고 숨어 있던 자에게 지시했다.

"네 임무를 알겠지, 호시우스?"

"저 수사를 관찰하고 그가 쓰고 있는 비밀스러운 책의 내용을 알아내는 것입니다."

호시우스라는 염탐꾼이 소리 없이 방을 나갔다. 조용히 커튼을 열고 그가 사라지자 그 뒤에서 일어나는 바람에 깃발과 촛불이 일렁였다.

코페르니쿠스는 연구에 매우 깊이 몰두해 있었다. 그는 주교의 말에도 전혀 두려워하지 않았다. 스물다섯 살 난 학생이었을 때 그는 이미 로마에서 첫 강의를 시작할 정도로 용기가 있었다. 이제 오십 살이나 먹은 사람으로서 무엇을 두려워하겠는가?

여러 해가 지났고, 겨울과 여름 폭풍우가 프라우엔부르크 대성당 북서쪽 탑 주위로 강한 바람을 수없이 휘몰고 갔다. 별들의 움직임에 관한 코페르니쿠스의 저서는 훨씬 더 완성도 높게 무르익어 갔다. 참으로, 주교의 말은 코페르니쿠스가 더욱 더 조심스러워진 것 이상 아무것도 얻지 못했다. 절대로 그는 자신의 문서들을 아무 곳에나 놔두지 않았다. 지방을 여행할 때에도 가죽가방 안에 그것들을 숨겼고, 그 가방에서 절대로 눈을 떼지 않았다. 그는 가장 신뢰하는 친구들하고만 자신의 연구 진척 상황과, 의심할 바 없이 분명하게 진리에 다가간 발견들에 관해 토론했다. 어떤 두려움이나 위협도, 어떤 요구나 명령도 그가 레슬라우 교회 학교 시절 이래 추구해 온 그 길에서 그를 돌려놓을 수 없었다. 그 학창 시절 동안 그는 자신의 운명이 별들을 향해 있음을 분명히 알아차렸다. 세상이 프톨레마이오스의 오류를 그대로 따르고 있으며, 자신이 그 암흑의 길에서 벗어나 진리의 밝은 빛으로 세상을 인도하고 싶어 한다는 것을 알고 있었다.

그는 프라우엔부르크의 탑 방으로 물러나 있었고, 홀로 말없이 지내고 있었지만, 도시와 지방 곳곳에서 그리고 전 유럽에서 그에 관한 여러 소식들이 오가고 있었다.

"에름란트 프라우엔부르크 시의 수사 니콜라우스 코페르니쿠스가 천체 행성의 움직임에 관해 새로운 내용을 계산해 냈대!"

대학 강의실에서는 이집트의 프톨레마이오스, 그리스 학자 피타고라스와 함께 그의 이름이 나란히 언급되었다. 학자들은 마인츠와 누렘베르크의 가장 유명한 인쇄소에서 프라우엔부르크의 천문학자가 펴낸 책이 있는지를 물었다. 코페르니쿠스는 자신의 조용한 거처에서 전 유럽으로부터 오는 편지를 받았는데, 편지의 내용은 모두 그의 책을 출판할 수 있도록 넘겨 달라고 간청하는 것이었다. 그러는 와중에도 코페르니쿠스는 주위의 어떤 소동에도 영향 받지 않았다.

"아직은 아니야!"

그는 앉아서 계산을 하면서 혼잣말을 했다. 여전히 의문과 확신의 결여로 시달리고 있었고, 그래서 새로운 진실을 구하고자 했다. 이런 이유로 그가 발견한 것들의 일부만이 대중의 귀에 전달되었다.

어떤 사람들은 그를 아무리 칭찬해도 부족함을 느꼈다. 그들은 그의 지식에 감탄했고, 그에 관해 이야기하면서 스스로 더 깊이 겸손해졌다. 다른 이들은 그를 바보라고 놀렸다.

"움직이는 게 태양이라는 건 어린애라도 알 수 있어."

그들은 비웃으며 떠들어 댔고, 입술을 뒤틀면서 그의 이름을 조롱하듯 불렀다.

그러는 동안에도 코페르니쿠스는 탑 방에 앉아서 연구를 계속했다. 그는 숭배나 조롱 그 어느 것에도 신경 쓰지 않았다. 칭찬도 웃음도 요구하지 않았다. 지구 위 높은 곳에 있는 하늘의 별들이 그의 손이 닿지 않을 만큼 먼 경로를 움직이듯, 사람들의 여론도 그의 은신처에 손댈 수는 없었다. 그는 사람들이 자신에 관해 생각하거나 말하는 것에 아무 관심도 두지 않은 채 측정하고, 계산하고, 관찰했다.

온갖 현란한 볼거리와 함께 에름란트 전역에서 축제가 펼쳐졌다. 남자들과 여자들과 아이들이 가면을 쓰고 거리와 광장에서 춤을 췄다. 이른 아침 시간까지 선술집에서는 음악이 흘러나왔다. 엘빙의 식자인 빌헬름 그나페우스 박사는 아주 재미있는 장난을 생각해 냈다. 한 비밀스러운 선술집의 구석방에서 그는 친구들을 모아 놓고, 머리를 맞대고 각자 가지고 있는 생각들을 작은 소리로 서로에게 이야기하도록 했다. 에름란트의 작은 마을에서는 여러 해 동안 보지 못했던 우스꽝스러운 흉내 내기가 엘빙에서 곧 벌어질 예정이었다. 프라우엔부르크에 살고 있는 수사 가운데 이상한 말들이 아주 많이 오가는 미치광이가 있지 않던가? 그나페우스 박사는 오른손으로 잽싸게 동작을 취해 조용히 하라고 하면서 친구들에게 자기 계획을 밝혔다. 주체할 수 없는 웃음 때문에 그의 말은 자꾸만 끊겼다. 사람들은 자신들의 허벅지를 찰싹 때리며 자리에서 벌떡 일어났고, 그들이 벌이고자 하는 놀이에 스스로 매우 고무되었다. 한껏 경탄하고 인정해 주면서 그들은 그 총명한 박사의 어깨를 두드렸고, 그날 밤 늦게 선술집을 나와서 흔들거리는 걸음으로 귀가 길에 오르면서도 여전히 키득거리고 있었다.

사순절 전 월요일에 코페르니쿠스는 무거운 썰매를 타고 엘빙을 여행하고 있었다. 그는 또다시 다른 수사들로부터 중요한 사무를 위탁 받았고, 석호 옆에 있는 마을들에서 집으로 돌아가는 중이었다. 엘빙의 한 선술집에서 뜨거운 와인 한 잔을 마실 작정이었다. 마침 추운 날이어서 그는 팔팔한 말을 몰아 프라우엔부르크를 향해 여행하고 싶었다. 예복 위에 길고 두꺼운 털외투를 입고 있어서 아무도 그를 알아볼 수 없었다. 그가 장터에 왔을 때 군중들이 너무나 빽빽이 들어차 있어서 마부는 말을 멈춰야만 했다. 마부가 어떻게 했으면 좋겠느냐는 몸짓을 하며 코페르니쿠스를 돌아봤다.

"나으리, 군중들이 흩어질 때까지 기다려야겠습니다! 오늘은 사순절 전 월요일이어서, 엘빙에서는 연례 축제 행렬이 있습니다! 뒷골목으로 돌아서 갈깝쇼?"

"썰매를 약간 옆으로 몰아서 사람들이 하고 있는 바보 게임을 즐기게 나. 사람들이 흩어질 때쯤 해서 이 도시 남쪽 관문에서 자넬 기다리고 있겠 네!"

코페르니쿠스는 마차에서 일어나 나와서 그들 속에 섞여 들어갔고 사 람들은 그를 알아보지 못했다. 마술 가면 뒤에서 웃음소리가 들려왔다. 모 르는 사람들이 그의 팔을 붙들고는 잠시 동안 거리로 끌고 갔다. 세상이 미 쳐 버린 듯했다. 성문에서 드룰리샤겐까지, 성 유르겐포르테에서 구시가지 까지, 도처에 흥분한 구경꾼과 행복에 겨운 유람객들이 있었다. 팀파니와 트럼펫 소리가 다른 모든 소음들을 압도해 들려왔다. 가지각색 가면을 쓴 사람들이 광장에서 거칠게 춤을 췄다. 그 한가운데에는 커다란 교수대가 있었다. 바보 복장을 한 남자가 사다리를 오르려 할 때 그게 누군지 알아보 고는 여러 사람들이 이렇게 외쳤다.

"그나페우스 박사다! 그나페우스 박사야!"

커다란 팔 동작을 하며 그는 그 외침을 멈추게 했다. 외침 소리가 서서 히 잦아들었다. 모든 눈이 이 미친 사람에게 고정되었다.

"엘빙 사람들이여! 새로운 예언자가 프라우엔부르크에 나타났다네. 그 는 지구가 움직이고 있고 태양이 움직이지 않는다는 사실을 우리에게 믿게 하고 싶어 한다지!"

웃음의 물결이 잠시 그의 말을 끊었다. 사람들은 목을 더 높이 빼고 그를 보았다. 뒷줄 사람들은 더 잘 보기 위해 의자와 발판을 가져와 그 위에 섰다.

"이건 프라우엔부르크의 예언자가 만든 희극이요!"

너무나 째지는 목소리로 고함을 쳤기 때문에 그나페우스 스스로 민망할 지경이었다.

희한하게 차려 입은 두 사람이 집 밖으로 나와 광장으로 가면서 춤을 췄다. 한 사람은 눈부시게 빛나는 가운으로 몸을 가리고, 얼굴에는 황금색 빛줄기들이 둘러싼 듯한 화관 모양의 가면을 쓰고 있었다. 그녀는 반짝거리는 글자로 '태양'이라고 적힌 표지판을 손에 들고 있었다. 또 한 사람은 길고 검은 가운을 입고 당나귀 머리 모양의 가면을 쓰고 있었다. 그의 목에 두

른 판자에는 어린애가 쓴 것 같은 글씨로 '지구'라고 쓰여 있었다. 아주 이상하게 몸을 뒤틀며 서툰 동작으로 '지구'가 '태양' 주위에서 춤을 추기 시작했다. 갑자기 '태양'이 자기 이마 위에 손을 얹어 놓았다. 마치 뭔가 어려운 문제에 관해 골똘히 생각하는 것 같았다. 그러더니 태양이 가만히 있는 '지구'를 향해 엄숙한 발걸음으로 걸어가 팔을 하늘을 향해 수직으로 내뻗으며 이렇게 소리쳤다.

"너는, 나 태양 주위를 돌며 춤을 춰야 돼. 프라우엔부르크의 수사가 그렇게 하라고 명령했단 말이야!"

'태양'은 처음엔 움직이지 않더니 천천히 걷기 시작해서 조용히 집 안으로 사라졌고, 잠시 뒤 어두운 입구를 통해 다시 나타났다. 그녀는 목에 판자를 매단 당나귀 한 마리를 긴 밧줄에 묶어서 끌고 왔다. 거기에는 굵고 빨간 글씨로 이런 말이 새겨져 있었다.

"나는 프라우엔부르크의 예언자 니콜라우스 코페르니쿠스입니다!"

이때 거친 춤곡이 연주되기 시작했고, '태양'은 광장 주변을 미친 듯이 날뛰는 그 당나귀를 끌고 다녔다. 사람들은 큰 소리로 웃음을 터뜨리며 이렇게 외쳤다.

"어서 춤춰! 춤추란 말이야!"

이번에는 긴 가운을 입은 '지구'가 당나귀 등에 올라타려 했다. 그러나 당나귀가 뒷다리로 발길질을 하며 몇 차례 거칠게 뛰어오르자, '지구'가 눈으로 구르더니 힘겹게 일어나 아픈 엉덩이와 배를 움켜잡았다. 그러고는 신음소리를 내며 무대 입구 쪽으로 사라졌다.

큰 웃음소리가 훨씬 더 커져 광장 안을 어지럽게 뒤흔드는 동안 코페르니쿠스는 군중들 가운데 말없이 서 있었다. 그는 자신의 손이 떨리기 시작하는 것을, 자신을 둘러싼 모든 것이 소용돌이치는 자욱한 안개 속으로 가라앉기 시작하는 것을 느꼈다. 광적인 사람들이 외쳐 대는 소리가 그를 불처럼 타오르게 했다. 마지막 남은 힘을 짜내어 그는 군중들 사이에 작은 통로를 만들며 천천히 나아갔다. 웃음소리가 그를 뒤따랐고, 그것이 그의 이름을 진흙탕 속으로 질질 끌고 들어갔다. 그 웃음소리가 서서히 잦아들 때, 그는 골목길을 통해 남쪽 문으로 비틀거리며 걸어갔다.

그는 말없이 썰매에 올라 지친 손짓으로 마부에게 떠나자고 했다. 근심 가득한 얼굴로 마부는 수사를 돌아보았고, 그의 얼굴이 창백함을 알아챘다.

"나리 어디 편찮으십니까?"

코페르니쿠스는 지친 모습으로 고개를 저었고, 억양 없는 말씨로 이렇게 대답했다.

"그냥 말을 몰아 주게. 할 수 있는 한 가장 빨리 몰아 주게, 프라우엔부르크의 집으로!"

썰매가 덜커덕거리며 나아가더니 깊은 눈 위를 미끄러져 갔다. 부드럽고 가벼운 눈송이들이 잿빛으로 뒤덮인 하늘에서 내려와 마치 매끄럽고 하얀 천처럼 세상을 뒤덮었다. 썰매가 조용한 마을들을 지나 질주하기 시작했다. 천천히 동쪽 지평선 위로 여명이 밝아 왔다. 코페르니쿠스는 손으로 눈을 만졌다. 그는 자신이 눈물을 흘리고 있다고 생각했지만, 그것은 단지 속눈썹 위에 있는 눈송이일 뿐이었다.

며칠 뒤 티데만이 상기된 얼굴을 하고 조용한 탑의 방 안으로 흥분해서 뛰어 들어왔다.

"자네 사순절 전 월요일에 엘빙에서 벌어진 일에 관해 들었나?"

수사는 쓰고 있던 문서에서 잠깐 눈을 떼고는, 잠시 펜을 옆으로 지웠다.

"그 일을 다시 떠올리고 싶지 않네, 티데만!"

그가 부탁했다.

"자네 어떻게 알았나?"

"내 두 눈으로 직접 모두 봤네!"

"자네, 자네가 엘빙에 있었단 말인가?"

코페르니쿠스는 고개만 끄덕일 뿐이었고, 다시 펜을 집어 들었다.

"자네가 그나페우스를 고소해야지! 그 자를 법정에 세워야 해, 닉!"

"아닐세, 티데만! 그냥 내버려 두게! 사람들에게 이해를 강요할 수는 없어. 그 사람들은 볼 수 있는 눈이 없네. 그리고……지식은 모든 이에게 주어지는 은총이 아니라네!"

놀라운 마음으로, 그의 친구는 그 조용하면서도 성숙한 말을 들었다.

"지식은 은총이다!"

이 말에 관해 생각하면서 그는 다시 읊조렸다. 그러나 잠시 뒤 그는 다시 발끈 성을 냈다.

"자네 그 일을 두고 아무것도 하지 않을 작정인가?"

"아 그럼, 티데만!"

"뭐라고?"

이 손님은 매우 당황해하며 물었다. 그는 몸을 앞으로 쭉 내밀고 서 있었기 때문에 코페르니쿠스의 눈을 깊이 들여다볼 수 있었다.

"공부하세, 티데만! 지식이 더욱 분명해지도록 공부하자구! 눈 먼 사람들이 아마도 언젠간 볼 수 있게 해주도록 공부하세나!"

탑 방 안에서는 종이 바스락거리는 소리가 났고, 펜이 그 종이 위를 미끄러져 내려갔다. 티데만은 멍한 상태로 살며시 방을 나와 가파른 원형 계단을 기듯 내려왔다.

"지식은 은총이다!"

교회 그림자 속에서 눈을 밟고 걸으며 그는 다시 한 번 읊조렸다. 마을 풍경 위에 아치처럼 드리워진 하늘이 맑았다. 수많은 별들 사이에 넉넉한 보름달이 위엄 있는 자태로 떠 있었다. 

우주의 법칙은 중앙을 정지시키고
주변의 모든것을 회전시키니
예를 카임으로 모든 움직임이 시작되노라

이 천류로 거룩한 아름다에
다섯것은 없나니
그 사랑과 격려, 쥐의 아와 잎이 내리노라......
마치 화인처럼 시간이 잎의 뿌리를 내리니
바늘 잎, 다른 정비들 훤하게 그러나

10 〈천체의 회전에 관하여〉

1539년 봄, 에름란트는 꽃이 만발한 땅으로 변모했다. 니콜라우스 코페르니쿠스는 프라우엔부르크에 있는 탑 방의 닫혀 있던 창문을 활짝, 아주 활짝 열었다. 방 안으로 불어 드는 산들바람에 실려 오는 감미로운 공기를 깊이 들이마셨다. 창문이 아주 오랫동안 닫혀 있었지만, 이제 그는 석호의 둑 옆에서 위아래로 넘실대며 춤추는 배의 돛들을 감상하고 있었다. 그는 책상 쪽으로 가서 엄청나게 쌓여 있는 문서 더미를 가지런히 정리했다. 조심스럽게 한 장 또 한 장을 오크 책상 위에 올려놓았다. 단 한 장의 종이만이 아무것도 쓰여 있지 않은 채로 있었다. 방 안을 이리저리 몇 번 왔다 갔다 하더니, 무뎌진 깃펜을 들고 저서의 완성을 자축하는 몇 마디 말과 함께, 스스로 자신의 저서에 붙이고 싶었던 제목을 써 넣었다. '천체의 회전에 관하여'

"천체의 운동!"

그는 나직하게 혼잣말을 한 뒤 깡통 하나에서 모래를 조금 꺼내 글자들이 더 쉽게 마르도록 그 위에 흩뿌렸다. 그러고 나서 잔글씨로 가득 차 있는 높은 문서 더미의 맨 위에 제목을 쓴 종이를 올려놓았다. 마치 엄마와 같은 부드러움으로 그가 그 문서 더미를 어루만질 때, 햇빛이 방 안으로 반짝이며 스며들어, 윤곽이 뚜렷이 드러나기 시작한 이 수사의 원숙한 얼굴을 장난스럽게 비추었다. 그의 얼굴에는 수많은 잔주름들이 잡혀 있었고, 가늘어져 가는 머리칼은 햇빛을 받아 황금빛으로 보였다. 수사는 노인이 되어 가고 있었다.

바깥에서는 먼지를 뒤집어쓴 마차의 바퀴가 프라우엔부르크로 들어오는 길의 울퉁불퉁한 자갈길을 덜커덕거리며 달려와 북서쪽 탑 바로 앞에 멈춰 섰다. 우아하게 차려 입은 한 젊은이가 문 안으로 황급히 달려 들어와 구불구불한 계단을 뛰어 올라왔다. 잠시 뒤 그는 수사의 방 입구에 서 있었다. 코페르니쿠스는 의아한 표정으로 그를 바라보았고, 창가에 있는 높은 팔걸이의자 쪽으로 향해 갔다.

"저는 게오르크 요아킴 폰 라우헨입니다!"

방문객이 자신을 소개했다.

"어디서 왔소?"

"비텐베르크의 수학 교수올시다. 저는 그곳에서 레티쿠스*라 불립니다."

"비텐베르크에서? 마르틴 루터의 도시에서 말이요?"

코페르니쿠스는 깜짝 놀라서 물었다. 잠시 뒤 그는 계속해서 말했다.

"당신의 용기가 감탄스럽소. 에름란트의 새 주교 단티스쿠스는 새로운 견해를 따르는 모든 사람들과 좋은 관계에 있지 않은데 말이요!"

방문객은 말없이 고개 숙여 인사하며 속삭이듯 응답했다.

"마르틴 루터 또한 선생님에 관해 불쾌한 태도로 말하고 있습니다, 수사님."

코페르니쿠스는 입을 다물고 말았다. 그는 처음으로 그 사제의 이름을 들었던 날을 떠올렸다. 갑자기 그가 비텐베르크에서 온 이 방문객에게 느꼈던 모든 희망이 시들어 버렸다.

"그가 나에 대해 뭐라 말했소? 두려워 마시오, 당신이 전하는 말 때문에 내가 기분 나빠 하진 않을 것이오. 난 이미 노인이 되었소. 난 이런 식의 부당한 일도 견딜 수 있을 만큼 충분히 인생을 살았소."

레티쿠스는 잠시 망설이더니 주저하며 말하기 시작했다.

"어느 날 저녁 만찬에서 저는 루터와 같은 자리에 앉게 되었습니다. 우린 천문학 기술에 관해 이야기를 나눴습니다. 많은 사람들의 이름을 말했습니다. 그런데 선생님에 관한 얘기가 나오자 루터가 이렇게 말했습니다. '프라우엔부르크의 그 바보는 하늘을 온통 혼돈으로 가득 차게 하고 싶어해!' 라고 말이죠."

탑 벽에서 메아리가 되돌아왔다. '바보!' 바람이 이 말을 시골 구석구석 멀리까지 실어 날랐다. '바보!' 수사는 마치 채찍에 맞은 것처럼 몸을 떨었다. 깊은 절망감이 그의 얼굴에 서렸고, 그 때문에 얼굴이 훨씬 더 창백하고 투명해 보였다. 냉랭함과 고요함이 이 두 사람, 가톨릭 교회의 수사와 마르틴 루터의 친구이자 후원자인 이 비텐베르크에서 온 젊은 교수 사이에서 마치 잿빛 유령처럼 떠돌았다.

"그런데도 당신은 나를 찾아왔구려?"

코페르니쿠스는 무척이나 놀라워하며 물었다.

"당신은 한 명의 바보를 보러 이 먼 곳을 찾아온 것이요?"

레티쿠스는 팔걸이의자에서 뛰어 일어났다. 수사 앞에 엎드려 경의를 표하며 그의 두 손을 꼭 잡았다. 그는 뭔가 할 말을 찾았지만, 꽉 쥔 그의 손이 그의 목소리가 하지 못하는 모든 것을 표현해 주었다. 그는 주름 잡히고 핏줄이 불거져 나온 수사의 손을 어루만졌고, 천천히 화색이 돌아오는 그 얼굴을 깊이 들여다보았다.

"저는 선생님께 배우고 싶습니다, 선생님!"

젊은 손님은 속삭이듯 말했고, 부끄러워하며 고개를 숙였다. 그러고는 천천히 자기 의자로 돌아가 두 손으로 얼굴을 감쌌다. 코페르니쿠스는 이 교수를 바라보았다. 그는 젊고 활기에 넘쳤으며, 배우고자 하는 열의로 가득하고 정직했다. 코페르니쿠스는 자신의 경험들을 회상했고, 오래 전 과거 속으로 거슬러 올라가며 그때 일들을 떠올렸다. 그러다가 그의 기억이 레티쿠스라는 젊은이와 마찬가지로, 그의 선생님들 발밑에 앉아 공부하던 그 시절에 머물렀다. 그는 레슬라우와 크라코프, 그리고 볼로냐와 페라라에서 있었던 일들을 생각했다. 자신에게 가르침과 영감을 주었으며, 그 안에서 지식을 향한 불꽃을 불러일으킨 선생님들의 이름을 읊조렸다. 이 광대하고도 작은 세상 어딘가에 이 분들은 흙에 덮여 누워 계셨다.

한 젊은이가 배우기 위해, 자신의 지혜를 받아들이기 위해, 진리를 완성해서 대대손손 전파하기 위해, 그리고 마침내 이 지구의 어둠에 더욱 더 많은 빛을 밝히기 위해, 자신을 찾아왔다는 사실에 깊이 감동했다.

코페르니쿠스는 일어나 사뿐한 발걸음으로, 여전히 부끄러움을 느끼며 그곳에 앉아 있는 레티쿠스에게 걸어갔다. 그는 그 젊은 교수의 얼굴을 들어올려, 약간 떨리는 손으로 그의 숱 많은 금발을 어루만졌다.

"내가 40년 동안 겪고 배워 온 모든 것을 당신과 함께하겠소, 레티쿠스. 내가 아는 모든 것을 당신 또한 알게 될 것이오. 자 이리 오시오!"

천천히, 그렇지만 흥겨운 발걸음으로 코페르니쿠스는 그를 책상으로 인도하여 자신이 쓴 여러 문서 뭉치를 보여주었다.

"천체의 회전에 관하여!"

레티쿠스가 제목을 읽었다. 그가 책장 한 페이지 한 페이지를 넘길 때마다 종이 바스락거리는 소리가 났다. 니콜라우스 코페르니쿠스의 놀라운 세계가 마치 인간의 마음으로 이해하기에는 너무도 광대한 신의 선물인 듯 이 젊은 교수에게 펼쳐졌다.

어느 날 밤 레티쿠스는 코페르니쿠스의 방 옆에 마련된 자신의 작은 방 안에 앉아 있었다. 작은 촛불이 종이와 깃펜에 가느다란 빛을 던져 주고 있었다. 레티쿠스는 책상 위에 몸을 구부리고 마르틴 루터에게 긴 편지를 쓰고 있었다. 편지에서는 코페르니쿠스에 대한 존경심이 배어 나왔다.

제 스승 니콜라우스 코페르니쿠스 박사께서는 천문학의 모든 세계를 포괄하는 여섯 권의 저서˙를 쓰셨습니다. 첫 번째 책은 우주에 관해 기술한 것이고, 두 번째 책은 우주의 별들의 움직임에 관한 이해를 발전시킨 것이며, 세 번째 책은 태양을 행성들의 중심에 놓인 것으로 다루고 있습니다. 네 번째 책에서 선생님은 달의 움직임과 월식에 관해 쓰셨고, 다섯 번째 책에서는 모든 현존하는 행성들의 움직임에 관해 말씀하시고 있습니다. 여섯 번째 책은 앞선 다섯 권의 책들을 요약한 것입니다.

레티쿠스는 이 문장들을 빨간 잉크로 썼고, 특별히 그 글자체에 주의를 기울였다. 그가 두루마리 편지를 봉인했을 때 수사가 방에 들어왔다. 창문

˙〈천체의 회전에 관하여〉의 정식 제목은 〈천구의 회전에 관한 여섯 책〉이며, 실제로 이 책은 여섯 권으로 구성되었다. 현재 우리나라에는 1권과 6권만이 번역되어 있다.

으로 비치는 아침 해가 약간 구부정한 모습으로 들어오는 수사에게 황금빛을 던져 주었다. 비텐베르크에서 온 교수는 그를 마치 이 지상 사람이 아닌 양 바라보았다. 서로가 아무 말도 없이 반대편에 서 있었다. 코페르니쿠스는 두루마리 편지 겉봉에 쓴 이름을 보았다.

"마르틴 루터 박사? 그분은 내가 하늘에 무질서를 불러일으킨다고 주장하는데도, 자네는 그분에게 편지를 쓰는군? 오, 그래, 그 말이 맞아. 나는 내 책에서 하늘의 질서를 뒤엎었지. 그렇지만 난 하늘에 온당한 질서를 부여한 거지 혼돈을 불러일으킨 건 아니야."

"선생님, 제게 선생님의 저서를 주십시오. 제가 그것을 누렘베르크에 가지고 가서 출판하도록 하겠습니다!"

수사는 마치 뭔가를 내놓지 않고 싶어 하는 듯 팔을 들어 올렸다. 그러다가 자신의 방으로 들어가서 양피지 속에 말아 둔 종이 뭉치를 손에 들고 왔다. 마치 그것을 빼앗으려는 어떤 시도에도 맞서 그것을 보호해야만 한다는 듯한 태도였다. 갑자기 그는 자신의 생각이 온 세상에 노출된다는 두려움에 휩싸였다.

진지하게 레티쿠스는 주저하고 있는 선생에게 간청했다.

"진리는 모든 인간의 소유물입니다! 선생님 혼자서 그걸 가지고 계셔서는 안 됩니다!"

"그렇지만 그게 진리가 아니라면 어떡하나? 내 책에 오류가 있다면 말이야?"

"저는 확신합니다. 그리고 저는 그걸 느낍니다! 그건 진리입니다! 출판을 허락해 주십시오, 선생님!"

코페르니쿠스는 떨리는 손가락으로 그 종이 뭉치를 어루만졌다. 생각

에 깊이 잠겨, 꿈꾸는 듯한 목소리로 그는 혼잣말하듯 말했다.

"40년이라는 긴 세월을 이 연구에 바쳐 왔지. 이건 그 동안에 내가 잃어버린 수많은 밤잠과 절망에 대한 증거물이야. 또한 내가 성공할지 여부를 놓고 벌인 내면의 투쟁의 증거이기도 하고. 내 인생은 이제 막바지에 와 있고, 나는 신뿐만 아니라 이 세상 사람 앞에서도 내 인생이 어떤 것이었는지 설명해야 하는군. 그러니 세상 사람들이 내 연구와 나에 관해 판단하도록 해주게. 레티쿠스, 자네는 요 몇 년 동안 내 생각을 완전하게 이해한 유일한 학생이었네. 자네에게 이 책을 맡기네. 누렘베르크의 인쇄업자가 이 책의 어떤 부분도 바꾸지 않도록 유념해 주게나."

코페르니쿠스는 책의 한 장 한 장을 주르르 다시 한 번 넘겨 보더니, 천천히 머뭇거리며 젊은 교수의 손에 건네주었다. 코페르니쿠스는 재빨리 돌아서서 창밖 풍경을 내다보며 이렇게 말했다.

"더 이상 아무 말 말고, 고맙다는 말도 하지 말게, 레티쿠스. 나는 지금 이 순간 마치 내가 두 조각으로 찢어져 그 중에서 더 소중한 한 부분을 자네에게 준 것 같은 느낌일세. 나는 자네가, 나를 살아 있게 해준 힘, 그리고 나를 이 책과 연결시켜 준 힘을 내게서 빼앗아 갈 것 같은 느낌일세. 그렇지만 자네가 옳아. 세상 사람들은 진리에 대한 권리를 가지고 있어. 그리고 만일 이 책 속에 단 한 문장이라도 진실이 담겨 있다면, 이 책을 나 혼자 지니고 있는 건 죄악이야. 어서 가게, 레티쿠스! 난 혼자 있고 싶네. 그리고 모든 일을 잘 마무리해주게. 나는……자네에게……내가 가진……모든 것을……맡기네!"

수사는 너무도 지쳐 책상 쪽으로 비틀거리며 걸어가서 팔걸이의자에 앉아 머리와 팔을 늘어뜨렸다. 그의 어깨가 고통스럽게 떨리는 듯했다. 레티쿠스는 손에 책을 들고 꼼짝 않고 서 있었고, 무언가 말을 하기 위해 입술을 움직이려 했지만, 아무 말 않고 있다가 방에서 조용히 나왔다. 그는 소리 없이 방문을 닫고, 조용히 그 구불구불한 계단 아래로 길을 더듬어 내려갔다. 기쁨으로 소리 지르고 싶었지만, 두려운 예감 때문에 입을 다물어야 했다. 아마도 스승을 마지막으로 보는 것일지도 모른다는 생각이 들었다. 밖으로 나가자 그는 높은 잿빛 탑 벽을 올려다보며 붉은색 지붕 아래에 있는 그 방 창문을 찾았다. 사랑하는 이의 모습을 한 번이라도 더 보고, 마지막으로 감사의 인사를 올리기 위함이었다. 그러나 그의 기다림은 헛된 것이었다. 보고 싶은 그 얼굴은 나타나지 않았다. 검은 갈까마귀들만이 벽돌로 된 성벽 주위를 조용히 날아다녔고, 끝없이 광대한 하늘은 이 조용한 도시 위에서 그윽하게 푸른 아치를 이루고 있었다.

레티쿠스는 천천히 교회 앞 광장을 가로질러 걸어가다가 급사들이 길을 떠나곤 하는 항구 쪽으로 돌아섰다. 그는 종이 뭉치를 싼 양피지 두루마리를 손에 꽉 움켜쥐었다. 마치 하늘과 땅을 자신의 두 팔로 나르고 있는 것 같았다.

"선생님의 성함이 첫 장에서 빠져 있어!"

그는 속으로 생각했다.

"나는 선생님 성함을 큰 글자로 새겨 넣을 거야. 니콜라우스 코페르니쿠스라고!"

그는 더 빨리 걷기 시작했다. 그의 이마는 벌겋게 상기되었고, 그의 심장은 그가 느끼는 자부심과 기쁨으로 곧 터져 버릴 것 같았다. 석호의 물결이 둑에 밀려왔고, 느슨하게 묶여 있는 배들이 위아래로 가볍게 흔들렸다. 불빛 밝은 배들이 푸른 물결 위에서 붉게 반짝였다.

프라우엔부르크의 수사에게는 고독한, 무척이나 고독한 시간들이었다. 그가 알렌슈타인의 총장 대행으로서 집집마다 사람들에게 행복을 가져다주던 나날들은 이제 잊혀졌다. 그가 지사로서 에름란트를 다스렸고 모든 정력과 관심을 이 지역에 쏟아 부었던 시절을 기억하는 사람은 거의 없었다. 이 천문학자의 탑 방으로 오르는 구불구불한 계단을 더듬어 올라오는 손님도 거의 없었다. 때때로 이런 기나긴 시간들 속에서 비참한 느낌이 그의 마음속으로 스며들어 오곤 했다. 온 세상 사람들이 그를 잊어버린 걸까? 왜 그는 그의 책이 출판될 예정이었던 누렘베르크에서 오는 소식을 받지 못하는 걸까? 레티쿠스는 그에게 짤막한 소식을 전할 시간조차 없는 걸까? 이를 악문 채 구름과 별을 바라보았지만, 그에겐 마치 별들의 빛이 조금 바랜 것처럼 보였다. 아니면 그의 시력이 너무나 약해져서 모든 사물이 흐린 잿빛으로 보이는 걸까? 그는 자신이 이 지상에서 남아도는, 아무에게도 쓸모없는 존재라 느껴졌다. 그에게서 40년 넘는 세월을 가져가 버린 그 연구가 그의 손에서 떠나 버렸기 때문에, 이제 모든 삶의 기쁨은 세상 사람들의 평가에 따라 결정되는 것이었다.

그의 연구! 때때로 그는 멀리 떨어져 있는 누렘베르크의 인쇄업자들이 자신의 연구 결과물을 정교하게 위조할지도 모른다는 두려움에 몸서리쳤다. 그럴 때마다 그는 하인을 불러 급행 마차에 자리 하나를 마련하라고 분부하는 말이 거의 입 밖으로 나올 지경이었다. 그러나 그의 몸은 너무 쇠약해져서 그런 오랜 여행을 감당할 수 없었다. 그는 최소한 누렘베르크의 인쇄업자에게 몇 자 쓰기라도 하기 위해 펜과 종이를 집어들었다. 그러나 몇 문장 쓰기도 전에 그는 자신의 우려가 너무도 많아 그것들을 글로 제대로 표현할 수 없지 않을까 염려했다. 한숨을 쉬며 펜을 놓아 버리고 반 페이지나 쓴 편지지를 구깃구깃 뭉쳐 버렸다. 그는 모든 것을 놓아주어야만 했다. 천체의 비밀을 밝히기 위해 학문적 조사와 연구에 몰두해 온 그가 이제는 무기력해져 버렸다. 지상의 일들은 자기 길을 따라 돌아가고 있었고, 니콜라우스 코페르니쿠스는 그저 바람 속을 떠도는 시든 나뭇잎이 되어 있었다. 아무런 저항도 하지 못하면서 자신이 마치 우주 속을 빙빙 떠도는 것처럼 느꼈다. 이전보다도 더 자주 죽음에 관해 생각했다. 그는 아무런 두려움도 없었고, 마치 좋은 친구인 양 언제든 죽음을 맞이할 준비가 되어 있었다.

그러나 다시 한 번, 그 안에서 오랜 세월 깃들어 있던 정신이 불꽃처럼 타올랐다. 로마에서 온 전령 한 사람이 그에게 화급한 편지 한 장을 전했다. '영원한 도시'라는 이 이름이 힘과 아름다움으로 가득 찼던 젊은 시절의 기억들을 되살려 냈다. 그것은 그가 과학아카데미에서 대담한 연설을 했던 바로 그날의 기억이었고, 고리츠 폰 룩셈부르크의 대저택에서 빈객으로 머물던 멋진 시간의 기억이었다. 감사함과 호기심이 가득한 마음으로 서둘러 봉투를 찢어 열고는 편지의 서명을 찾아보았다.

"카푸아의 추기경 니콜라우스 쇤베르크"

그는 이 추기경이 알렌슈타인의 내빈으로 그와 함께 있었던 날 저녁에 관해 생각했다. 기대감에 가득해서 그는 편지를 줄줄 읽었다.

카푸아의 추기경 니콜라우스 쇤베르크가 니콜라우스 코페르니쿠스에게 인사를 드립니다. 나는 선생께서 새로운 우주의 질서에 관해 정리했다고 들었습니다. 그것을 통해 선생께서는, 지구가 움직이고, 태양이 중심에 있으며, 달이 화성과 금성 사이에서 움직이고, 일 년을 통해서 지구가 한 번 태양 주위를 돈다고 가르치고 있다고 하는군요. 나는 선생께서 선생의 모든 천문학적 지혜를 모은 한 권의 책을 완성했다고 들었습니다. 또한 행성들에 관한 계산도 했다고 들었습니다. 나는 선생께 이 연구 저서를 보내 주시기를 간청하는 바입니다!

며칠 뒤 코페르니쿠스는 자신의 저서의 일부분이 담긴 커다란 봉인 두루마리를 급사에게 건네주었다. 그는 마차가 프라우엔부르크의 자갈길 너머 남쪽으로 사라져 가는 것을 바라보았다. 누렘베르크와 아우크스부르크를 지나서 브레너 고개를 넘어 볼로냐로 이어지는 이 자갈길은 일곱 언덕의 영원한 도시가 있는 남쪽으로 향하는 유명한 길이었다.

"내 저서를 로마에서 필요로 하고 있어!"

그는 중얼거리며 고개를 여러 번 가로저었다. 교황이 자신의 저서에 흥미를 느끼고 있다는 사실을 이해할 수 없었다. 교황은 자신을, 지구와 태양과 별들에 관해 교회에서 믿어 온 것에 반대되는 견해를 감히 고집한 이단자로 보고 있지 않았던가? 그의 마음속에서 남모르는 자부심의 작은 빛이 일어났다.

"진리는, 빠르건 늦건 간에, 반드시 자기 길을 찾게 돼 있어!"

이렇게 생각하자 눈앞에 그 영원한 도시의 아름다운 모습이 떠올랐다.

바티칸의 정원에서는 교황 바오로 3세가 종려나무 그늘에 앉아 시원하게 콸콸 뿜어져 나오는 분수대의 물을 즐기고 있었다. 그는 바람에 살랑거리다 허공에 떠다니는 나뭇잎의 움직임을 꿈꾸듯 바라보면서, 카푸아의 추기경 니콜라우스 쉰베르크가 무릎 위에 놓인 양피지 속의 내용을 읽는 것을 주의 깊게 듣고 있었다. 딱 한 번 그는 추기경이 읽고 있는 중간에 끼어들어, 어부가 새겨진 황금빛 반지*가 번쩍거리는 손으로 그 책을 가리키면서 이렇게 말했다.

"프라우엔부르크의 수사는 용기가 있소. 나는 그가 자신의 저서의 초록

---

*어부가 새겨진 황금빛 반지 _물고기를 희랍어로 'Ichtus'(이크투스)라고 하는데, 이는 바로 '하느님의 아들 구세주 예수 크리스트(Iseous Christos, theou, Huios, solter)'의 머리글자를 모은 것이기 때문에, 물고기는 종종 '그리스도'의 상징으로 쓰인다. 또한 '성스런 어부'는 로마 교황을, '어부가 새겨진 반지'는 교황이 끼는 반지를 가리킨다.

을 로마로 보내 줄 거라 기대하지 않았소."

"만일 자신의 이론이 정확하다는 확신이 없었다면, 그 사람은 분명히 그런 용기를 가지지 못했을 겁니다!"

추기경은 이렇게 응수하면서 책장을 계속해서 넘겨 갔다.

교황은 안락의자에서 일어나 꽃과 수풀 사이를 걷기 시작하더니, 로마의 수많은 집들을 조망할 수 있는 풀밭으로 나아갔다. 그는 추기경에게 손짓하며 새로 세워진 성 베드로 교회의 장엄한 둥근 지붕을 가리켰다.

"미켈란젤로라는 이름이 이 둥근 지붕과 함께 영원히 기억될 것이고, 또한 이 저서와 함께 니콜라우스 코페르니쿠스라는 이름도 그럴 것이오. 오직 가장 대담한 정신의 소유자들만이 그 자신의 생애를 넘어 존재할 것이고, 이 세상이 존재하는 한 세상에 영향을 미칠 것이오."

이날 오후의 태양 아래에서 그 거대한 둥근 지붕이 푸른 하늘 위로 높이 솟아 번쩍거렸다.

"사람들의 정신은 우리가 생각해 온 것보다 강하오!"

교황은 생각에 잠긴 채 말했고, 종려나무 아래 그늘진 곳으로 다시 돌아왔다. 늦은 저녁때가 되어서야, 바오로 3세에게 쉼 없이 읽어 주던 니콜라우스 쇤베르크가 책을 덮었다. 꽤 오랫동안 교황은 생각에 잠겨 있더니 이렇게 물었다.

"에름란트의 주교는 프라우엔부르크의 수사에 관해 뭐라고 썼소?"

"그는 호시우스라는 자에게 그 수사를 감시하라고 했습니다. 그리고 저는 그 주교의 편지에서 그가 코페르니쿠스를 이단 죄로 법정에 세우고자 한다는 내용을 읽었습니다."

천천히 교황은 손을 들었다.

"오늘이 가기 전에 급사를 에름란트로 보내 내 교서를 전하시오. 나는 그 천문학자가 어떤 식으로도 해를 입게 하지 않을 것이오. 내 뜻을 종이 한 장에 적고, 내가 서명을 할 수 있도록 내게 가져오시오. 그 프라우엔부르크 수사의 생각은 위대하고 대담하지만, 아마도 우리의 시대는 아직 그 깊이를 이해할 만한 준비가 되어 있지 않은 것 같소!"

둥근 지붕이 저녁 하늘 아래에서 심홍색으로 빛났고, 모든 사람들이 홀린 듯한 눈으로 그 둥근 지붕의 기막힌 곡선을 바라보았다. 교황과 추기경이 바티칸의 향기 가득한 정원과 시원한 보도를 천천히 가로질러 걸어갔다. 이날 밤 특급 전령이 할 수 있는 한 가장 빠른 속도로 북쪽을 향해 말을 몰아갔다. 별들이 부드러운 빛으로 반짝이면서 전령의 길잡이가 돼 주었다.

엘베 강가에 있는 비텐베르크에서는 레티쿠스가 마르틴 루터의 생각을 바꿔 보고자 애썼지만 소용없는 노릇이었다. 열정적인 말들로 그는 마르틴 루터에게 에름란트에 관해 말해 주었다. 그는 울창한 숲과 깊고 고요한 호수, 붉은 범선과, 해변에 부딪혀 오면서 끊임없이 포효하는 파도에 관해 말했다. 그는 이 늙은 전직 사제에게 그 천문학자의 저서를 읽어 주었고, 지난 2년이 넘는 시간 동안 코페르니쿠스와 함께했던 수많은 토론에 관해 들려주었다. 그러나 루터는 자신이 이전에 도달한 생각에서 흔들리지 않았다. 그는 아이제나흐의 바르트부르크에서 험난한 세월 동안 자신이 번역한 성경을 펼치고 분노에 가득 찬 채 딱딱한 목소리로 읽었다.

"성경에서 말씀하시기를 이 지구는 영원토록 움직이지 않는다고 돼 있어!"

머뭇거리듯 그는 성경을 한 장 한 장 넘겼다.

"지구는 영원히 멈춰 서 있고, 태양은 떴다가 진다!"

고통과 연민으로 가득 찬 채 그는 프라우엔부르크에서 그 책의 종이 뭉치를 손에 꽉 쥐고 온 이 젊은 학자를 바라보았고, 날카로운 몇 마디 말로 그를 꾸짖었다.

"그 천문학자는 내가 단단히 믿고 있는 수학 교수인 자네마저 헛갈리게 만든 거야? 내가 보기에 그 자는, 이제까지 항상 그랬던 것처럼, 하늘을 온통 무질서하게 만든 멍청이야!"

그리고 단호한 목소리로 자신이 지은 노래를 부르기 시작했다.

"우리 주님은 튼튼한 요새일세!"

이 노래는 그가 독일 의회 앞에서, 보름스*에서 펼친 주장을 철회할 것을 요구 당했던 시절에 그에게 힘을 주었던 노래였다. 그런데 이제는 니콜라우스 코페르니쿠스의 가르침에 거부하는 힘을 이 노래에서 얻고자 하는 것이었다. 강력한 멜로디가 방 안에 울려 퍼졌고, 마치 멀리서 들리는 북소리처럼 벽에서 메아리쳤다.

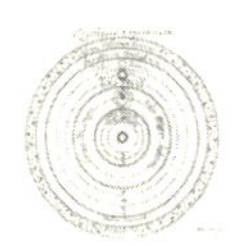

누렘베르크의 남쪽 먼 곳에 성 로렌츠 교회의 탑들이 하늘 높이 솟아 있었다. 교회 가까이에 세워져 있는 교구 사제관 중 어느 한 방의 창문에서 빛이 새어 나오고 있었다. 설교사 안드레아스 오시안더는, 전날 밤 아주 늦게 그의 스승이 자신의 연구 모임에 보내 준 니콜라우스 코페르니쿠스 저서의

----

* 보름스(Worms)_독일 라인란트팔츠 주의 도시. 신성로마제국 황제 카를 5세가 제국회의를 열어 두 차례에 걸쳐 마르틴 루터의 범법성에 관해 심문했던 곳이다.

제판(製版)[*] 앞에 앉아 있었다.

"천체의 회전에 관하여! 니콜라우스 코페르니쿠스 지음."

그는 표지를 읽었다.

책장 위에는 며칠 전 비텐베르크에서 도착한 편지가 놓여 있었는데, 편지에서 레티쿠스는 그에게 이 책의 출판을 감독해 달라고 요청했다.

그날 저녁 이후 그는 여러 날 여러 밤을 프라우엔부르크의 천문학자가 쓴 450페이지가 넘는 이 책 앞에 앉아 있었다. 이 책이 담고 있는 사유의 세계에 더 깊이 빠져들면 들수록, 더욱 더 분명하게 그는 그 생각이 대담하다는 것을 알 수 있었다. 그러나 책을 읽는 가운데 그는 점점 더 두려움을 많이 느끼게 되었다. 그는 마르틴 루터가 코페르니쿠스를 하늘을 온통 무질서하게 만든 멍청이라 부른다는 사실을 알고 있었다. 오시안더 자신은 루터의 가르침에 충실한 옹호자여서, 스스로 루터의 신념을 설교했고, 누렘베르크의 승리를 가져오는 데 일조했던 것이다.

어찌 감히 이 어리석은 생각들이 온 세상에 통용되도록 이 책을 인쇄할 수 있을 것인가? 불안해져서 잠을 잘 수 없었다. 자기 앞에 놓인 이 갈등을 어떻게 풀 수 있을지 이리저리 생각해 보았다. 한 가지는 분명했다. 그가 이 저서 자체에 손을 댈 수는 없었다. 누군가에게 쫓기는 느낌으로 혼란스러워 하던 그는 누렘베르크의 거리를 비척비척 걸어 다녔다. 다시 연구실로 돌아가기 전에, 그는 황제의 궁성 앞에 서서 프랑크[**]의 풍경을 멀리 바라보았다. 어느 비 오는 날 밤, 불안한 마음으로 잠 못 이루고 침대에서 이리저리 뒤척대던 그가 갑자기 벌떡 일어났다. 폭풍우 소리가 집 주위에서 울부짖는 듯 소리를 내었고, 창문은 벽돌 벽에 부딪히며 시끄럽게 덜거덕거

---

[*] 제판(製版) _책 출판을 위해 원고에 따라서 골라 뽑은 활자를 순서, 행수, 자간, 행간, 위치를 맞추어 짜는 일. 또는 그렇게 짜놓은 판.

[**] 프랑크(Frank) _본래 고대 게르만 민족 중의 한 종족인 프랑크 족이 살던 라인 강 유역을 가리킴.

리고 있었다. 그는 서둘러서 불을 밝히고, 펜과 종이를 가지고 와서 쓰기 시작했다. 빗질을 하지 않아 엉망으로 헝클어진 그의 머리가 이마 위로 흘러내렸고, 눈은 흔들거리는 촛불처럼 불안하게 깜박거렸다. 그는 달뜬 상태로 써나갔다. 이따금씩 중단하고, 이제 막 생각나 쓴 것을 다시 읽어보았다. 쓴 것을 마지막으로 읽었을 때에는 이미 아침 해가 밝아 있었다. 몇몇 문장을 읽을 때 그의 목소리는 아주 커졌고, 차가운 방 안에서 공허하고도 힘없이 울렸다.

"지구가 움직이는 것이며 태양이 우주의 중심에 고정되어 있다는 것을 읽을 때, 틀림없이 많은 학자들이 커다란 충격을 받을 것이라 생각한다. 사람들은 과학이 혼돈 속으로 들어가지 않기를 바랄 것이다.……이 책의 가설들이 옳다고 믿을 필요는 없다.……"

그는 만족스럽게 고개를 끄덕였고, 자신이 쓴 세 장의 종이를 서류철에 넣고는, 비옷용 케이프*를 어깨 위에 걸치고 성 로렌츠 교회를 지나, 작은 골목길을 거쳐 중심가 시장 쪽으로 걸어갔다. 그는 좁은 옆길 안으로 꺾어 들어가 인쇄소 문을 두드렸다. 아침 고요함 속에 문 두드리는 소리가 온 사방에서 들릴 정도였다. 얼마 있다가, 잠자는 설 방해 받아 짜증난 모습으로 인쇄 기술자가 위층 가장 높은 창문에서 내다보았다.

"당신, 오시안더 아니요? 이른 시간에 웬일이요?"

"문 좀 열어 주시오! 내가 당신에게 중요한 페이지 몇 장을 가지고 왔소!"

잠시 뒤 문이 삐거덕거리는 소리를 내며 열렸고, 오시안더가 인쇄소 안으로 들어갔다. 안에서는 검은 인쇄 잉크 냄새가 났다.

"그 천문학자의 책 인쇄가 얼마나 진척됐소?"

---

*케이프(cape)_어깨에 걸치는 망토. 코트가 붙어 있거나 또는 따로 따로 입을 수 있다.

"50페이지가 인쇄됐고, 100페이지가 인쇄 준비에 들어갔소!"

오시안더는 케이프 밑에서 서류철을 꺼내 종이 석 장을 빼냈다. 그는 머뭇거리며 그것을 인쇄 기술자의 손에 밀어 넣듯 넘겨주었다.

"이 세 페이지를 표지 다음에 반드시 넣어야만 하오. 이게 이 책의 첫 페이지 앞에 보여야 한다는 말이요."

"서문으로 넣으란 말이요?"

인쇄업자가 물었다.

"그렇게 이름 붙여도 좋겠지."

오시안더는 이렇게 대답해 주고 나서 건성으로 작별 인사를 하며 인쇄소를 나섰다. 인쇄업자는 설교사의 뒷모습을 바라보며 고개를 가로저었다. 오시안더는 잠에서 깨어나고 있는 누렘베르크 시를 천천히 걸어갔다. 농가의 아낙네들이 프라우엔부르크 교회 주위에 채소 판매대를 설치하기 시작했다. 작은 요새의 탑 끝은 황금색 햇빛에 감싸여 있었다. 설교사는 안도의 한숨을 쉬었다. 마치 어깨 위에서 무거운 짐을 내려놓은 것 같았지만 그는 행복할 수 없었다. 의기소침해져서 작은 골목길로 숨어들 듯 걸어갔지만, 그가 구한 평화는 마음속에 깃들지 않았다. 몇 번이고 되풀이해서 그는 이젠 인쇄업자의 손에 들어가 있는 서문의 내용에 관해 생각해 보았다. 이것 때문에, 자신이 그 천문학자의 저서에 완전히 다른 의미를 부여해 버린 것은 아닐까? 그것이 코페르니쿠스의 수십 년에 걸친 연구의 명료한 결과들을 왜곡한 것은 아닐까? 그는 자신에게 이 책을 보내서 그 안내자 노릇을 요청한 레티쿠스를 욕하는 말을 입속에서 중얼거렸다. 고약한 과제였다. 그는 몸을 떨었고, 검은 망토로 몸을 더욱 더 꼭 감쌌다. 짙은 구름이 성 로렌츠 교회의 탑 주위에 걸려 있었다.

이러는 와중에도 코페르니쿠스는 프라우엔부르크의 탑 방에서 홀로 지내고 있었다. 그는 로마에서 벌어지고 있는 일에 관해서도, 그리고 레티쿠스 역시 조용하게 몸을 도사린 채 지내고 있었기 때문에, 자신의 저서가 누렘베르크에서 인쇄되고 있다는 사실조차도 모르고 있었다. 그는 자신의 책에 관해 끊임없이 생각했다. 결국 그는 그 책에 자신의 인생을 바친 것이었다. 그가 펜을 드는 일은 거의 없었다. 마음을 바쳐 연구했던 모든 것이 그 450페이지 안에서 이미 이루어졌기 때문이었다. 자부심을 느꼈지만, 여전히 그는 겸손했다. 시간이 지나감에 따라 더욱 더 교회가 자신의 책을 금할 것 같은 남모르는 두려움을 느꼈다.

어느 조용한 저녁나절, 그는 자신의 저작을 교황 바오로 3세에게 바칠 수 있다는 생각을 해내고는, 자신이 생각하고 있는 바를 몇 장 쓰기 시작했다.

교황님, 저는 몇몇 사람들이 제 책에서 제가 어떤 운동이 지구의 움직임 탓이라고 주장하는 것을 볼 때, 그들이 그런 생각은 받아들일 수 없다고 말할 것임을 잘 알고 있습니다.……이런 이유 때문에 저는 이러한 운동들에 관한 설명과 증거를 내놓아야만 할지 어떨지 난처한 상태였습니다.……제 친구들만이 저로 하여금 이 책의 출판을 결정하도록 격려했습니다. 그들 가운데에 카푸아의 추기경 니콜라우스 쇤베르크와 쿨름의 주교 티데만 기제가 있습니다. 티데만은 종종 저를 재촉하거나 심지어 몰아붙여서 제 연구서를 대중들에게 내보이는 것을 허락하도록 요구했습니다. 그렇지만 저는 그 책을 간직하고 있었습니다. 단 9년이 아니라 9년의 네 곱의 시간 동안이었습니다. 교황님, 저는 교황님께서 저를 세상의 비방으로부터 보호해 주시기를 간청합니다. 만일 분별없는 비방자들이 제 연구서를 비판한다면, 저는 그들의 말에 신경을 쓰지 않고, 그들에게 연민을 느낄 것입니다.

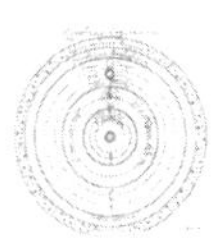

코페르니쿠스가 자신의 책을 세상에 내보내면서 쓴 서문이 불과 며칠 뒤 그 설교사의 책상 위에 당도했다. 안드레아스 오시안더는 누렘베르크의 로렌츠 교회 가까이에 있는 작은 집 연구실에 앉아 있었다. 그는 떨리는 손으로 그 글을 집어 들었지만 그것을 인쇄소에 가져가지는 않았다. 그는 그것을 자기 방 가장 깊숙한 구석에 있는 튼튼한 상자 속에 넣고 자물쇠를 잠가 두었다. 또 한 번 그는 이 위대한 천문학자의 저서에 대한 반역자가 되었다.

코페르니쿠스는 탑 방을 떠나는 일이 거의 없었지만, 어느 아름답게 맑은 날, 토룬에 있는 고향에 다시 가 보고 싶다는 은밀한 갈망에 굴복하고 말았다. 그의 하인이 시골길의 파인 구멍들과 울퉁불퉁한 부분들을 피해 가려 애쓰면서 에름란트의 길 위로 조심스럽게 말을 몰아 갔다. 어느 아름다운 일요일에 마차가 북문에 도착했다. 코페르니쿠스는 하얀 털 깃이 달린 붉은 예복을 입고 있었다. 모자는 매우 성기고 가벼운 그의 머리칼을 덮고 있었다. 칼을 허리춤에 찬 채 니콜라우스 코페르니쿠스는 토룬의 친숙한 거리와 골목길들을 마치 귀족처럼 당당하게 걸어 다녔다. 오랫동안 그는 생각에 잠긴 채 성 앤 거리에 있는 작은 집 앞에 서 있었다. 출입로를 드나드는 낯선 사람들 가운데 그가 아는 사람은 아무도 없었다. 성 요한 교회의 거대한 탑 주위를 돌아다녔고, 시장을 가로질러 걸어갔다. 남쪽 방향에 그가 자란 집이 있었다. 그는 그 집 벽 쪽 가까이로 걸어가서 열린 창문 안을 들여다보았다.

모든 것이 변해 있었다. 집안의 가구와 사람들을 알아볼 수 없었다. 그는 슬픔에 잠겼고, 빠른 걸음으로 비스툴라 강 쪽으로 걸어갔다. 강줄기를 따라서 물결이 넓고 세차게 흐르고 있었다. 항구에는 육중한 배들이 정박해 있었고, 하얀 글씨로 배의 이름들이 쓰여 있었다. '단치히' 라는 이름이 있었다. '한자(Hansa), 해신(海神), 함부르크, 마리아', 그리고 '실레지아'. 마지막 이름을 보았을 때 그의 마음속에서 기쁨이 차올랐다. 배의 닻을 묶은 두꺼운 밧줄 쪽으로 더 가까이 걸어갔다. 마치 어린 개구쟁이처럼, 거의 70세가 다 된 이 남자는 오래 전 키르스텐 노인과 암호로 삼았던 곡조를 휘파람으로 불었다. 그는 이 곡조를 잊지 않았지만 입술에서 새어 나오는 것은 조용하면서도 확실치 않은 휘파람이었고, 이 배의 갑판을 오르내리며 걸어 다니는 사람들 가운데서 키르스텐을 찾을 수는 없었다. 부두 쪽으로 더 가까이 왔을 때에야 강 물결에 위아래로 흔들리는 그 배가 더 이상 그 옛날의 '실레지아'가 아니라 단지 친숙한 이름을 지닌 새로운 배라는 것을 깨달았다.

코페르니쿠스는 천천히 시가지 쪽으로 되돌아와서 걸어 다녔다. 아무에게도 말을 걸지 않았다. 이루 말할 수 없이 강하게 마음속에서 되살아나는 기억들과 함께할 뿐이었다. 그 기억들은 그가 토룬에서 프라우엔부르크에 돌아오는 내내 그와 함께했다. 마차에서 내려 구불구불한 계단들을 힘겹게 기어 올라갈 때, 이것이 바로 자신이 사랑하는 인생과의 작별임을 알았다. 그 마지막이라는 느낌이 거스를 수 없는 힘이 되어 그로 하여금 이번 여행에 나서도록 내몬 것이었다. 이제 모든 것이 자신의 손에서 빠져나가고 있음을 느꼈다. 그가 자란 도시, 사람들, 인생을 바친 연구, 그리고 거의 70년 동안 자신의 임무에 바친 모든 힘이 그렇게 멀어져 갔다.

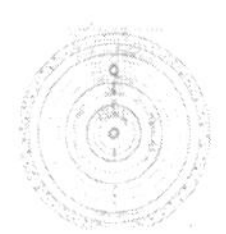

1543년 5월, 북서쪽 탑 주위에는 더할 나위 없이 아름답게 꽃이 만발해 있었다. 코페르니쿠스는 푸른 하늘을 만끽할 수도 없었고, 달콤한 꽃향기도 들이마실 수 없었다. 창문은 굳게 닫혀 있었고, 햇빛은 색깔 있는 커튼을 통해 희미하게 비칠 뿐이었다. 지친, 믿을 수 없으리만큼 지친 몸으로, 그는 침대에 누워 있었다. 각도기와 측정 기구들이 벽에 걸려 있었지만, 그의 손은 그것들을 잡을 힘이 없었다. 오크나무 탁자 위에는 아무것도 없었고, 깃펜의 잉크는 완전히 말라 있었다. 모래시계의 깔때기를 통해 모래가 조용히 스며 나왔다. 바깥 어디에선가 나무에서 새들이 지저귀었다.

땀을 흘리며 달리는 말을 탄 사람이 프라우엔부르크로 질주해 들어왔다. 탑 방의 작은 문 앞에서 늙은 티데만 기제가 그 사람을 맞이했다. 그는 떨리는 손으로 책을 받아들었고, 말을 타고 온 사람은 이렇게 말했다.

"레티쿠스님께서 제게 이 책을 나리께 가져다 드리는 임무를 맡기셨습니다. 그분께서는 이렇게 말씀하셨습니다. '말을 네 번 갈아타라. 그렇지만 죽음을 물리칠 수 있을 정도로 빨리 달려라!' 라고 말입니다. 말 여섯 마리가 제 발밑에서 쓰러졌습니다!"

티데만은 이 말 속에 숨겨진 의문을 알아챌 수 있었다.

"그가 아직 살아 있군, 친구!"

그는 이렇게 말하더니 그 책을 재빨리 펼쳐 보았다.

"천체의 회전에 관하여!"

그는 이렇게 읽고 나서 더욱 큰 소리로 읽어 나가기 시작했다.

"프라우엔부르크의 수사 겸 천문학자, 니콜라우스 코페르니쿠스."

그는 떨리는 손가락으로 책장을 넘겼다. 그의 두 눈은 책장 한 곳에 좁은 구멍을 낼 듯이 뚫어지게 바라보고 있었다. 깊은 주름살이 그의 이마에 수직으로 파였다. 그의 얼굴에 분노가 붉은 핏빛으로 타올랐다.

"안 돼, 오시안더! 안 돼!"

그는 거친 목소리로 외쳤다. 그러고는 두 손으로 책장의 세 페이지를 찢어서 성스러운 분노와 함께 그것들을 구깃구깃 뭉쳐 내버렸다. 깜짝 놀란 전령이 노인의 이 이상한 행동을 바라보았다.

"그들이 그의 연구를 왜곡하려 하고 있어! 안 돼! 절대로 그들의 기도가 성공하도록 내버려 둘 수는 없어!"

그는 비틀거리며 계단을 올라 방 안으로 들어갔다. 천문학자의 침대 가에 둘러서 있던 수사들이 조용히 그에게 자리를 내주었다. 그는 책을 높이 든 채 한 걸음 한 걸음 침대로 다가갔다. 침대 가에서 그는 늙고 약해진 무릎으로 꿇어앉아, 창백하고 아무 움직임도 없는 그 손에 책을 올려놓아 주었다.

"닉, 자네 책일세! 방금 누렘베르크에서 도착했어. 완성되었네!"

아주 느린 동작으로, 코페르니쿠스는 고개를 옆으로 돌렸다. 그의 손은 거의 느낄 수 없는 힘으로 책장의 여러 페이지를 지그시 눌렀다. 그는 속삭였다.

"완성되었군!"

그는 머뭇거리듯, 엄청나게 애쓰는 목소리로 말했다. 이루 말할 수 없는 기쁨의 빛이 그의 창백하고 야윈 얼굴을 스치고 지나갔다.

"완-성-되었어!"

그는 거의 들리지 않는 소리로 다시 한 번 이렇게 말했다. 그러고는 그의 머리가 갑자기 휙 앞으로 떨어졌다.

"돌아가셨습니다!"

방 안의 누군가가 조용히 말했다.

고요한 방 안에서 이 말이 으스스하게 울렸다. 티테만은 그가 할 수 있는 한 가장 꼿꼿이 몸을 펴고 서 있었고, 이글거리는 두 눈이 더 넓고 크게 보였다.

"죽다니? 아니야, 니콜라우스 코페르니쿠스 같은 사람이 죽을 수는 없어! 그는 살아 있어. 그는 그의 책-속에서-살아-있어!"

　무한한 존경심으로 그는 고요히 잠들어 있는 천문학자의 손을 더듬어 찾아, 그 차가운 손가락 안에 황금빛 양피지를 쥐어 주었다. 수사들 중 한 사람이 창문으로 가서 커튼을 올렸다. 눈부시게 밝은 빛이 푸른 하늘에 있는 태양으로부터 쏟아져 들어왔다. 그 빛이 책 맨 겉장의 화려한 글자들을 비춰 주었다.

　"천체의 회전에 관하여! 프라우엔부르크의 수사 겸 천문학자, 니콜라우스 코페르니쿠스 지음."

　책상 위에 있는 달력은 1543년 5월 24을 가리키고 있었다. 교회의 커다란 종이 육중한 음색으로 울리면서 꽃이 만발한 들판으로 퍼져 나갔다. 수많은 이들이 이 소리를 듣고 서로서로 이렇게 말했다.

　"누가 죽었나보군!"

　생명의 봄은 어떤 죽음보다도 강하다. 새들이 노래했고, 꽃들이 피어났다. 태양은 하늘에 황금빛으로 우뚝 서 있었고, 파도는 프라우엔부르크 해변으로 밀려왔다. 

연보

important dates

연보

1471년	알브레히트 뒤러❶ 탄생.
1473년 2월 19일	토룬에서 니콜라우스 코페르니쿠스 탄생하다.
1477~89년	바이트 슈토스가 크라코프에서 성모 마리아 성당의 제단을 만들다.
1487년	바르톨로뮤 디아스❷가 희망봉을 돌아 항해하다.
1491~94년	코페르니쿠스, 크라코프 대학에서 공부하다.
1492년	크리스토퍼 콜럼버스의 첫 번째 항해.
1495년	코페르니쿠스, 볼로냐에서 공부하다.
1497년	에름란트 교회 명부에 등재되다.
1498년	지롤라모 사보나롤라❸가 화형되다.
	바스코 다 가마❹가 인도로 가는 항로를 발견하다.
	콜럼버스의 세 번째 항해.
1500년	코페르니쿠스, 로마 체류.
1503년	페라라에서 교회법 박사 학위를 받다.
1505년	브뤼셀과 비엔나 사이의 우편 사업이 처음 시작되다.
1506~12년	코페르니쿠스, 하일스베르크의 주교 고문이 되다.
1507년	그의 논문 〈천체의 회전 및 그 배열에 관하여〉를 완성하다.
1510년	페터 헨라인❺이 휴대용 시계를 발명하다.
1512년	코페르니쿠스, 프라우엔부르크로 가다.
1514년	니콜로 마키아벨리❻의 〈군주론〉이 출간되다.
1516~20년	코페르니쿠스, 알렌슈타인의 총장 대행이 되다.
1517년	비텐베르크에서 마르틴 루터의 종교 개혁이 시작되다.
	유럽으로 커피가 처음 수입되다.
1519~20년	에르난 코르테스❼가 멕시코를 정복하다.
1520년	페르디난드 마젤란이 태평양을 항해하다.
	루터가 교황의 파문장을 불사르다.
1521년	보름스의 황제 예배일❽
1523년	코페르니쿠스, 주교 관구의 사무총장이 되다.
1525년	프러시아가 서부 공국이 되다.
1528년	알브레히트 뒤러 죽다.
1541년	의사 테오프라스투스 파라셀수스❾가 죽다.
1543년	코페르니쿠스, 프라우엔부르크에서 5월 24일에 죽다.
	그의 책 〈천체의 회전에 관하여〉가 인쇄되다.
	인디언의 노예화가 금지되다.❿
1757년	〈천체의 회전에 관하여〉가 가톨릭 교회 금서 목록에서 제외되다.

❶ **알브레히트 뒤러(Albrecht D rer, 1471~1528)** _독일의 화가·판화가·미술 이론가. 독일 르네상스 회화의 완성자. 이탈리아 여행을 통해 원근법과 인체 표현 기법을 터득한 후 점차 독일의 전통으로 옮겨 갔다. 그것은 후기 고딕의 엄격한 구성과 원근법을 결합하는 기법이었는데, 뒤러는 특히 독일 전통에 충실했다.

❷ **바르톨로뮤 디아스(Barthololomeu Diaz, 1450~1500)** _포르투갈인. 유럽에서 아프리카 남단까지 항해한 첫 번째 사람. 인도로 가는 항로를 개척하는 데 토대를 마련한 항해자다.

❸ **지롤라모 사보나롤라(Girolamo Savonarola, 1452~1498)** _이탈리아 도미니크 회의 사제이자 종교 개혁가이다. 민주정치와 신재정치(神裁政治)를 혼합한 헌법으로 피렌체를 통치하려 했다. 교회 내부 개혁에는 많은 사람들이 동조했으나, 1497년의 사육제(謝肉祭)에서 시민의 사치품과 이교도적 미술품 및 서적을 불태운 이른바 '허영의 소각' 을 비롯한 과격한 방법을 취함으로써 크게 반감을 샀고, 결국 화형에 처해졌다.

❹ **바스코 다 가마(Vasco da Gama, 1460~1524)** _1497~99년, 1502~03년, 1524년 등 세 차례에 걸쳐 인도로 항해한 포르투갈의 항해자. 서유럽에서 희망봉을 거쳐 아시아로 가는 해로를 개척함으로써 세계사의 새로운 시대를 열었으며, 포르투갈이 강대국이 되는 데 큰 공헌을 했다.

❺ **페터 헨라인(Peter Henlein)** _15세기 말엽 독일 누렘베르크의 자물쇠 제조공으로, 태엽을 발명한 사람이다. 그는 이 태엽을 이용하여 최초의 회중시계를 발명했다.

❻ **니콜로 마키아벨리(Niccol Machiavelli, 1469~1527)** _16세기 르네상스기 이탈리아의 역사학자·정치학자. 대표작인 〈군주론〉에서 마키아벨리즘이라는 용어가 생겼고, 근대 정치사상의 기원이 되었다. 군주의 자세를 논하면서 정치는 도덕과 구별되는 고유한 영역임을 주장했다. 나아가 프랑스·에스파냐 등의 강대국에 대항하기 위해 강력한 군주 밑에서 이탈리아가 통일되어야 한다고 주장했다.

❼ **에르난 코르테스(Hern n Cort s, 1485~1547)** _에스파냐의 멕시코 정복자. 유카탄 반도에서 멕시코를 공격하여 1521년에 아스테카 왕국을 정복하고, 누에바 에스파냐 식민지를 건설하여 총독이 되었다.

❽ **황제 예배일(Imperial's Day)** _로마 황제 도미시안(Domician)은 자기를 신격화하여 예배를 강요했고, 이를 어기는 사람은 죽임을 당했다. 그는 자기를 '주와 하느님(lord and god)' 이라 부르도록 했다. 그리고 황제가 어떤 도시를 방문하면 그날은 공휴일이 되었으며, '황제 예배일' 이 되었다. 성경의 요한계시록에 나오는 '주의 날(Lord's Day)' 이란 이 '황제 예배일' 에 맞서는 표현으로 생각된다.

❾ **테오프라스투스 파라셀수스(Theophrastus Paracelsus, 1493~1541)** _스위스의 의학자이자 화학자. 본명은 Philippus Aureolus Theophrast Bombast Von. 아인지델른 출생. 의학 혁신을 위해 성급한 개혁을 시도하다가 사람들의 반감을 사서 1528년 추방당하여 잘츠부르크에서 병사했다. 각 분야에서 많은 논설을 발표했는데, 특히 학문 세계의 중세적 풍습을 타파하는 데 주력했다. 연금술 연구를 통해 화학을 익혔고, 의학 속에 화학적 개념을 도입하는 데 힘써서 '의화학(醫化學)' 의 원조(元祖)가 되었다. 물질계의 근본은 유황·수은·소금의 3원소라 하였고, 점성술의 영향을 받아 독자적인 원리에 입각한 의료법을 제창했으며, 산화철·수은·안티몬·납·구리·비소 등의 금속 화합물을 처음으로 의약품에 채용했다.

❿ 에스파냐가 인도 신법(新法)을 공표하여 아메리카 인디언의 노예화를 금지한 것을 말한다.

천문학 수업으로 가는 신비로운 여정

청계자유발도르프 학교 (옛 과천자유학교)의 6, 7학년 학생들에게 처음으로 천문학을 가르치던 날의 흥분을 잊을 수 없습니다. 하나의 도전을 마주하는 느낌이었습니다. 오랫동안 훈련 받아 온 방식을 집어던지고 새로운 방식으로 가르쳐야 하는 것! 새롭게 가르치기 위해서 먼저 스스로 새롭게 배울 수 있는지를 보는 것! 이 도전은 과연 성공할 것인가?

수업을 준비하면서 우선 제가 과거에 배웠던 천문학을 떠올렸습니다. 공식, 공식의 증명, 많은 그림들, 모형들이 떠올랐습니다. 수식을 유도해 보고 그림들을 그려 보았습니다. 눈앞에 있는 종이 위에, 또 저의 머릿속에……. 그리고 요즘 개발되어 있는 다양한 천문 프로그램들을 훑어보았습니다. 원하는 시간대를 치면 화면 안에 별들이 가득 펼쳐졌습니다. 어두운 공간에 누우면 순식간에 천장에 펼쳐지는 별의 영상도 보았습니다. 이 모든 것이 나쁘지는 않았지만 저의 가슴을 채워 주지는 못했습니다. 또 한 가지 분명한 점은 이런 것들은 며칠이 지나면 새까맣게 다 잊힌다는 점입니다.

그러다가 진짜 하늘을 보고 싶은 마음이 생겼습니다. 그래서 매일 해넘이를 바라보았습니다. 가을 무렵에 학교에서 저녁을 맞게 되면, 해는 인덕원 쪽 길가에 자라고 있는 커다란 나무 뒤로 가라앉습니다. 아름다운 색깔들의 춤이 펼쳐집니다. 분홍에서 빨강 그러다 어두운 보라를 거쳐 사그라집니다. 그러고 나면 하늘의 색이 점차 깊은 파랑으로 눈부시게 펼쳐집니다. 신비로움이 가슴 가득 채워지곤 했습니다. 그러다 며칠 뒤에는 나무에 닿은 해가 완전히 넘어가는 데 걸리는 시간을 재어 보았습니다. 3분 정도 걸렸습니다. 천천히 내려가던 해는 갑자기 사라져 버렸고, 해가 진 뒤에도 주변에 잔광은 남아 서서히 이동하는 것을 볼 수 있었습니다. 그리고 여름에는 해 지는 위치가 관악산 봉우리에 더 가까워지는 반면, 겨울로 갈수록 점차 멀어지는 것을 보게 되었습니다.

두 번째로 달을 바라보았습니다. 매일 저녁 6시 무렵에 달을 찾았습니다. 첫날 운 좋게도 실눈 같은 달이 서쪽 하늘에 야트막하게 떠 있는 것을 보았습니다. 모양과 위치, 크기를 살펴보고 창문에 그려 넣었습니다. 순조로운 며칠이 지나갔습니다. 그 시간 무렵의 달은 초승달에서 매일 조금씩 채워져서 반달로 변해 갔습니다. 또 서쪽에서 남쪽으로 나아갔고, 매일 조금씩 더 높이 떠 있었습니다.

어느 날, 딴 일을 하다 습관처럼 시계를 보니 6시가 다 되었습니다. 후다닥 하늘을 보니 달이 떠있었습니다. 그런데 달 옆에 커다란 구름이 몰려가고 있어서 펜을 든 채 서둘러 창문으로 달려갔습니다. 정해진 위치에 서서 팔을 펼쳤으나 이미 구름이 달을 삼켜 버린 뒤였습니다. 아, 아쉽게도……. 그 상태로 10여 분 동안 꼼짝도 하지 않고 서 있었습니다. 넓게 펼쳐진 구름은 저의 아쉬움 따위는 아랑곳하지 않았습니다. 한숨을 쉬며 내려오려는 순간 엷어진 구름 뒤로 달이 빛났습니다. 아주 잠시, 노오란 빛이 거기에 달이 있음을 보여주었습니다. 탄성이 절로 났습니다! 그리곤 다시 언제 그랬냐는 듯 두터운 구름만 남았습니다. 아주 잠시 동안이어서 창문에 기록하는 것은 실패했지만 그러면 어떻습니까? 제 눈으로 보고 제 가슴에 담았는데요!

많은 날이 흘러간 후, 아침 무렵 동쪽 하늘에 뜬 달 속의 토끼는 바로 서 있었고, 저녁이 되어 서쪽 하늘로 옮겨 간 달 속의 토끼는 거꾸로 서 있었습니다. 그리고 달의 빛나는 면을 보면 그 순간 태양이 어디에 있는지 정확히 지적할 수 있다는 점도 알게 되었습니다.

조금씩 달을 이해하게 되자 매일매일 달이 더 보고 싶어졌습니다. 그리고 거대한 하늘 자체가 읽히기를 기다리고 있는 하나의 신비라는 느낌이 들었습니다!

세 번째로 별을 바라보았습니다. 과천에서 별을 보는 것은 쉽지 않았습니다! 매일 밤 10시에 집 밖으로 나갔지만 10월이 되어서도 별을 보기가 쉽지 않았습니다. 주변에 빛이 많아서 머리 위에 있는 별 몇 개를 보는 것에 만족해야 했습니다. 10시를 넘어 11시가 다 되어서야 하늘은 충분히 어두워졌고 카시오페이아를 찾을 수 있었습니다. 맞은편의 북두칠성은 가려져서 도저히 볼 수 없었습니다. 성이 차지 않은 저는 날마다 운전을 해서 학교로 왔습니다. 학교 주변은 집보다는 훨씬 트여 있으니까요.

그러다 어느 맑은 날 드디어 때가 왔습니다. 하늘에는 많은 별들이 반짝였습니다. 저의 눈도 반짝거렸습니다. 저는 다행히 두툼한 옷을 입고 있었고, 교무실에는 차가 끓어서 하얀 김을 솔솔 내놓고 있었습니다. 재빨리 나가 창고에서 매트를 꺼내 논둑에 펼쳤습니다. 그리고 차를 한 잔 들고 나가서는 벌렁 드러누웠습니다. "음, 저게……오리온자리, 큰개자리, 작은개자리, 황소자리……플레이아데스성단, 페르세우스자리, 안드로메다자리……카시오페이아자리, 마차부자리, 쌍둥이자리……." 별자리를 찾아내서 이름을 불러 보니 하늘이 다르게 보였습니다. 그리고 한 시간 뒤에 언 몸을 녹이기 위해 다시 차를 한 잔 따라 나갔을 때, 별들이 다 함께 한 방향으로 움직여 간 것을 보았습니다. 돌아오는 자동차 안에서 북두칠성을 보고 싶다는 바람이 간절해졌고 그날 밤은 잠을 잘 수 없었습니다. 새벽 4시에 집 밖으로 나가 기울어져 떠 있는 북두칠성을 발견하고는 다시 운전을 해서 학교로 왔습니다. 아! 북쪽 하늘에 커다랗게 펼쳐진 북두칠성이 저를 기다리고 있었습니다. 검은색에서 짙은 파랑으로 변하는 하늘을 배경으로 펼쳐진 북두칠성은 너무나 멋있었습니다! 충만함으로 깊은 숨이 절로 내쉬어졌습니다.

학생들에게 들려줄 경험으로 충만해진 저는 흥미로운 자료들을 찾기 시작했습니다. 그러다 건강영양학 시간에 괴혈병에 관한 이야기를 들려주었을 때 학생들이 보여주었던 반응이 떠올랐습니다. 그냥 "신선한 야채와 과일을 먹지 못해서 걸리는 비타민 결핍증이야"라고 말했다면 학생들도 저도 기억하지 못하고 지루하게 넘어갔을 것입니다. 그런데 저는 다행스럽게도 항해와 관련한 탁월한 글 솜씨를 자랑하는 작가 베른하르트 카이(Bernhard Kay)가 쓴 〈위대한 항해자 마젤란〉을 읽었고, 그 책의 몇몇 구절에서 괴혈병의 몇 가지 증상을 찾아냈습니다. 다른 자료들에서 괴혈병에 대한 조사를 완벽하게 끝낸 뒤, 저는 학생들에게 먼저 마젤란이 어떻게 해서 항해를 하기로 결심했는지 들려주었습니다. 그리고 그 역사적인 항해가 시작된 날의 장면을 이야기로 그려 주었습니다. 학생들은 숨을 죽인 채 이야기에 빠져들었습니다. 마침내 괴혈병과 연관된 장면들을 들려주었고, 그 질병과 관련된 모든 의문들이 다 해결되었음에도 불구하고 학생들은 아쉬워했습니다. 그 항해에 대해 듣고 또 듣고 싶어 했습니다! 그 항해는 단순한 재미를 넘어 학생들이 강렬히 원하는 어떤 것이었습니다.

천문학 수업을 준비하면서 든 생각이 있었습니다. '학생들이 바다에서 시작했던 항해를 무대를 바꾸어 하늘에서 계속하고 싶어 할지도 모른다.'

그래서 천문학자의 전기란 전기는 다 뒤져 보았습니다. 자료는 꽤 많이 있었습니다. 어떤 책은 굉장히 전문적으로 사실적인 부분들을 꼼꼼하게 조사해서 수록해 두었습니다. 천문학에 대한 공부가 어느 정도 진행되어서 어떤 주제에 더 깊게 다가가길 원하는 사람이라면 큰 도움이 될 만한 훌륭한 책이었습니다. 또 다른 책들은 흥미로운 에피소드를 중심으로 짤막하게 서술되어 있었습니다. 초등학생이라면 재미있게 읽을 만한 책이었습니다. 그러나 너무나 아쉽게도 제가 만나는 학생들, 바로 7학년이나 8학년이 숨을 죽인 채 자신도 모르게 빨려 들어가 읽을 만한 책이 없었습니다. 무엇보다도 제가 직접 밖에 나가 하늘을 관찰했을 때 느꼈던 신비로움과 기다림 뒤에 오는 희열을 말해 주는 책이 없었습니다.

그런 실망감으로 의기소침해 있던 어느 날, 인터넷 서점을 뒤지다 코페르니쿠스의 초상화가 있는 한 권의 책을 발견했습니다. 그 초상화는 저에게 특별한 느낌을 안겨 주었습니다. 아주 오랜 기다림 뒤에 받아본 그 책은 저를 실망시키지 않았습니다. 제가 찾고 있던 바로 그런 류의 책이었습니다.

천문학 수업이 끝난 뒤에도 학생들이 천문학 여행을 계속하고자 할 때 그 여행에 따뜻한 동반자가 되어 줄 책, 제가 하늘을 관찰하면서 느꼈던 신비로움과 충만감을 학생들에게 이야기로 전해 줄 책, 무엇보다도 인간에 대해 말해 줄 책, 우주라는 펼쳐진 책에서 진리를 읽어내고자 애쓴 인간 정신에 대해 말해 줄 책······.

저에게는 이 책이 그런 역할을 해줄 것으로 보입니다. 머지않아 이 책이 번역되어 출간된다고 하니 몹시 설렙니다. 학생들이 아름다운 여행을 떠날 수 있도록 애써 주신 번역자님께 감사 드립니다!

제가 다시 천문학 수업을 하게 된다면, 수업을 끝낸 뒤 이 책을 교실 한쪽에 조용히 놓아둘 것입니다. 그러면 학생들이 읽을 것이고, 그 다음에 학생들이 말할 것입니다. 이 책의 가치를!

몹시 궁금합니다. 학생들은 무어라 말을 할까요?

청계자유발도르프 학교 과학 담당 교사
조애경

▶이 글은 학교 터전이 과천에 있던 2008년에 씌여졌습니다.

▶본문의 각 장 시작 페이지에 청계자유발도르프 학교 7, 8학년 학생들의 천문학 공책에서 가져온 그림이 실려 있습니다.